Dagmar H. Mueller

Die Chaosschwestern

sind die Größten!

Dagmar H. Mueller

Die Chaosschwestern sind die Größten!

Mit Illustrationen von
Franziska Harvey

cbj

cbj ist der Kinder- und Jugendbuchverlag
in der Verlagsgruppe Random House

Mit Dank an eine bereits früher schon einmal erwähnte, sehr liebenswerte Hamburger Familie (die namentlich immer noch nicht genannt werden braucht) für wertvolle Infos bezüglich einer bombigen Sache, die in deren Garten vor ein paar Jahren tatsächlich passierte; an Asim Erol, Inhaber des wunderbaren Familienbetriebs The Penny Farthing Inn, für feine türkische Sätze; an Aaron & Emma (alias Ben & Lottie) für kleine Haushaltsüberraschungen und lecker gekochte Mahlzeiten; und an meine Mama für allerlei Wissenswertes über giftige und ungiftige Pflanzen und vor allem über Soda.

D. H. M.

FSC
www.fsc.org
MIX
Papier aus verantwortungsvollen Quellen
FSC® C014496

Verlagsgruppe Random House FSC® N001967

Gesetzt nach den Regeln der Rechtschreibreform

3. Auflage

Umschlagbild und Innenillustrationen: Franziska Harvey
Umschlagkonzeption: Basic-Book-Design, Karl Müller-Bussdorf
Lektorat: Kerstin Weber
MI · Herstellung: UK
Satz: Uhl + Massopust, Aalen
Druck: GGP Media GmbH, Pößneck
ISBN 978-3-570-15431-1
Printed in Germany

www.die-chaosschwestern.de
www.cbj-verlag.de

Malea

Martini

11 Jahre

ist …

… Weltbürgerin (das zeigt doch wohl schon der hawaiianische Name!).

… Tiefseeforscherin (später).

… eine knallharte, gerissene, mit allen Wassern der Weltmeere gewaschene Spionin (so etwa wie James Bond, nur weiblich natürlich).

… keine Welle hoch genug. Als echte Surferin schreckt sie auch auf dem Land vor kaum einer Herausforderung zurück.

Kenny

Martini

7 Jahre

ist …

… Sternenguckerin (abends durchs Dachfenster).

… Ponybesitzerin (im Traum).

… große Schwester (eines Tages, wenn sie Mama endlich überredet hat, noch ein weiteres Kind zu bekommen. So lange ist sie leider nur »eine« Schwester. Aber ist doch völlig egal, ob die anderen älter oder jünger sind. »Klein« ist sie jedenfalls nicht.).

… gut drauf (»Lasst mich bloß in Ruhe!«).

… auf jeden Fall groß genug, um jederzeit mitzumachen, mitzureden und mit aufzubleiben.

Livi

Martini

13 Jahre

ist …

… irgendwie fehl am Platz in dieser Familie (nach Aussage von ihr selber) und kann den Gedanken nicht ganz aufgeben, als Baby im Krankenhaus vertauscht worden zu sein, nur leider sprechen alle familiären Fakten gegen diese Hoffnung versprechende Theorie.

… langweilig (nach Aussage von Malea).

… gaaanz toll (nach Aussage von Kenny, weil Livi oft mit ihr malt, bastelt oder ihr vorliest).

… eben eine von unzählig vielen Schwestern (nach Aussage von Tessa).

Tessa

Martini

15 Jahre

ist …

… schön (das ist nun mal so, dafür kann Tessa ja nichts).

… interessiert an fast allem (besonders am anderen Geschlecht, schließlich muss sie sich aufs Leben vorbereiten, und zu Hause hat sie nur wenig Anregung in der Beziehung – zumindest, was das andere Geschlecht angeht).

… wirklich nicht dumm.
(Wenn die Lehrer das endlich mal einsehen würden!)

… jeden Tag schwer beschäftigt (da gibt es ständig neue Telefonnummern zu sortieren, Make-up-Produkte zu vergleichen und Mails an Dodo, Tessas beste Freundin, zu schicken).

Livi

Schwestern sind in jeder Hinsicht unberechenbar. Man muss ständig aufpassen. Oder zumindest sein Zimmer mit sieben Vorhängeschlössern verriegeln. Oder taub und außerdem unempfindlich wie ein Felsbrocken sein. Nein, am besten alles zusammen. Warum bin ich ausgerechnet in diese Familie hineingeboren worden?

Warum kann ich statt meiner Schmink-Schwester Tessa, meiner Geheimagenten-Schwester Malea und meiner Flummiball-Schwester Kenny nicht einfach drei nette Brüder haben? Solche wie Gregory. (Gregory ist der beste Bruder, den man sich vorstellen kann. Und die allerbeste Freundin natürlich!) Und wo ich gerade dabei bin: Warum kann ich nicht auch normale Eltern haben?

Ich meine, ich will ja nicht zu viel verlangen, aber ein Vater, der den ganzen Tag im Keller auf seinem Schlagzeug herumtrommelt, und eine Mutter, die ständig am Rad dreht, weil sie ihre Kitschromane nicht rechtzeitig zum Abgabetermin gebacken kriegt (denn damit verdient sie ja immerhin unsere Brötchen), die sind ja wohl nicht *normal. Mal abgesehen davon, dass wir sie nicht Mama und Papa, sondern nur Iris und Cornelius nennen dürfen, weil Cornelius das für persönlicher hält. Na schön, Gregorys berühmte Fernsehmutter Sibylle Hahn ist auch nicht gerade eine Bilderbuchmama (obwohl sie sich allmählich bessert), aber ansonsten kenne ich keinen, der so verrückte Eltern hat.*

Mann, das Leben könnte so schön sein! Gregory und ich könnten alle Käfighühner auf der Welt befreien und eine richtig gute Tierschutzorganisation mit nur Schülern als Mitglieder aufbauen. Aber stattdessen muss ich mich mit Fröschen rumschlagen! (Natürlich liebe ich ALLE Tiere. Auch die krabbelnden und hüpfenden. Das heißt aber nicht, dass ich sie zwischen meiner Unterwäsche finden will. Und küssen will ich sie schon gar nicht!)

Livi?« Malea neben mir zerrt und zupft an ihrer langen, dunklen Mähne herum. (Ist das Weiße da drin etwa Kaugummi?) Vorwurfsvoll sieht sie dabei zu mir rüber.

»Ja?« Ich gucke etwas verhalten. Hab ich irgendwas falsch gemacht/vergessen/kaputt gemacht?

Gregory, Malea, Tessa, Tessas Busenfreundin Dodo und ich sind auf dem Weg von der Schule nach Hause. Es ist Freitag. Aber nicht einfach irgendein Freitag vor einem freien Wochenende, nein, es ist der Freitag vor den Osterferien. Zwei wunderschöne, unendliche Aprilwochen lang können Gregory und ich tun, was wir wollen! Jaaaa!

Malea beschließt, den Kaugummi in ihren Haaren zu lassen, und gibt auf. »Hast du in den Ferien jetzt endlich Zeit, mir die Beschattungstipps aus dem Internet rauszusuchen?«

Ich atme seufzend aus. Vielleicht etwas zu laut. Aber Malea sprudelt ungerührt weiter: »Du hast doch gesagt …«

Okay. Das war's dann also damit, dass Gregory und ich endlos Zeit haben. Das Internet zu durchforsten, dauert bestimmt Stunden, wenn nicht Tage!

Und dann noch *Beschattungs*tipps! Wenn sie mich wenigstens gebeten hätte, etwas über die momentane Größe des Ozonlochs oder die Lebensverhältnisse der armen Bauern in China herauszufinden. Das wäre auch für mich interessant gewesen. Aber neue Ideen fürs weltbeste Rumschleichen? Malea und ihr James-Bond-Tick!

Vielleicht sollte ich sie einfach freundlich darauf hinweisen, dass sie mit elf durchaus alt genug ist, um selbst im Internet zu stöbern? Allerdings müsste ich sie dafür an meinen Computer lassen. Hm …

»… und Versprechen muss man halten!«, schließt Malea ihre Rede.

Ich schaue aus dem Augenwinkel gequält zu ihr rüber.

Gregory grinst. »Mann, Malea! Du willst NOCH mehr spionieren? Ich dachte, du bist schon Vollprofi!«

»Klar!«, nickt meine zweitjüngste Schwester. »Bin ich auch. Aber als Profi muss man immer und jeden Tag dazulernen. Weißt du das nicht?«

Gregory grinst noch breiter. »Na, logo! Da hast du total recht!«

Und dann klopft der Verräter mir doch tatsächlich auf den Rücken: »Livi wird das schon machen!«

Habe ich gesagt, dass Gregory die beste Freundin ist, die man haben kann? Also echt, manchmal ist er genauso blöd wie die meisten anderen Jungen!

Malea sieht sofort hocherfreut aus. »Heute Abend?«

»Ähm …« Diesmal atme ich zischend ein. Vermutlich wieder etwas zu laut. Denn Malea kriegt sofort vorwurfsvolle Kulleraugen. »Du *hast* versprochen …!«

»Ja, ja! Ich mach's ja!«

Als ich Maleas glückliches Gesicht sehe, lächele ich sogar.

Ich hab meine Schwestern wirklich lieb. Sogar sehr lieb. Ich verstehe nur nicht, warum immer ich diejenige bin, die Kenny morgens Kakao kocht (na gut, der von Iris schmeckt vermutlich etwas zu angebrannt), für Tessa den Haushaltsdienst übernimmt (letzten Samstag, weil die eitle Henne

UNBEDINGT noch mehr Schminkzeit brauchte, um sich für irgend so 'ne blöde Party aufzubrezeln – ungefähr sieben Stunden lang!) und für Malea irgendwelche Infos aus dem Internet fischt (und das anscheinend heute).

»Danke, Livi! Du bist toll!«, schmeichelt mir meine gerissene Spioninnenschwester.

Da kommt mir plötzlich eine Idee. Ich drehe mich zu meiner älteren Schwester um, die mit Dodo ein paar Schritte hinter uns geht. »Ach ... duuu, Tessa? Übernimmst du dann heute meinen Staubsaugdienst?«

»Iiiiich?«, quietscht Tessa auf. »Wieso sollte ICH denn ...«

»Weil ich letzte Woche für dich die Wäsche aufgehängt habe, damit du auf diese beknackte ...«, grunze ich ihr entgegen.

»Aber doch nicht STAUBSAUGEN!«, unterbricht mich Tessa entsetzt. »Der Staubsauger *staubt* doch! Danach brauch ich ja Stunden, um wieder halbwegs normal auszusehen!«

Normal?

Ich denke darüber nach, *was* eigentlich normal ist. Meine Eltern ganz sicher nicht, aber Tessa bestimmt noch weniger. Ich meine, wer möchte schon neunzig Prozent seiner Lebenszeit mit dem Ausquetschen irgendwelcher Pickel oder Tuben verbringen (um deren Inhalt auf ebendiese Pickel zu kleistern)? Und ist es wirklich normal, an einem normalen Freitag in einer normalen Schule in knalllila Netzstrumpfhosen rumzuwackeln, mit rosa Wildlederröckchen und Stöckelschuhen, deren Absätze die Höhe einer ganzen Treppenstufe (mindestens!) haben?

»Ihr seid echt besser als jede Sitcom, höhöhö!«, kichert Gregory jetzt.

Blöder Hammel! Wieso ist der in letzter Zeit eigentlich so selten auf meiner Seite?

»Heute nach dem Abendessen?« Malea lässt nicht locker.

Ich auch nicht. »Du übernimmst also meinen Dienst?«, löchere ich Tessa.

Immerhin – wenn ich das blöde Saugen von Wohnzimmer, Küche, Flur und der gesamten unteren Etage loswerde, dann kann ich mich auch gerne für Malea an den Computer setzen.

»Nicht STAUBsaugen!«, quiekt Tessa.

Ha! Da kommt mir noch eine Idee! Warum sollte ich selbst auf geschminkten Granit beißen, wenn andere das viel besser können?

Der Tag heute war schon anstrengend genug. Es ist nämlich nicht nur der letzte Freitag vor den Ferien, sondern auch der erste April. Und klar, dass alle meine dämlichen Mitschüler sämtliche dämlichen und uralten Aprilscherze ausgepackt haben. Manche Scherze sind ja wirklich witzig, aber manche sind einfach nur... na ja, eben dämlich. Da muss ich mich jetzt echt nicht noch mit Tessa rumstreiten.

»Malea...«, wende ich mich deshalb wieder an meine zweitjüngste Schwester, »ich kann das heute für dich nur machen, wenn Tessa für mich saugt. Sonst hab ich nicht genug Zeit. Gregory und ich müssen noch für unsere Auroras-Freunde-Webseite zwei lange Artikel schreiben.«

Es klappt! Malea fängt sofort mit ihrer gewohnten Hartnäckigkeit an, Tessa zu bearbeiten.

Ich lächele zufrieden. Den blöden Haushaltsdienst wäre ich dann wohl für heute los. Gregory hat mein kleines Manöver durchschaut und schüttelt lachend den Kopf: »Ihr seid echt zu komisch!«

Komisch? Es ist bitterernst, in dieser Familie zu überleben. Aber langsam kriege ich den Bogen raus, glaube ich. Nur das mit den Fröschen, das geht irgendwie gar nicht!

Kenny, meine kleinste Schwester, hatte schon immer die

verrückte Idee, dass jedes Mädchen einen Prinzen haben sollte. Bei der süßen Maus hat das ja auch prima geklappt: Sinan, der in ihre Klasse geht, sieht wirklich wie ein wunderhübscher Prinz aus dem Märchenbuch aus, mit seinen dunklen, samtig glänzenden Haaren und Augen. Außerdem ist er total nett. Vor allem zu Kenny. So wie Prinzen eben sein sollten.

Was natürlich nicht heißt, dass jedes Mädchen nur glücklich werden kann, wenn ein dunkelhaariger Bilderbuchprinz an seiner Seite ist. Genauso wenig heißt es aber, dass es für jedes Mädchen dieser Welt überhaupt irgendwo einen Prinzen gibt. (Auch wenn Rema – unsere Renate-Oma – und Iris mir genau das seit dieser Daniel-Geschichte dauernd einreden wollen. Von wegen *Jedes Töpfchen findet ein Deckelchen* oder irgendwas ähnlich Bescheuertes. (Echt! Bin ich ein alter *Topf?*) Am allerallerwenigsten aber heißt es, dass ICH einen Prinzen *will* oder *suche* oder noch irgendwann mal in meine Nähe lassen werde! Und nein, das hat *nichts* mit der Daniel-Geschichte zu tun!

Obwohl, das war schon eine wirklich fiese Sache mit Daniel …

Okay, ich gebe zu, ich war ziemlich lange in diesen Idioten verknallt. Und muss mich jetzt fragen, wie ich so dermaßen blind sein konnte! Denn Daniel ist nicht nur blöd, sondern auch richtig bösartig. Oder na ja, zumindest war er das. In letzter Zeit gibt er sich doch Mühe, sich zu ändern, glaube ich. Daniel hat nämlich über viele Wochen hinweg so einem hilflosen kleinen Jungen aus Maleas Klasse Angst gemacht und ihn erpresst. Aber dann flog alles auf und nun muss er zur Strafe »soziale Dienste« für unsere Stadt ableisten, hihihi.

Aber wie kam ich denn jetzt auf Daniel?

Ach ja, Prinzen! Will sagen, Frösche!

Dass Kenny mich dauernd mit ihren Prinzen nervt und tatsächlich glaubt, ich wäre traurig, weil ich keinen habe, ist schon schwierig genug. (Wie kommt die bloß auf die Idee? Sehe ich etwa traurig aus?) Aber sie ist ja leider erst sieben, deswegen sind in Kennys Welt Prinzen wohl zwangsläufig mit Fröschen verknüpft. Zumindest die fehlenden Prinzen. Seufz. (Das Märchen vom Froschkönig muss sie mächtig beeindruckt haben …)

Tja, und heute Morgen mache ich also ahnungslos meine Schublade mit der Unterwäsche auf und heraus springen – echt, mir direkt ins Gesicht! – unzählige Frösche! Gefühlte HUNDERT!

Ich bin fast ohnmächtig geworden. Ich konnte nicht mal schreien. (Hätte ja auch nicht besonders viel geholfen.)

Die Viecher fühlen sich vielleicht eklig an! Kalt und glitschig. Besonders wenn man gerade aufgewacht und nicht unbedingt in optimalster Froschlaune ist! Puh! Also, ich bin ja nun wirklich keine aufgeföhnte Nudel wie Tessa oder Dodo, aber Frösche im Gesicht möchte selbst ich nicht haben!

Allerdings schienen die armen Dinger auch nicht gerade in Mädchenlaune zu sein, denn bei meinem Anblick reagierten die noch entsetzter als ich. Hüpften hektisch durch meine Klamotten, über meine Bettdecke und quer durchs Zimmer! Ich wusste nicht, ob ich einen Tobsuchtsanfall kriegen oder weinen oder lachen sollte.

Eine wild durch die Gegend hopsende Froschmeute ist einfach zu viel für ein kleines Zimmer! Und die einzufangen, war komplett unmöglich. Ich hab nicht mal einen einzigen zu fassen gekriegt. Jeder glibschte mir sofort wieder aus den Händen, bevor ich ihn richtig packen konnte. Außerdem wollte ich den Fröschen ja nicht wehtun.

Gerade als ich drauf und dran war, völlig entnervt loszuheulen, steckten Kenny und ihre Bonbon-Freundin Bentje, die bei uns übernachten durfte, ihre Nasen zur Tür rein. Die beiden strahlten wie Prinzessinnen im Süßkramparadies.

Voller Stolz und freudiger Erwartung blickten sie mich an. So als würden sie gleich Geburtstagsgeschenke auspacken dürfen. »War der richtige Prinz dabei, Livi?«

So was Unschuldiges! Ich meine, die wollten mich ja nicht wirklich ärgern. Da kann man echt nur schwer böse sein! (Wie die beiden Kichererbsen die Frösche allerdings so leise in mein Zimmer geschafft haben, dass ich nicht mal aufgewacht bin, ist echt eine Leistung!)

Also hab ich mich auf mein Bett gesetzt, die hüpfende Froschmasse angeguckt und bloß leise geseufzt.

Das müssen die beiden aber auch wieder falsch verstanden haben.

»Du musst sie küssen, Livi! Das weißt du doch, oder?«, hat Bonbon-Bentje mich ernsthaft belehrt. »Sonst *kann* es nicht klappen!«

Ich nickte ergeben. »Ich weiß.«

»Sollen wir dir helfen?«, fragte Kenny.

Ich nickte noch mal. Diesmal heftiger. Und dankbarer. Hilfe beim Einfangen konnte ich dringend gebrauchen.

Leider war das aber gar nicht das, was Kenny gemeint hatte. Sie stürzte sich zwar sehr geschickt auf einen der kleinen schleimigen Hopser und kriegte ihn auch zu fassen. Doch dann *küsste* sie ihn mit sehr feierlich gespitzten Lippen, und als nichts passierte – außer dass der Frosch blöd guckte –, da ließ sie ihn wieder los.

»Ich glaube, der war's nicht«, meinte Kenny etwas enttäuscht und rannte schon dem nächsten hinterher.

Inzwischen hatte ich beschlossen, weder zu weinen noch

zu lachen noch einen Tobsuchtsanfall zu kriegen, sondern stattdessen mein Zimmer den küssenden Prinzessinnen zu überlassen und erst mal duschen zu gehen. Und das tat ich dann auch.

So ist meine Familie nun mal. Das nennt man wohl Schicksal. Aber muss es ausgerechnet *ich* sein, die mit diesem Schicksal geschlagen ist?

Livi

Aprilscherze, die nicht lustig sind:

- *Pupskissen, auf die man sich setzt, während die ganze Klasse grölt.*
- *Leckere Pralinen, die einem von der Schnepfe Cäcilie großzügig angeboten werden (da hätte ich gleich misstrauisch werden müssen!) und dann, gerade als man zugreifen will, mit einem kichernden »April, April!« im Magen von ebendieser Schnepfe verschwinden.*
- *Von Lehrern angekündigte Freistunden, die sich nach dem unvermeidlichen April-April-Ruf stattdessen als Deutschgrammatiktest entpuppen. (Findet Frau Tönning so was eigentlich wirklich witzig?)*
- *Radiosendungen, die morgens verkünden, dass das deutsche Wahlrecht bald auch schon für Jugendliche ab 13 gilt. Mein Magen hat richtig HUPS gemacht vor Freude – oh Mann, was ich da alles nicht wählen würde! –, bis der Radiomoderator fröhlich »April, April!« ins Mikro schmetterte. Die Enttäuschung, die da in meinen Bauch knallte, hat mir mein ganzes Frühstück verdorben.*
- *Gregory, der einen plötzlich wild an den Haaren zieht, weil sich da angeblich eine riesige, gefährliche Hornisse verheddert hat. Ha-ha, sehr witzig, Herr Hahn! Pass bloß auf, dass sich heute keine Faust unter deinem Kinn verheddert!*

Als wir ins Haus kommen, weht uns schon Iris' Kochduft entgegen. Aber – Moment mal! Das riecht ja richtig nach Küche! Ich meine, nach normaler Küche. So wie in anderen Häusern mittags auch. Wie *normales* Essen!

Heiliger Sonntagsbraten, bekommen wir heute etwa eine *richtig normale* Mahlzeit vorgesetzt? Hab ich irgendwas verpasst? Ist heute Weihnachten? Geburtstag? Ostern ist auf jeden Fall erst nächstes Wochenende! Ich wage ja kaum, mich zu freuen!

Iris' Essenskreationen reichen für gewöhnlich von Spargel mit Erdbeerbutter (übrigens gar nicht sooo schlecht) bis hin zu Apfelstrudel mit Hackfüllung. (Das allerdings kann schon etwas enttäuschend sein. Besonders wenn man tatsächlich Äpfel im Strudel erwartet.)

Das Würzen aber ist die eigentliche Spezialität unserer Mutter. Und der Frühling deswegen die härteste Zeit für uns. Iris würzt nämlich mit allem, was sie in die Finger kriegt. Und im Frühling, wo es überall grünt und blüht und sprießt, hat sie da ja reichlich Auswahl. (Warum sagt ihr bloß keiner, dass Brennnesseln, Rosenblüten oder Veilchen im Garten zwar nicht besonders stören, in der Spaghettisoße aber schon?)

Ich überlege, ob ich meine Schulsachen schnell nach oben in mein Zimmer bringen soll, hab aber keine Lust, dass mir wieder Frösche ins Gesicht springen. (Obwohl Kenny und Bentje brav versprochen haben, die ganze Meute hinten im Garten auszusetzen.) Also stecke ich lieber erst mal meine Nase in die Küche und schnuppere vorsichtig noch etwas genauer.

Ja, riecht wirklich harmlos. Beinahe … gut!

Ich lächele Iris von der Türöffnung aus freundlich an. »Mhmm! Was gibt's denn heute Gutes?«

»Hallo, mein Schatz!« Iris dreht sich geschmeichelt um. (Nette Worte in Zusammenhang mit ihrem Essen ist sie nicht unbedingt gewohnt.) Ein kleines Lächeln huscht über ihr Gesicht. »Heute gibt's mal was ganz Langweiliges. Rindersteaks mit Kartoffeln und Möhren.«

»Richtige Steaks? Mit richtigen Kartoffeln und richtigen Möhren?« Malea drängt sich an mir vorbei und rennt rüber zur Pfanne. »Oh, leeeeecker!«

Iris nickt und strahlt. »Ja, richtige deutsche Hausmannskost!«

»Großartig!«, freut sich auch Cornelius, der mit ölverschmierten Händen in die Küche kommt.

Vielleicht freut er sich etwas zu doll, denn als er Iris' leicht beleidigtes Gesicht sieht, korrigiert er sich sofort: »Ich meine, *mal* ist ja auch stinknormal ganz in Ordnung.«

Iris sieht besänftigt aus.

Ich stehe zwar nicht besonders auf Steak, aber alles ist besser als Spinat in Gewürzgurkensuppe oder ähnlich verrückte Mischungen. Vielleicht wird der Tag ab jetzt ja doch noch richtig gut.

»Gibt's Kartoffelplatsch aus der Tüte?« Kenny und Bentje, die vermutlich schon lange aus der Schule zurück sind, stürzen aus dem Garten in die Küche. »Darf Aurora mitessen?«

Erst da bemerke ich, dass die beiden Kennys alten Puppenwagen mit unserem weißen Huhn darin die drei Stufen hinter sich hochzerren.

»Toooock!«, gackert Aurora mit weit gespreizten Flügeln zur Begrüßung.

Kenny fährt gern mit Aurora spazieren. Viel lieber als mit ihren Puppen. Und Aurora gehört zu der seltenen Sorte Huhn, die sich gern spazieren fahren lässt. Wahrscheinlich weil die Arme in ihrer schrecklichen Legebatterie-Vergangenheit so wenig von der sonnigen Welt gesehen hat, dass sie jetzt gar nicht genug davon kriegen kann.

»Nein!«, bellt Cornelius. »Hühner beim Mittagessen! So weit kommt's noch! Die gibt's allerhöchstens gut durchgebraten auf dem Teller, aber nicht wild herumflatternd.«

»Natürlich darf sie, warum denn nicht?«, sagt Iris sanft vom Herd aus und lächelt Kenny und Bentje an. »Solange Aurora brav in ihrem Wagen sitzen bleibt und nicht auf den Tisch hüpft?«

»Mmmpfff«, macht Cornelius. »Was ich sage, zählt wohl nicht, wie?«

»Das nächste Mal darfst dann du bestimmen, Papa«, verspricht Kenny großzügig.

»Cornelius!«, brummt Cornelius muffelig. »Ich heiße Cornelius!«

»Das weiß ich doch, Papa«, antwortet Kenny geduldig und schiebt Aurora in die Ecke zwischen Kühlschrank und Geschirrvitrine.

»Mmmpfff«, macht Cornelius.

»Wie läuft es denn mit dem Motor vom Bandbus?«, versucht Iris diplomatisch ein anderes Thema anzuschneiden. »Habt ihr schon herausgefunden, woran es liegt?«

»Mmmpfff«, grunzt Cornelius zum dritten Mal und marschiert wieder aus der Küche raus. Woraus ich schließe, dass auch das kein gutes Thema war.

»Essen ist in einer Minute fertig!«, ruft Iris hinter ihm her. »Sag doch Matte, er ist herzlich eingeladen. Es ist genug da.«

Ich schmeiße meine Schulsachen unter die Garderobe und setze mich schon mal an den Tisch. Bei einem so wunderbar *stinknormalen* Gericht muss man sichergehen, dass man auch genug abbekommt.

»Hallo, meine Lieben!« Rema weht in ihrem regenbogenbunten Morgenmantel in die Küche.

»Hast du ausgeschlafen, Mutter?« Iris wendet die duftenden Steaks ein letztes Mal in der Pfanne und häuft danach die wunderbar gewöhnlich aussehenden Möhrenscheiben in eine Schüssel.

Ausgeschlafen? Um diese Uhrzeit??

Ich sehe Rema fragend an. »Geht's dir nicht gut, Remi?«

»Ach doch, mein Liebes! Mach dir keine Sorgen!« Rema winkt ab. »Ich schlafe nur so schlecht in den letzten Tagen, deswegen musste ich mich heute noch mal hinlegen. In meinem Zimmer sind nämlich nachts …« Sie bricht ab. »Ach, egal.« Dann klatscht sie in die Hände, wie um sich in die richtige Stimmung zu bringen, und rückt ihren Stuhl zurecht. »Jetzt wollen wir erst mal schön gemütlich essen, nicht?«

»WAS ist nachts in deinem Zimmer, Remalein?«, hakt Kenny sofort neugierig nach und setzt sich auf den freien Platz neben ihr.

Rema seufzt tief auf, als hätte Kenny sie an einen Albtraum erinnert.

Du meine Güte, das klingt ja schrecklich! Was ist denn los? Hoffentlich ist nicht schon wieder irgendwas eingestürzt? (Solche Sachen passieren bei uns gerne mal. Na ja, ich schätze, das liegt zum Teil daran, dass unser Haus ziemlich alt ist. Und daran, dass wir nicht genug Geld haben, um alles, was nötig wäre, reparieren zu lassen.)

»Kann Dodo mitessen?« Tessa steht im Türrahmen. Hinter ihr grinst Dodo in die Küche. Die hatte sich doch vor zehn Minuten unten an der Kreuzung von uns verabschiedet?

»Dodos Eltern sind gerade weggefahren, weil irgendein Großonkel von ihr ins Krankenhaus gekommen ist und nun keiner auf seinen Hund aufpasst«, erklärt Tessa. »Und da haben ihre Eltern ihren eigenen Boxer ins Auto gepackt und sind ...«

»Kein Problem«, lächelt Iris und nickt Dodo zu, »setz dich!«

Ob Gregory nebenan bei sich zu Hause schon mit unserem Artikel zum Thema Mastfutter in der Schweinezucht angefangen hat?

Echt unfassbar, was die den Tieren da zu fressen geben! Antibiotika zum Frühstück! Egal, ob die krank sind oder nicht. Nur so aus Vorsorge. Weil die Tiere nämlich so schlecht gehalten werden, dass sie oft ansteckende Krankheiten bekommen. Klar, dass die Medikamente später dann auch in unseren Körpern landen. Jedenfalls, wenn wir das Fleisch von diesen Schweinen essen. Und das ist natürlich ganz und gar nicht gut, weder für uns noch für die Tiere! Das wollen Gregory und ich den Leuten endlich mal klarmachen. Ich kapiere einfach nicht, wieso die Menschen über so wichtige Dinge so wenig nachdenken!

Als ich aufschaue, fällt mir auf, wie blass und müde Rema aussieht. So gar nicht wie unsere unbekümmerte, fröhliche Oma!

Bevor ich allerdings weiter darüber nachdenken kann, werde ich von Cornelius und Matte abgelenkt, die mit inzwischen immerhin gewaschenen Händen in die Küche stapfen, dafür aber in von oben bis unten autoreparaturverschmierten Overalls stecken.

»Ich glaube, das war's dann mit unserem schönen Bandbus«, verkündet Matte. »Der Bulli braucht 'nen neuen Motor. Aber das lohnt nicht mehr bei dem alten Ding. Da müssen wir wohl einen neuen Bus kaufen.«

»Ach du je!«, entfährt es Iris. »Wie viel kostet denn der?«

»Na, *das* riecht ja köstlich!«, wirft Cornelius hastig ein.

Betont überlaut und überdeutlich. »Es duftet wie im Paradies!«

Cornelius tut so, als hätte er Iris' Frage und Mattes Bemerkung gar nicht gehört. Über Geld streiten sich meine Eltern nämlich ziemlich gerne. Aber bei so vielen Mithörern will Cornelius das jetzt wohl lieber vermeiden.

»Und *wie!*« Matte stimmt Cornelius sofort zu. Ihm ist vermutlich gerade klar geworden, dass er das Thema »neuer Bus« lieber etwas dezenter auf den Tisch hätte bringen sollen. »Wie im Fünfsterne-Restaurant!«

Iris strahlt übers ganze Gesicht. Da hat Cornelius gerade noch die Kurve gekriegt. Ich muss ein bisschen grinsen. Echt, Eltern! Als wären wir im Kindergarten!

»Stopp sagen, wenn ihr genug habt!«, ruft Iris fröhlich und fängt an, uns perfekt gebratenes Fleisch mit Kartoffeln und wunderbar appetitlichen Möhren auf die Teller zu schaufeln.

Und dann sind wir alle glücklich mit Mampfen beschäftigt. Obwohl ich wenig später schon den zweiten Teller verdrücke, kann ich es immer noch nicht fassen: keine Spur von Tulpen, Nugat, Lebkuchen oder Iris' sonstigen Lieblingszutaten. Nichts. Nirgends. Einfach nur köstlich!

»Wie kommst du nur darauf, so etwas wunderbar Altmodisches zu kochen?«, fragt Rema, während sie sich die Lippen leckt. »Ob ich wohl noch ein drittes Häppchen Rindersteak haben könnte? Aber nur ein ganz kleines! Oder esse ich den anderen zu viel weg?« Rema guckt sich schuldbewusst um.

Doch Iris hat anscheinend Berge gebraten und im Ofen warm gehalten. Wir essen alle so viel, dass wir gleich platzen.

»Zur Feier des Tages wollte ich euch etwas ganz Besonderes vorsetzen«, lächelt Iris zufrieden über ihren Erfolg.

»Das ist dir gelungen«, schmatzt Matte begeistert. (Ich

glaube, er kaut an seinem vierten Stück Steak.) »Was für ein Glück, dass wir ausgerechnet heute versucht haben, den Bus zu reparieren! Ich wünschte, Katrin wäre auch hier.«

Meine Lehrerin Katrin Dornkater und Matte, der Bassist von Cornelius' Band Rainbow, haben sich vor ein paar Monaten zufällig bei einem Konzert kennengelernt und nun ist es tatsächlich die große Liebe. Iris behauptet sogar, sie könne *die Hochzeitsglocken schon läuten hören.* Na ja, mir egal. Privat ist Frau Dornkater, die wir jetzt Katrin nennen dürfen, jedenfalls erstaunlich viel netter als in der Schule.

»Ihr müsst bald mal wieder einen Abend hierherkommen!«, lädt Iris die beiden herzlich ein.

»Au ja! Und dann machen wir Musik! Ich spiel Schlagzeug!«, ruft Kenny begeistert. »Und Mama singt. Und ...«

»... du bist dann im Bett!«, ergänzt Cornelius.

»Du bist doof, Papa!«, nölt Kenny und spielt mit einer Möhre rum.

»Das Rindfleisch war wirklich ganz besonders lecker«, findet Rema. »Hast du das vom Fleischer im Ort?«

Da geht ein strahlendes Leuchten über Iris' Gesicht. Ein Leuchten, das allerdings ein klein wenig alarmierend ist. Schließlich kenne ich unsere Mutter schon lange genug. Und ich kenne alle Alarmsignale ...

Hastig schlucke ich den letzten Bissen runter und warte auf Iris' Antwort.

»Nein, nicht beim Fleischer«, fängt Iris begeistert an zu erzählen. »Ich hab da eine tolle Firma im Internet gefunden, bei der man ...« Das Leuchten geht praktisch in ein Warnblinklicht über. »... exotisches Fleisch bestellen kann.«

Iris sieht aus wie damals, als sie uns von ihrem Buchpreisgewinn erzählt hat.

Warum nur kriege ich jetzt auch noch so ein warnendes

Bauchkneifen? Bis jetzt ist doch noch nichts Schlimmes passiert. Aber ich glaube, es ist das Wort *exotisch*. Das gefällt mir nicht. Schon gar nicht im Zusammenhang mit Iris und Kochen.

Iris strahlt unverändert weiter. »Erst wollte ich euch ja Antilopenfleisch servieren.«

»*A-A-Anti-WAS...?*« Tessa verschluckt sich vor Schreck.

Und Dodo neben ihr sieht aus wie eine Gazelle, die beim Anblick einer Löwin erstarrt.

Doch Iris beachtet die beiden gar nicht. »Aber dann habe ich gesehen, dass Kamelfleisch im Angebot war. Kaum zwanzig Euro das Kilo! Praktisch geschenkt, findet ihr nicht?«

KAMELfleisch? Ich habe gerade ein Stück *Kamel* verspeist?

Ich wünschte, ich könnte wenigstens den letzten Bissen wieder ausspucken. Rrrrgggg! Der Würgreiz kommt ganz automatisch.

»Aber du hast doch gesagt, es wäre stinknormales Rindersteak?«, haucht Rema ungläubig. Den anderen am Tisch scheint es die Sprache verschlagen zu haben.

Iris lacht übers ganze Gesicht. »April! April! Reingefallen! Lustig, nicht? Als ob ich so was Langweiliges wie normales Rindersteak kochen würde! Ach, Kinder, das macht Spaß, euch reinzulegen. Aber das Beste ist doch, dass es euch allen so gut geschmeckt hat! Bestimmt hättet ihr nicht so reingehauen, wenn ihr gewusst hättet, was ihr esst. Ihr seid so schrecklich heikel, wenn es um interessante Gerichte geht.«

Iris sieht so glücklich aus, als hätte sie nicht nur einen Buchpreis, sondern im Lotto gewonnen. Manchmal habe ich den Verdacht, dass es ihr Spaß macht, uns mit ihrer Kocherei zu triezen. Oder glaubt sie am Ende wirklich, uns etwas Gutes zu tun?

»Und nächstes Mal gibt es Krokodil«, fährt sie strahlend

fort. »Dazu habe ich ein ganz tolles Rezept auf der Webseite gefunden. Leider war Krokodil ausverkauft.«

Kotzendes Känguru! Dafür sollten wir dann wohl noch dankbar sein! Rülps! Über Krokodilfleisch will ich gar nicht nachdenken!

Iris guckt zu mir rüber. »Und du brauchst auch nicht verrückt zu spielen, Livi! Das sind keine wilden Tiere, die geschlachtet werden, sondern die kommen von einer Zuchtfarm. Genauso wie die Kühe oder die Schweine, die wir sonst essen, auf Bauernhöfen gezüchtet werden.«

Wrrrrgg! Vielleicht sollte ich überhaupt keine Tiere mehr essen?

Ich muss dringend ein ernstes Wort mit Iris reden. Aber nicht jetzt. Ich glaube, ich geh mal nach oben in mein Zimmer. Ein *Kamel* in meinem Magen! Mir wird grad ein bisschen übel …

Sieben Stunden später liege ich mit offenen Augen im Bett und denke über mein Leben nach. Mann, was für ein Tag! Ein Glück, dass es nicht mehrere erste Aprils im Jahr gibt! Dann würde Iris wohl zu absoluter Hochform auflaufen. Mein Bauch rumort immer noch.

Nachdem ich im Internet tatsächlich Maleas Beschattungstipps gefunden hatte (während Tessa zeternd staubsaugte – mit Atem- und Haarschutzmaske!), war kaum noch Zeit, um mich an den Artikel über Schweinezucht zu setzen. Außerdem ging mir das, was ich für gewöhnliches Rindfleisch gehalten hatte, nicht mehr aus dem Kopf. Ich meine, ist es wirklich gesetzlich erlaubt, dass einen die eigene Mutter mit *Kamelen* füttert?

Wird Zeit, dass ich volljährig und wahlberechtigt werde und endlich ein paar längst überfällige Kinderschutzgesetze einführen kann! Wer ahnungslosen Töchtern Kamelfleisch vorsetzt, wird mit Küchenverbot nicht unter zwei Jahren bestraft. Oder so ähnlich.

Hm, allerdings … wer würde dann kochen? Etwa Tessa, Malea, Kenny oder ich? Äh, Moment, *die* Zeit habe ich natürlich nicht!

Na schön, jedes Gesetz hat Lücken. Daran arbeite ich dann noch.

Kenny

Unsere Rema ist nicht dick. Und wenn irgendjemand das behauptet, dann trete ich dem aber volle Kanone auf den Fuß! Weil das nämlich fies ist, so was zu sagen. Man soll immer höflich sein zu allen Leuten. Und ihnen außerdem helfen, so gut man kann. Das sagt Rema auch. Weil Rema nämlich nicht nur nicht dick ist, sondern auch die netteste Oma auf der Welt. Bentje findet das auch. Beides. Dass Rema die netteste Oma ist und dass man Leuten helfen sollte, wenn die Hilfe brauchen. Und Bentje findet außerdem, dass unsere Rema nie langweilig ist. Was ja total klar ist. Bei uns in der Familie ist überhaupt niemand langweilig. (Nicht mal Livi.) Bei der armen Bentje zu Hause sind leider fast alle langweilig. Sogar ihr Goldhamster, der schläft nämlich den ganzen Tag nur. (Aber das sage ich Bentje nicht. Das wäre ja nicht höflich.) Unsere Rema aber hat die tollsten Ideen und geht auch richtig gerne auf so tolle Sachen wie Demos. (Keiner aus meiner Klasse hat eine Oma, die das tut.) Demos sind so Spaziergänge, wo alle, die mitmachen, total lustige, selbst gemalte Plakate rumtragen. Und unsere sind immer die besten. Schon das Malen vorher macht Spaß. Alles macht Spaß mit Rema. Und wenn man abends kuschelig wird, dann ist es überhaupt am besten, dass Rema ist, wie sie ist. So weich und warm und bequem nämlich. Auf Remas Schoß hätten sogar Bentje und ich beide zusammen Platz.

Hihi, wir hatten gestern einen voll lustigen Tag! Und heute fängt es auch schon gut an!

Bentje und ich haben nämlich beschlossen, in den Osterferien richtig viele Leute glücklich zu machen. Indem wir ihnen helfen und all so was. Und damit haben wir gestern Morgen schon losgelegt. Obwohl da ja noch ein Tag Schule war. Aber Bentje durfte bei mir übernachten, und wir sind schon ganz früh aufgewacht und hatten außerdem nichts anderes zu tun.

Bentje fand, wir sollten damit anfangen, Livi glücklich zu machen. Die arme Livi sah die letzten Wochen wieder richtig traurig aus. Ich glaube, das liegt daran, dass sie vor lauter Löchern im Himmel, die irgendwie Osonloch oder so heißen, gar nicht dazu kommt, daran zu denken, sich rechtzeitig einen Prinzen zu suchen. Ich meine, bevor sie alt und schrumpelig ist und vielleicht keinen mehr abbekommt.

Ein paar Tage lang hat sie sogar krank im Bett gelegen, dabei hatte sie gar kein Fieber oder so. Und ich hab Mama mal mit Rema darüber flüstern hören und da haben sie das Wort *Liebe* ganz oft benutzt. (Den Rest konnte ich leider nicht gut verstehen, denn ich saß hinter dem Kühlschrank, und der ist so blöd laut, dass man immer nur die Hälfte versteht.) Deshalb hab ich Bentje da sofort voll zugestimmt. Dass wir mit Livi anfangen sollten nämlich.

Weil es so früh am Morgen war, dachten wir, wir probieren es erst mal auf ganz einfache Art und setzen Livi einen Frosch ins Zimmer. Denn wenn da dann der Prinz rauskommt, wäre das Problem in einem Hops gelöst.

Zur Sicherheit haben wir dann nicht nur *einen* Frosch hinten im Garten gesucht, sondern lieber gleich zwölf. (Als wir mal richtig dabei waren, ging das Einfangen ganz leicht.) Man weiß ja nie. Vielleicht ist das ein bisschen so wie mit den Losen auf dem Jahrmarkt. Vielleicht ist gar nicht in *jedem* Frosch ein Prinz versteckt, sondern vielleicht braucht es dabei ein bisschen Glück? Und weil ich Livi so lieb hab, haben wir ihr also gleich einen ganzen Haufen Prinzen-Glückslose ins Zimmer gesetzt. Da musste dann doch einfach ein Hauptgewinn dabei sein!

Aber weil wir Angst hatten, dass die aus dem offenen Fenster springen könnten und wieder weg sind, bevor Livi aufwacht, haben wir sie in Livis Unterhosenschublade verfrachtet. Die macht sie garantiert jeden Morgen auf und verloren gehen können die Prinzen da drin auch nicht.

Bentje hatte ein bisschen Sorge, dass Livi möglicherweise GAR KEINER von den zwölf Prinzen gefallen könnte. Sie sagte, Livi hätte manchmal einen komischen Geschmack. Das finde ich zwar nicht. (Livi ist die Beste! – Außer Remi natürlich.) Aber ich wusste, was Bentje meint.

»Dann müssen wir Livi eben anders helfen«, sagte ich. Bentje und mir wird dann schon noch was einfallen! Bentje fällt immer was ein! »Aber jetzt probieren wir es erst mal so.«

Bentje nickte.

Als Livi die Prinzen (die natürlich noch Frösche waren) gefunden hatte, sah sie nicht ganz so begeistert aus, wie man wohl erwarten könnte. Und dooferweise wollte sie nicht mal einen einzigen küssen. Also echt, dabei haben Bentje und ich uns so viel Mühe gegeben!

Wir mussten Livi sogar versprechen, alle zwölf Prinzen wieder raus in den Garten zu tragen, während Livi unter die Dusche ging.

»Pfffff«, machte Bentje enttäuscht. »Sie hätte ja wenigstens *einen* küssen können.«

Aber genau da ist mir eine echt gute Idee gekommen.

Deshalb haben wir gestern dann nur elf Frösche zurück

ins Freie gebracht und den letzten dort versteckt, wo Livi ihn erst abends (oder nachts, wenn sie endlich schlafen geht, hihi!) finden wird. Vielleicht war sie ja am Morgen zu müde zum Küssen. Wenn sie allerdings den letzten Prinzen findet, MUSS sie den einfach küssen! Das geht gar nicht anders. Außerdem haben wir ihr den hübschesten rausgesucht.

»Ob sie ihn schon gefunden hat?«, fragt Bentje, die gerade vom Fußboden aufsteht und zurück zu mir unter die Decke krabbelt.

Bentje fällt ziemlich oft aus dem Bett. Aber das gibt sie natürlich nicht zu. Sie sagt dann immer, sie wollte nur mal gucken, ob mein Teppich auch noch gerade liegt oder so ähnlich verdrehtes Zeug.

»Klar«, kichere ich, »klar, schon längst, sie muss sich doch abends die Zähne putzen!«

»Oh, toll«, sagt Bentje. »Bestimmt liegt sie dann seit gestern Abend mit ihrem Prinzen im Bett.«

Als wir uns das vorstellen, müssen wir natürlich beide kichern. Doch dann fällt mir was ein. »Vielleicht erlaubt meine Mama gar nicht, dass Livi mit einem Prinzen im Bett liegt!«

Livi ist schließlich erst dreizehn. Und nicht mal Tessas Knutschfreund Javier darf bei Tessa übernachten, obwohl Tessa schon fünfzehn ist. Javi schläft immer drüben bei unserem Nachbarn Walter Walbohm, wenn er und Ramón bei uns in Deutschland zu Besuch sind. (Was nicht so oft ist. Die beiden wohnen ja in Spanien.)

»Das ist egal«, meint Bentje. »Wenn Livi und ihr Prinz sich erst gefunden haben, ist es gar nicht wichtig, dass die zusammen im Bett liegen. Du liegst ja auch nicht bei Sinan im Bett.«

»Nee«, sage ich.

Und dann müssen wir noch mehr kichern.

Sinan ist der beste und schönste und lustigste und aufregendste und netteste Prinz, den man haben kann. Und er findet, ich bin die beste Prinzessin. (Hihihi!)

Ich gehe schon unheimlich lange mit Sinan. Schon mindestens drei Monate. Also echt fast mein halbes Leben.

Am Anfang war Bentje ziemlich eifersüchtig auf Sinan. Aber das ist sie jetzt zum Glück nicht mehr. Dass man mit jemandem geht, heißt ja nicht, dass die beste Freundin nicht mehr die beste Freundin ist. Und außerdem darf Bentje sogar in meinem Bett schlafen und Sinan nicht.

Sinans Eltern sind vor unheimlich langer Zeit aus der Türkei nach Deutschland gekommen. Da waren sie selbst noch Kinder. Aber sie können sich noch an ganz viele Sachen aus der Türkei erinnern. Das finde ich toll. Denn ganz oft gibt es echt türkisches Essen bei Sinan zu Hause, und das ist sooo lecker!

Manchmal macht Sinans großer Bruder Mete auch türkische Popmusik an. Die finde ich auch superdupertoll. Die ist nämlich richtig hopsig und ganz schnell und deswegen hopsen Sinan und ich dazu auch ganz wild und schnell auf dem Sofa von Sinans Eltern im Wohnzimmer rum. Das finden Sinans Eltern und Mete lustig. (Ist das gut oder ist das gut? Papa findet es nämlich nie so lustig, wenn ich auf unserem Sofa rumhopse.)

Ach, es gibt überhaupt ganz viele tolle Sachen, die bei Sinan anders und aufregend sind. Ich gehe sooo gern zu ihm nach Hause.

Einmal hat er mir sogar ganz heimlich bei sich im Zimmer einen Kuss gegeben. Also, ohne dass sein Bruder Mete oder seine Eltern das gesehen haben. Danach hat er ganz feierlich und ganz weich gesagt: »Öpüşmeyi çok severim.«

Ich hatte keine Ahnung, was das bedeutet, denn das ist ja

Türkisch, und leider kann ich kein Türkisch. Aber es klang so sanft und lieb. Mir wurde kuschelwarm im Bauch und ich war ganz tief glücklich. Ich meine, tief drinnen in mir. So ein Gefühl hatte ich das letzte Mal, als wir Aurora behalten durften.

Und ich glaube, genau so sollte das sein bei der Liebe. Auch wenn ich noch immer nicht weiß, was Sinan eigentlich gesagt hat. Verraten hat er mir das nämlich nicht.

»Dann musst du eben Türkisch lernen«, hat er gegrinst.

Mal sehen – vielleicht mache ich das auch. Wenn Tessa Spanisch lernen kann, damit sie mit Javi und Ramón spanisch sprechen kann, dann kann ich auch Türkisch lernen. Jawohl!

Ha! Wäre das nicht lustig, wenn Sinan das nächste Mal ganz sanft was zu mir sagen würde und ich würde ganz locker und auch total sanft was auf Türkisch antworten? Oh, da würde Sinan aber gucken! Hihihi, ja, das wäre soooo toll!

»Wollen wir mal in Livis Zimmer nachsehen?«, schlägt Bentje jetzt vor.

Au ja – das wollen wir! Wir hüpfen aus meinem Bett, schleichen uns in den Flur und tapsen ganz leise die Treppe zu Livis Zimmer runter.

Livis, Tessas und Maleas Zimmer sind in der Etage unter meinem und den Zimmern von Mama und Papa. Deswegen haben meine drei großen Schwestern ein eigenes Badezimmer.

Ich gucke auf die Uhr im Flur. Was? Schon sieben? Heute haben Bentje und ich aber lange geschlafen. Dabei sind doch ab heute Ferien und wir wollen keine einzige Minute davon verpassen!

»Schnell!«, treibe ich Bentje an. »Sonst ist Livi längst aufgewacht und der Prinz ist schon nach Hause gegangen.«

Da stutzt Bentje. »Du, daran haben wir gar nicht gedacht!«

»Woran haben wir nicht gedacht?«, frage ich.

»Der Prinz hat doch gar kein Zuhause«, meint Bentje. »Der kann doch jetzt nicht mehr hinten im Garten im nassen Gras wohnen.«

Ich gucke Bentje an. Puh, das stimmt ja!

Oje, jetzt haben wir endlich einen Prinzen für Livi und nun hat der gar keinen Platz zum Wohnen. Vielleicht frage ich Walter Walbohm, ob Livis Prinz bei ihm schlafen kann? Walter Walbohms Haus ist so groß wie unseres, aber er wohnt da ganz alleine, und außerdem ist Walter so nett, dass er bestimmt nicht Nein sagt.

Wir stehen unschlüssig vor Livis Tür.

»Los, drück die Klinke runter«, drängt Bentje. »Bevor wir ihm ein Zuhause suchen, gucken wir erst mal, ob er überhaupt da ist.«

»Wieso soll er denn nicht da sein«, gebe ich vorwurfsvoll zurück. »Wir haben den Becher ja mit einer von Tessas Riesenschminkdosen verschlossen. Der kann ja gar nicht *nicht* mehr da sein.«

Bentje nickt. »Nee. Aber es kann ja sein, dass Livi ihn geküsst hat und ihn dann gar nicht wollte. Ich meine, als er dann als Prinz vor ihr stand.«

»Pfff«, mache ich. »Wieso sollte Livi ihn denn nicht wollen?«

»Oder vielleicht mochte der Prinz Livi nicht«, gibt Bentje zu bedenken.

Also – da werde ich aber fast sauer.

»Wie blöd bist du denn?«, zische ich sie an. »JEDER mag Livi!«

»Ich meine ja nur …«, flüstert Bentje. »Los, mach jetzt endlich die Tür auf!«

Ich drücke im Schneckentempo ganz vorsichtig die Klinke runter und stelle mich genau vor den Spalt, damit ich als Erstes reingucken kann. Natürlich drängelt Bentje sofort von hinten, sodass ich fast ins Zimmer kullere.

»Mann, Bentje, schubs nicht so!«

Doch da ist die Tür schon ganz auf und Bentje steht neben mir.

»Höhöhö!«, kichert sie und deutet aufgeregt auf die dick aufgeplusterte Bettdecke, unter der Livi liegt.

Viel zu dick aufgeplustert für Livi. Livi ist nämlich echt dünn.

Da muss ich auch gleich kichern. Hihi, ob Livi vielleicht einen *furchtbar fetten* Prinzen abgekriegt hat?

Wir kichern jetzt mal etwas lauter. Denn jetzt wollen wir natürlich, dass Livi aufwacht. Ist ja klar, dass da jemand unter ihrer Decke ist. Und den wollen wir sehen. Schließlich haben wir ihr den ja besorgt.

Endlich schlägt Livi die Augen auf. »Oh!«

Und macht sie gleich wieder zu. »Ihr schon wieder!«

Eine Sekunde später reißt sie ihre Augen noch mal auf. »Habt ihr vielleicht wieder irgendwas in meinem Zimmer versteckt?«

»Hihihihi!« Da müssen wir natürlich noch mehr kichern.

Statt einer richtigen Antwort starren wir einfach nur die dicke Bettdecke an. Jetzt muss Livi doch was sagen!

»Is was?«, sagt Livi.

»Hihihi!«, kichern wir. »Höhöhö!«

Livi schließt die Augen wieder und stöhnt und dreht sich gequält auf die andere Seite. Weg von uns. Dorthin, wo ihre Bettdecke so interessant ausgebeult ist.

Das Stöhnen finde ich jetzt aber nicht nett. Das hört sich ja so an, als ob sie sich kein bisschen freut, dass wir hier sind. Sie könnte ja wenigstens mal Danke sagen für den Prinzen!

Livi sagt aber überhaupt nichts in der Art. Stattdessen schreit sie plötzlich los. »Wiiiiiih!«, schreit Livi und – peng – sind ihre Augen wieder auf.

Groß wie Suppenteller.

Bentje und ich erschrecken richtig. Und hören glatt auf zu kichern.

»Waaaaaah!«, schreit Livi. »Was ist DAS?«

Sie robbt auf die äußerste Seite des Bettes und reißt ihre Bettdecke beiseite – endlich! Denn nun können wir sehen, wer unter der dicken Wölbung liegt. Es ist...

»Auroralein!«, rufe ich erstaunt. »Was machst *du* denn hier?«

»Tooooock!«, gackert Aurora und reckt ihren Hals in unsere Richtung.

Anscheinend ist sie gerade erst aufgewacht und genauso verblüfft wie Bentje und ich. Sie guckt sich verdutzt um und fängt nun an, mit ihren Flügeln zu wedeln.

»Wieso hat sich der Prinz denn in Aurora verwandelt?«, fragt Bentje und starrt unser Huhn an, als hätte sie es noch nie gesehen.

»Also das geht zu WEIT!«, schreit Livi. »Das geht echt zu weit! Ihr habt sie doch nicht mehr alle! Wie kommt ihr auf die Idee, mir Aurora ins Bett zu setzen! Erst Frösche, jetzt ein Huhn, was ist morgen dran?«

»Aber wir...«, stottere ich. »Wir haben doch nur...«

Doch Livi hört mir gar nicht zu. Ich glaube, ich hab sie noch nie so wütend gesehen. Ich werde so traurig, dass ich fast anfange zu weinen. Ich meine, wir wollten ihr doch nur helfen. Und jetzt ist sie sauer. Und ich verstehe noch nicht mal, wie das passieren konnte!

Bentje versteht anscheinend genauso wenig.

»Wo ist denn der Prinz?«, fragt Bentje, als Livi endlich mal eine kleine Schreipause einlegt.

Livi guckt, als hätten wir nicht mehr alle Bonbons in der Dose. »Der WAS?«

Sie holt tief Luft, bemüht sich dann aber, nicht mehr zu schreien. Das kann ich deutlich sehen. Ich habe trotzdem immer noch das Gefühl, dass ich gleich losweinen muss.

»Kenny! Bentje!«, sagt Livi schon viel freundlicher. »Aus Hühnern können doch keine Prinzen werden! Und überhaupt …« Lächelt sie jetzt sogar beinahe? »Aurora ist doch ein Mädchen und kein Junge! Wie kommt ihr denn auf diese verrückte Idee?«

Bentjes Stirn verdüstert sich. »Wir haben dir ja nicht Aurora in den Zahnputzbecher getan, sondern den Prinzen! Und ich möchte gerne wissen, wo der jetzt ist!«

Dazu stemmt sie entschlossen die Hände in die Hüften. Bentje ist so. Die lässt sich so leicht nicht davon abbringen, wenn sie was Bestimmtes will.

Ich frage mich allerdings ebenfalls, was aus unserem Prinzen geworden ist. Denn wenn er sich in Aurora verwandelt hat, haben wir dann jetzt zwei Auroras?

»Wie?« Livi glotzt uns an, als hätten wir in Hühnersprache getockert. »Wovon bitte redet ihr?«

Ich sehe, wie Bentje nachdenkt. Dann fragt sie: »Hast du dir gestern *nicht* die Zähne geputzt?«

Livi denkt anscheinend auch nach. Denn ihre Antwort auf Bentjes Frage kommt erst nach einer ganzen Weile. »Wollt ihr damit sagen, dass ihr gestern noch einen weiteren Frosch in meinen *ZAHNPUTZBECHER* getan habt? Das ist doch …! Das ist doch …! SPINNT IHR?«

Ich fühle mich irgendwie gar nicht gut. Ich finde, das läuft irgendwie alles total blöd. Und verstehen tue ich das Ganze genauso wenig wie Bentje. Wo ist denn jetzt unser Prinzenfrosch? Und wieso ist Aurora in Livis Bett, wenn sie kein Frosch ist?

Livi überlegt anscheinend noch weiter. »Aber in meinem Zahnputzbecher war kein Frosch.«

Sie guckt uns forschend an. »Welche Farbe hatte denn der Becher, in dem ihr den armen Frosch eingesperrt habt?«

Bentje und ich gucken uns an.

»Lila?«, sagt Bentje vorsichtig. Denn – oh – gerade kriegen wir beide so ein Gefühl, als ob wir vielleicht den falschen Becher erwischt haben könnten?

Jetzt lächelt Livi tatsächlich. »Mein Becher ist grün. Supersommerwiesengrün.« Livi lächelt so glücklich wie der schönste Sommertag. »Der lila Becher gehört…«

»IIIIIIIIIIHHHH! NEIIIIIIN! Was ist DASSSSS denn? HILFEEEEE!«

Die plötzlichen Schreie kommen von ungefähr da, wo das Badezimmer von Livi, Tessa und Malea liegt. Und die kreischig hohe Stimme klingt verdammt nach meiner ältesten Schwester!

»TESSA!« Das ist Dodo, die aufgeschreckt durch den Flur ins Bad poltert. (Dodo durfte bei Tessa übernachten, wie Bentje bei mir). »Was ist passiert?«

Livi, Bentje und ich gucken uns an. Denn *wir* wissen, was passiert ist. (Dabei braucht Tessa echt am allerwenigsten einen neuen Prinzen.)

»Hihihi! Höhöhö!« Bentje und ich springen auf Livis Bett, von dem Aurora inzwischen runtergeflattert ist, und kichern endlich alle drei.

»Oh, ihr seid vielleicht kleine Knallbonbons!«, kichert Livi und fängt nun an, uns zur Strafe zu kitzeln. »Ihr seid doch echt die verrücktesten kleinen Knallerbsen, die es gibt auf der Welt! Versprecht sofort, dass ihr nie wieder Tiere im Haus aussetzt!«

»Höhöhö!«, kichert Bentje und windet sich unter Livis Kitzelhänden. »Ich verspreche!«

»Hihihi!«, quietsche ich. »Ich auch!«

»Und wieso setzt ihr mir nun auch noch die arme Aurora ins Bett?«, fragt Livi dann und hält uns erbarmungslos fest.

»Das ha-hahaha-ben wir doch gar nicht!«, quiekt Bentje.

»Echt ni-hihihi-cht!«, japse ich.

»Und wie kommt sie dann hierher?« Livi lässt nicht locker.

Ich bin schon so durchgekitzelt, dass ich fast keine Luft mehr kriege. »Mama hat bestihihihimmt das Hahahahaus abgeschlohohohossen und hihihi hahahat gar nicht gemeheherkt, dass Aurohohohora noch drihihihin war! Hihihi! Hör auuuuuf!«

Livi guckt uns nachdenklich an, aber dann scheint sie uns zu glauben. »Die arme Aurora! Wenn sie die ganze Nacht hier war und nicht zu Walter rüberkonnte, dann hat sie ja noch nicht mal Futter gehabt.«

Das scheint Aurorachen auch gerade einzufallen, denn nun fängt sie an, auf einigen Zetteln von Livi rumzupicken.

»Hey, hörst du wohl auf!«, ruft Livi und scheucht Aurora runter vom Schreibtisch und raus aus dem Zimmer.

Dann hüpft sie zurück ins Bett. (Livi, nicht Aurora. Die flattert jetzt nämlich in den Flur.) Wir legen uns alle drei bequem hin und lauschen genüsslich dem lustigen Quietschen und Fluchen von Tessa im Badezimmer.

Mir tut der Frosch ein bisschen leid, der nun viel länger, als wir dachten, in dem Zahnputzbecher hocken musste. Aber bestimmt hat er nachts sowieso geschlafen.

Und wieso hat sich Tessa eigentlich gestern Abend nicht die Zähne geputzt und ihn nicht schon dann gefunden?

Ob Mama weiß, dass Tessa sich nicht regelmäßig die Zähne putzt? Wo sie doch sonst stundenlang von oben bis unten an sich rumzottelt und rumcremt!

Tessa

Morgenstund hat Strahlen im Mund
und zartes Schimmern auf der Haut,
das belebt und erbaut.
Doch wenn ein Frosch im Glas
einem springt auf die Nas',
dann kann's schon mal sein,
dass man doch jemanden haut!

(Madre mía! Ich bin echt totalmente
vielseitig talentiert!)

R*ingelingelingdingdong!* Mein Handy!

Nanu, wer kann das denn sein? Dodo ist doch hier neben mir!

Ringelingelingdingdong!

Mist! Ich kann jetzt nicht. Ich muss erst mein Gesicht von diesem eklig schleimigen Vieh desinfizieren. Wenn ich Kenny und Bonbon-Bentje erwische! Denn wer soll das wohl sonst gewesen sein!

»Dodo? Gehst du mal kurz ran?«

Dodo sitzt auf dem Klodeckel in unserem Badezimmer und versucht mühsam, ein Grinsen zu unterdrücken. Ha!

Die hat leicht grinsen! Möchte mal sehen, wie *sie* reagiert hätte, wenn der Frosch aus dem Zahnputzbecher in *ihr* Gesicht gesprungen wäre!

Ringelingelingdingdong! Ringelingeling...

Es bimmelt unverändert weiter.

»Das Handy muss irgendwo in meinem Zimmer liegen«, versuche ich Dodo zu ermuntern, endlich ihren Hintern hochzuschwingen.

»Ich geh ja schon!« Dodo wirft einen Blick auf das Krötenvieh, das jetzt in unserer Badewanne hockt. »Oh Mann, Tessa! Ich dachte, du stirbst oder so.« Sie beugt sich zu dem glitschigen Ding runter. »Dabei ist der doch total süß. Guck mal, wie niedlich der guckt!«

»Süß?«, wiederhole ich entsetzt.

Also echt, manchmal kann man sich über Dodo nur wundern. Sie ist jetzt schon so lange mit mir befreundet, aber in gewissen Situationen gibt sie die erstaunlichsten Sachen von sich.

»Ich schenk dir zum nächsten Geburtstag Froschschleim-Creme!«, verspreche ich ihr.

Dodo grinst noch mehr. Aber dann macht sie sich endlich auf die Socken und rüber in mein Zimmer.

Das war ja klar! *Claro está!* Genau in diesem Moment hat das Klingeln natürlich aufgehört. Bis Dodo, die lahme Schnecke, mal in die Hufe kommt!

»Guck wenigstens, wer das war!«, rufe ich ihr nach.

»Dreimal darfst du raten!«, lächelt Dodo eine Minute später und hält mir das Handy vors Gesicht.

Oh no! *Qué rabia!* Wie ärgerlich! Jetzt hab ich doch glatt Javi verpasst! Ich gucke Dodo bitterböse an.

Hm, auf der anderen Seite ... ist es vielleicht gar nicht so schlecht, dass ich nicht rangehen konnte. Ich weiß nämlich genau, was er mich fragen will. Und Dodo und ich hätten auch schon längst… Aber es war alles nicht so einfach, wie wir dachten. Und im Moment sieht es eben so aus, dass wir – ähm – einfach noch nichts gefunden haben! Jedenfalls nichts, was akzeptabel gewesen wäre.

Und ich weiß genau, was Javier darauf sagen wird. Jungs können manche Sachen einfach schwer nachvollziehen. Die haben für gewisse Feinheiten null nada Verständnis. Javi wird mit felsenfester Sicherheit (und wunderschön tiefer Stimme – grins) sagen: »Aberr Tiarrra, *corazón mio*, warrrrum nimmst du nicht einfach irrrgendeinen Job?«

Tzzz! Als ob man einfach so *irgendeinen* Job annehmen könnte! Jungs!

Dodo und ich haben doch keine Lust, uns das ganze Leben zu verbauen, bloß um genug Geld für eine Reise nach Barcelona zusammenzukriegen, damit wir endlich Javi und Ramón wiedersehen! Ich meine, wenn man mal vom schlimmsten Fall ausgeht, also zum Beispiel Putzen oder ähnlich Gruseliges, da hätten wir ja Waschweibhände hinterher. Und wie sollten wir dann noch nach Spanien fahren oder überhaupt noch unter Leute gehen können? Da müssten wir ja rund um die Uhr Handschuhe tragen!

Obwohl, wenn ich so darüber nachdenke… In diesen Filmen, die vor zweihundert Jahren oder so spielen, haben die hübschen Damen immer ganz entzückende weiße Spitzenhandschuhe zu ihren eleganten Roben an. Hihi! Eigentlich mal 'ne witzige Idee für mich und Dodo. So als kleiner Modegag!

Aber zurück zum Putzen oder der Vorstellung, *irgendeinen* Job anzunehmen – nein, das geht natürlich nicht. Was denkt Javier sich bei so einem blöden Vorschlag bloß? *Madre mía!* Meine Güte!

Das sage ich jetzt auch zu Dodo.

Die hat zum Glück gar nicht gemerkt, dass ich sie vorher böse angeguckt habe, weil sie, seitdem sie mir das Handy gebracht hat, über der Badewanne hängt und versucht, den Frosch am Kinn zu kraulen. Einen schleimigen Frosch! Ich meine, *hallo?*

»DODO?«

»Ja doch«, antwortet mir Dodos Rücken, »ich habe jedes Wort gehört. Und natürlich können wir nicht *putzen* gehen! Das werden Javi und Ramón ja wohl auch nicht erwarten.«

»Aber sie erwarten, dass wir in einer Woche im Zug nach Barcelona sitzen«, gebe ich zu bedenken. »Immerhin haben wir ihnen fest versprochen, die zweite Hälfte der Osterferien bei ihnen zu sein.«

Dodo seufzt. »Wir müssen uns das Geld jetzt eben einfach leihen und *nach* den Ferien versuchen, einen Job zu finden, und dann alles – äh – irgendwann zurückzahlen.«

»Ach«, raunze ich, »und von wem sollen wir das Geld kriegen? Javi und Ramón haben im Moment ja selber nicht genug, um nach Deutschland zu kommen. Und so, wie ich meine knauserigen Eltern kenne …«

»… werden die dir irgendwelches Geld, das du zum Fenster rausschmeißen willst, garantiert NICHT geben!«, höre ich eine verdammt vertraute Stimme hinter mir, die verdammt unfreundlich klingt. »Da kennst du deine Eltern in der Tat GUT GENUG!«

Ich drehe mich um. »Oh! Äh, guten Morgen, Cornelius! Wieso bist du denn so früh schon auf?«

»Vielleicht, weil eine bestimmte Tochter hier im Badezimmer in aller Herrgottsfrühe aus mir unverständlichen Gründen in den höchsten Tönen rumschreit?«, gibt Cornelius bissig zurück. »Und weil man bei dem Gekreische schlecht weiterschlafen kann!«

Ach du je! Cornelius ist morgens nie allerbester Laune. Aber das Thema Geld – und dann noch in Verbindung mit Jungs – uiiii! Das ist wohl etwas suboptimal gelaufen! *Qué rabia!*

Ich versuche mal ein versöhnliches Lächeln. (Im Lächeln bin ich unschlagbar!) Das klappt bei Cornelius eigentlich immer ganz gut.

Okay, heute nicht.

»Wie kommst du überhaupt auf die Idee, irgendwelche Urlaubsversprechungen abzugeben, ohne uns vorher zu fragen?«, bellt mir Cornelius entgegen. Er wickelt seinen Bademantel fester um sich und knotet den Gürtel dann so energisch zu, dass ich direkt spüre, wie ernst es ihm ist. »Und überhaupt ist Ostern ein Familienfest! Das wirst du NICHT in Spanien verbringen!«

»WER verbringt Ostern *nicht* in Spanien?« Rema kommt verschlafen die Treppe aus dem Erdgeschoss hoch.

Eine Sekunde lang bin ich total abgelenkt. Rema sieht echt zum Fürchten aus. Kalkweiß wie ein Gespenst. Noch schlimmer: Tief eingegrabene, schwarze Ränder liegen unter ihren Augen.

Du meine Güte! Sieht die frühmorgens immer so aus? Ist mir noch nie aufgefallen. Muss ihr dringend mal ein paar Tipps geben. Augenränder geschickt zu kaschieren, ist nun wirklich nicht das Problem. Auch nicht bei älteren Menschen. Und auch für nachts gibt es ganz prima pflegende Hautcremes, die einem einen schönen, gesunden Teint verschaffen. Es gibt keinen einzigen Grund auf der Welt, direkt nach dem Aufstehen wie eine Leiche auszusehen!

Leider unterbricht mich Cornelius in meinen mitfühlenden Gedanken. »Das kannst du dir abschminken, Tessa-Tiara

Martini! Du wirst NICHT mutterseelenallein nach Spanien fahren! Nicht mal, wenn du das Geld selbst verdient hättest! Du bist schließlich erst fünfzehn!«

So was unfassbar Unfaires! Erstens bin ich SCHON fünfzehn, also wirklich kein Kind mehr! Und zweitens... Ah, Mist! Zweitens fällt mir gerade nicht ein. Aber der spinnt doch echt!

»Dodo darf auch!«, gebe ich trotzig zurück.

Ich gucke Dodo kämpferisch an. Denn das wäre jetzt ja wohl der Moment, in dem sie mir wie ein Tiger zur Seite springen sollte. Damit wir beide zusammen meinen unterdrückerischen Brüll-Vater besiegen können.

Aber Dodo steht nur mit dämlichem Gesicht neben mir und schweigt. Was ist das denn für eine feige Tulpe?

Immerhin guckt Cornelius jetzt Dodo grimmig an. (Hat sie auch verdient – ha!) »Stimmt das? Deine Eltern erlauben dir, so einfach mir nichts, dir nichts in ein wildfremdes Land zu fahren, obwohl sie nicht mal genau wissen, wo du wohnen wirst?«

Dodo sagt immer noch nichts.

»Natürlich tun sie das!«, fege ich Cornelius entgegen. »Schließlich sind die nicht so engstirnig wie du!«

»ENGSTIRNIG?« Auf Cornelius' Stirn bilden sich mächtig enge und bedrohlich tiefe Falten.

»Denk an deinen Blutdruck, Cornelius!«, mahnt Rema mit leiser Stimme im Hintergrund.

Daran scheint Cornelius aber nicht denken zu wollen. »HAST DU *ENGSTIRNIG* GESAGT?«

»Mfff«, mache ich und hoffe, dass das zumindest neutral klingt. Weil mir leider gerade klar wird, dass so ein Wort vermutlich nicht unbedingt die direkte Fahrkarte nach Spanien ist.

Cornelius guckt mich an wie ein Stier den Torero. Mit blutig aufgeblähten Nüstern und schäumendem Maul.

Na schön, um bei der Wahrheit zu bleiben, schäumt er weder, noch ist irgendwo Blut zu sehen, aber diese Gedankenverknüpfung ist trotzdem äußerst naheliegend. Ehrlich.

»Also, also, Kinder!«, mischt sich Rema besänftigend ein. »Vielleicht sollten wir darüber in aller Ruhe zu einem späteren Zeitpunkt noch einmal reden.«

»Ach, und WANN?«, brüllt der Stier jetzt Rema an. »Wenn Tessa bereits im Zug sitzt?«

Mir huscht vermutlich ein kleines Lächeln übers Gesicht. Oh ja! Also ich persönlich finde, dass das ein ziemlich ideal gewählter Zeitpunkt wäre.

»Sie hat doch sowieso kein Geld«, redet Rema weiter auf ihn ein, »das hast du doch gehört.«

Hm. Und Rema hat das anscheinend auch gehört. Mein Lächeln verschwindet wieder. Dieses blöde Geld! Kann die Welt nicht ohne Geld auskommen?

Na gut, wenn Dodo und ich nach unserem Welt-Mega-Bestseller *»Flirten, Stylen und andere Lebenstipps« von Tessa-Tiara Martini und Dorothea Dunst* erst im Geld schwimmen und auf unserer Dachterrasse in New York in unserem Pool Cocktails schlürfen, dann wäre es natürlich ärgerlich, wenn Dollars oder Euros plötzlich keine Bedeutung mehr für die Welt hätten. Aber bis dahin …

»Wir sprechen uns noch, junge Dame!«, droht Cornelius, aber wenigstens scheint er seinen Schreianfall beenden zu wollen, denn er macht ein paar Schritte rückwärts.

Was er – ups – möglicherweise nicht hätte tun sollen! Jedenfalls nicht, ohne sich umzudrehen. Dann hätte er nämlich sehen können, wo er hintritt.

Aber so macht es erst *knirsch*, gleich danach *sappsch-flutsch* und eine Zehntelsekunde später *peng*. Und dann ... dann guckt Cornelius blöd.

Er starrt uns verwirrt an, fasst mit der Hand unter seinen Po, mit dem er auf die Erde geknallt ist, und läuft sofort wieder blutdruckrot an.

Hinter ihm wackelt eilig Aurora davon. Sieht nicht so aus, als ob sie das folgende Donnerwetter mitkriegen möchte.

»WAS MACHT DAS HUHN BEREITS MORGENS HIER IN UNSEREM HAUS?«, donnert Cornelius auch schon los.

Aus Livis Zimmer hört man unterdrücktes Kichern. Eine Sekunde später stecken Kenny und ihre herzallerliebste Freundin Bonbon-Bentje ihre Nasen aus der Tür und gucken sich neugierig an, wie Cornelius auf dem Boden in einer schmierig-gelben Masse sitzt.

»Och, Papa!« Kenny schüttelt vorwurfsvoll den Kopf. »Was machst du denn da! Das Ei hätten wir doch echt toll zum Frühstück essen können!«

Kenny

Bei uns in der Familie sind alle ganz lieb. Das wissen manche nur nicht, weil mein Papa gerne mal brüllt und meine Mama manchmal ein bisschen muffelig komisch ist und ab und zu schreit, dass ihr alles zu viel wird, und weil Livi von nichts anderem redet, als dass alles ganz schlimm ist auf der Welt, und weil Tessa vor lauter Sorgen um ihre Klimperntusche und Stinkecremes nie Zeit hat, mit einem zu spielen. Aber die sind einfach so. Das meinen die nicht böse. Und die Welt, die ist sowieso ganz toll. (Auch mit Stinkecremes. Und Livi findet das übrigens auch.) Aber dass plötzlich Rema nicht mehr lacht und ganz schrecklich müde aussieht, das ist voll ungewöhnlich. Und gar nicht schön.

Ich finde, Papa übertreibt es in letzter Zeit mit seinem blöden Hinfallen. Wenn er mal wieder ins Krankenhaus möchte (wo er, glaube ich, schon viele Freunde hat), dann sollte er besser vernünftig sein und gleich aus Livis oder Tessas oder Maleas Zimmerfenster im ersten Stock springen. (Aus meinem im zweiten Stock wäre natürlich zu hoch. Da tut er sich womöglich weh! Das möchte ich lieber nicht.) Aber nee, er rutscht bloß aus und zermatscht Auroras schöne Eier und all so was.

»Möchte jemand noch eins von den frisch gelegten Eiern,

die Kenny und Bentje im Garten gesucht haben?«, fragt Rema und hält unseren Korb hoch.

Der Korb sieht schon richtig schön österlich aus. Wir müssten die Eier nur noch bunt anmalen. Hey – das ist die Idee!

»Mama?«

»Ja, mein Schatz?« Mama taucht aus ihrer Müslischale auf und guckt mich an.

Ich mag das nicht, wenn Mama so tief in ihrem Frühstück hängt und gar nicht mitkriegt, was bei uns am Tisch passiert. Aber manchmal ist sie so.

Das ist ihr Schwester-Christine-Blick, sagt Malea. Weil Mama ja diese Geschichten über so 'nen Arzt und so 'ne Krankenschwester, die Christine heißt, schreibt. Da geht's eigentlich um gar nichts, glaube ich, außer darum, dass der Arzt und Schwester Christine total verknallt sind, aber irgendwie ist das verboten. Warum, weiß ich nicht. Aber die Bücher verkaufen sich echt klasse, sagt Mama.

Ich verstehe allerdings nicht, warum Schwester Christine immer so tief im Müsli versinken muss.

»Lass Iris mal ein Weilchen in Ruhe, Kendra!«, sagt Papa und tätschelt Mama auf den Rücken. »Sie hat letzte Nacht bis vier Uhr morgens gearbeitet und ist verständlicherweise müde.«

»Oje«, seufzt Rema und guckt vom Herd mitleidig zu Mama rüber. »Da hätte ich dir ja zwischendurch einen Kaffee bringen können, wenn ich das geahnt hätte. Um vier hatte ich gerade mal eine halbe Stunde geschlafen.«

»Warum warst DU denn wach, Remilein?«, frage ich neugierig. »Du schreibst doch gar keine Bücher, oder?«

Rema lächelt. »Nein, das überlasse ich eurer Mama.« Und dann seufzt sie noch mal. Ganz schrecklich.

Ich will gerade weiterfragen, denn wenn man schrecklich

seufzen muss, hat das meist einen echt interessanten Grund, aber Bentje boxt mich in die Seite und flüstert unauffällig: »Ich weiß noch jemanden, dem wir helfen können, wenn das mit Livi nix wird.«

Ich überlege. Wen kann sie meinen?

»Rema?«, flüstere ich nach einer Weile zurück. »Wie sollen wir ihr denn beim Einschlafen helfen? Wir können doch nicht die ganze Nacht Schlaflieder für sie singen.«

Bentje guckt mich an, als hätte ich plötzlich türkisch geredet.

Dann grinst sie. »Ooo-boooh! Nein, die meinte ich eigentlich gar nicht. Aber das wäre auch eine tolle Idee!« Und dann flüstert sie wieder: »Wir könnten uns als Gespenster verkleiden und in ihr Zimmer schleichen und *Schlaf Kindchen, schlaf* singen, und danach …«

»*Was* wäre eine tolle Idee?« Livi guckt von ihren Spiegeleiern hoch und sieht ein bisschen misstrauisch aus.

Ich finde, die Großen sehen ziemlich oft misstrauisch aus. Blöd ist das.

»Gar nix!«, sage ich sofort. »Und überhaupt kommen auch gar keine Tiere dabei vor.«

»Dann ist ja gut!«, nickt Livi. Sie angelt nach dem Pfefferstreuer und beschäftigt sich wieder mit ihrem Teller.

Ich lehne mich geheim zu Bentje rüber. (Bentje und ich – na ja, und eigentlich auch Romy – haben nämlich einen Geheimklub. Deswegen müssen wir natürlich oft ganz geheim sein.) »Mann, Bentje!«, sage ich böse. »Manchmal hast du aber auch doofe Ideen. Wir wollen Rema doch nicht erschrecken. Wir wollen doch, dass sie einschläft. Und außerdem müssten wir dann auch erst deine Eltern fragen, ob du noch eine Nacht bei uns bleiben darfst.«

»Ah ja«, macht Bentje. Aber sie sieht ein bisschen enttäuscht aus. »Dann sollten wir vielleicht doch mit deiner Mama anfangen.«

»Mit meiner Mama?«, frage ich erstaunt. »Wir können doch nicht *Schwester Christine* für sie fertig schreiben.«

»Nein, aber wir könnten ihr mit anderen Sachen helfen«, meint Bentje. »Wir könnten ihr zum Beispiel Kaffee bringen oder Tee oder so, wenn sie schreibt. Das hat Rema doch auch gesagt. Dann braucht sie nicht selbst aufstehen und kann immer weiterschreiben. Und dann wird sie schneller fertig. Und das macht sie bestimmt glücklich.«

»Wir sollen ihr mitten in der Nacht Kaffee bringen?«, frage ich.

»Schreibt sie nicht auch mal am Tag?«, fragt Bentje. Dann überlegt sie. »Obwohl es lustiger in der Nacht wäre. Dann könnten wir uns für sie als Gespenster verkleiden und …«

»Was redet ihr dauernd von *Gespenstern?*«, fragt Rema plötzlich und kommt mit den letzten Spiegeleiern zum Tisch.

Uiiii, warum sieht sie denn dabei so gespensterfinster aus? Ich muss richtig schlucken.

Aber Rema – unsere liebe Rema – knallt die Pfanne auf den Tisch und guckt mich und Bentje noch finsterer an. »IHR schleicht doch nicht etwa nachts durch die Gegend?«

Livi lässt ihre Gabel sinken und guckt Rema erstaunt an. »Ist *das* der Grund, warum du nicht schlafen kannst? Weil jemand durch die Gegend schleicht?« Und ohne Remas Antwort abzuwarten, faucht sie uns auch schon katzenfauchig an: »KENNY! BENTJE! Das ist nicht mehr lustig!«

»Was ist nicht lustig?« Nun guckt auch noch Papa komisch.

Echt, ich finde, manchmal macht das Nettsein überhaupt keinen Spaß! Da gibt man sich Mühe und fängt stundenlang Frösche oder macht sich total liebe Gedanken, wie man Mamas helfen kann, und dann glotzen einen alle nur an, als hätte man Regenwürmer ins Müsli gemischt. (Und wenn die mich alle weiter so böse angucken, dann tue ich das morgen früh auch!)

Das Leben kann echt flatterfiese sein, wenn man die Kleinste in der Familie ist – das ist voll ungerecht! Wieso denken die nicht, dass Malea nachts als Gespenst durch die Gegend huscht? Mit ihrem Schäms-Bond-Tick schleicht die ja sowieso überall rum! Wieso denken die sofort, dass Bentje und ich das sind?

Ich schiebe meine Unterlippe vor und gucke auch mal so fiese, wie ich kann. Pah!

»Kenny und Bentje spielen nachts Gespenster«, behauptet Livi.

Daraufhin seufzt Rema – meine liebe, arme Rema – noch mal. Mindestens so tief, wie der alte Brunnen hinten in Walter Walbohms Garten ist.

»Das stimmt gar nicht!«, ruft Bentje zum Glück ganz schnell und guckt auch richtig böse.

Ist ja wohl auch total gemein, so was zu sagen!

»Mal ehrlich, schleicht ihr nun nachts durchs Haus oder nicht?«, will Rema wissen und setzt sich auf den letzten freien Stuhl.

»NEIN!«, sage ich laut.

Jetzt guckt Papa noch komischer. »Was ist denn hier eigentlich los?«

Da seufzt Rema das vierte Mal. (Ich hab genau mitgezählt.)

»In meinem Zimmer spukt es«, verkündet sie.

Nun hebt sogar Mama ihre Nase aus dem Müsli, hört endlich mit dem blöden Schwester-Christine-Blick auf und guckt Rema erstaunt an. »Es SPUKT bei dir? Wie meinst du das, Mutter?«

»So, wie ich es sage«, stöhnt Rema. »Ich habe seit zwei Wochen nicht mehr richtig geschlafen!«

Bentje und ich lassen sie keinen Moment aus den Augen. Da wollen wir nichts verpassen. Gespenster! Deswegen sieht Remi also so müde aus. Oh Mann, das ist doch mal viel besser als all die Sachen, die Papa immer so passieren.

Und Bentje sieht auch sofort gar nicht mehr böse aus, sondern voll glücklich. Kein Wunder! Bei Bentje zu Hause passieren nie so tolle Sachen wie Gespenster!

Ich gucke sehr stolz zu Bentje rüber. Ich hab doch echt die beste Familie der Welt!

Bentjes Augen sind ganz glasig. »Oh!«, haucht sie. »Spuki-Spenster! Ist das toll oder ist das toll?«

»Erzähl, Remi!«, lächele ich. »Wer spukt bei dir?«

Ich meine, wie aufregend ist das denn! Und was für ein Hühnermist, dass wir ausgerechnet jetzt zwei Wochen Ferien haben! Sonst könnte ich am Montag gleich allen in der Schule davon erzählen. Boh, die würden aber glotzen!

Rema sieht nicht ganz so glücklich aus. Eher ziemlich unglücklich. Aber – umso besser! Dann können Bentje und ich ihr mit den Gespenstern helfen, sodass sie wieder lächelt und nachts schlafen kann, und das ist dann ja wohl richtig nett von uns.

Aus dem Augenwinkel sehe ich leider auch Malea neugierig so weit über dem Tisch hängen, dass sie gleich in die Marmelade fällt. Ich stoße ganz geheim Bentje an und deute in Maleas Richtung.

Und Bentje kapiert. Bentje ist ja nicht doof. Und guckt auch gleich ziemlich besorgt. Bei Malea kann man nämlich nie wissen. Die schnüffelt echt gerne rum. Genauso wie ihr Schäms Bond. Und ich finde, gerade sieht sie so aus, als wolle sie uns den ganzen Spaß wegnehmen.

Am liebsten würde ich laut rufen: »Verzieh dich, Malea! Das sind unsere Gespenster!« Schließlich waren wir zuerst da. Und wollten sowieso Rema helfen. Und schnüffeln können wir auch! Und wenn Malea erst anfängt zu schnüffeln, lässt sie uns bestimmt nicht das klitzekleinste bisschen Gespenst übrig.

Uii! Jetzt muss ich aber wieder aufpassen! Rema fängt an zu erzählen.

Ncin, erst seufzt sie noch mal. (Das *fünfte* Mal!)

Doch dann legt sie los: »Ach, das ist sehr, sehr merkwürdig … Zuerst habe ich mir gar nichts dabei gedacht. Ich bin ein paarmal nachts aufgewacht, weil ich glaubte, ich hätte irgendwas gehört. Aber dann war es wieder still und ich bin wieder eingeschlafen. Doch jede Nacht wurde es schlimmer. So schlimm, dass ich irgendwann gar nicht mehr schlafen konnte. So laut ist es.«

Mama und Papa haben aufgehört zu essen und gucken mit weit aufgerissenen Augen zu Rema.

Tessa und Dodo haben sogar ihre Handys weggelegt und starren nun ebenfalls Rema an. (Vorher hat Tessa nur mich ab und zu angestarrt. Böse. Ich schätze, ich sollte mich heute nicht unbedingt in ihrer Nähe aufhalten. Die kann aber auch nicht den kleinsten Quakfrosch-Spaß vertragen!)

Livi hat eine faltige Knitterstirn. (Die hat sie immer, wenn sie nachdenkt. Also denkt sie gerade nach. Aber worüber denn? Wir wollen doch gerade Rema zuhören.)

»Äh«, sagt Papa und räuspert sich, »*was* ist denn laut?«

Nun sieht Rema fast so aus, als würde sie gleich anfangen zu weinen.

Ich beuge mich schnell rüber zu ihr und streichele ihre Hand. »Du brauchst keine Angst haben, Remilein! Wir fangen die Gespenster ein. Und dann kannst du wieder schlafen.«

Rema lächelt ein bisschen. Aber sie sieht immer noch traurig aus.

»Ich dachte ja erst«, erzählt sie weiter, »dass ich mir das vielleicht einbilde. Und ihr denkt jetzt wahrscheinlich, dass ich wohl langsam anfange zu spinnen. Aber – ehrlich – ich höre jede Nacht ganz deutlich Schritte! In meinem Zimmer, vor der Tür. Manchmal auch ein Klopfen. An meine Tür. Oder von der Decke. Und ... und ... Hach!«

Nun kann sie nicht mehr und fischt nach einem Tempo in der großen Seitentasche von ihrem Bademantel. Dann schnäuzt sie sich. Und – oh – sind das da Tränen in ihren Augen?

Uuuuh, wenn ich Rema beinahe weinen sehe, fühle ich mich selbst gleich ganz scheußlich. Und werde richtig sauer auf die dummen Gespenster. Was fällt denen ein, meine Remi so zu erschrecken!

Mama legt ihre Hand auf die von Rema. »Wir denken natürlich *nicht*, dass du spinnst, Mutter! Erzähl bitte weiter! Erzähl uns genau, was du nachts hörst!«

Malea, Livi, Papa, Bentje, ich und sogar Tessa und Dodo nicken heftig.

Rema schnaubt noch mal kräftig in ihr Taschentuch, dann redet sie weiter. »Wie gesagt, jemand klopft. Und dann sind da diese Schritte. Aber nicht normale Schritte, nicht so, als wenn eine Person von hier nach da geht. Sondern ... hm, es klingt, als ob mehrere Personen herumgehen, aber ...«

»Aber?«, fragt Malea mit leuchtenden Augen.

»Aber sich plötzlich in Luft auflösen«, sagt Rema. »Dann beginnen die Schritte mit einem Mal wieder in einer ganz anderen Ecke des Zimmers. Oder vor der Tür. Oder in der Wand.«

»In der *Wand?*« Papa sieht aus wie ein Brummbär, dessen

Honigglas gerade im Schrank weggeschlossen wurde und der nun nicht weiß, wie er den Schlüssel herumdrehen soll. (Allerdings sieht mein Papa oft so aus.)

Rema nickt. »Ja ... Und ...«

»Und?«, ermuntert sie Tessa.

»Und ich habe außerdem das Gefühl, dass die das Haus zersägen«, sagt Rema leise und ziemlich unglücklich.

»Zersägen?«, plappert Papa schon wieder nach und sieht noch verwirrter aus.

Also echt! Jeder von uns hat doch voll klar verstanden, was Rema gesagt hat. Hat Papa vielleicht was mit den Ohren?

»Wie meinst du das?«, fragt Mama.

»Ab und zu höre ich riesige Stücke in der Wand herunterfallen«, antwortet Rema.

»Und wo liegen die Stücke jetzt?«, fragt Malea gierig.

Das will ich aber auch wissen! Und auf jeden Fall will ich eher als Malea da sein, um mir die riesigen Stücke von unserem Haus anzugucken, die die Gespenster zersägen.

Doch Rema zuckt mit den Schultern. »In der Wand eben. Die Stücke kann man wohl nur sehen, wenn man die Wand aufstemmt.«

»Also, ähm ...« Papa hat jetzt auch eine faltige Knitterstirn. »Das wollen wir aber nun nicht machen, oder?«

Rema guckt ihn traurig an. »Tja, ich weiß nicht, Cornelius. Vielleicht solltet ihr doch mal in eine der Wände reingucken. Es hört sich wirklich gefährlich an. Und wir wollen ja nicht, dass noch weitere Teile des Hauses einstürzen!«

Bei uns ist nämlich schon mal ein bisschen Haus eingestürzt. Also jedenfalls ein bisschen Dach. Oder sogar ziemlich viel Dach. Das war echt toll. Voll aufregend!

Papa fand das allerdings nicht. Deshalb sieht er jetzt auch gleich ziemlich grummelig aus, als Rema ihn daran erinnert.

»Blödsinn!«, brummt er leise. Aber laut genug, dass wir es alle gehört haben.

Mama drückt Remas Hand ganz fest und guckt Papa strafend an. »Natürlich meint Cornelius nicht, dass du Blödsinn redest, Mutter.« Dann überlegt sie. »Vielleicht ist es am besten, wenn ich die nächste Nacht bei dir im Zimmer schlafe? Dann bist du nicht allein, und wir können beide überlegen, woher die Geräusche kommen könnten.«

»Von Gespenstern!«, erinnere ich Mama laut. »Das hat Remi doch gesagt!«

Rema lächelt zu mir rüber, dann drückt sie Mamas Hand zurück. »Nein, meine Liebe, ich glaube nicht, dass du dafür die Richtige bist. Du bist ja selbst schon erschöpft genug von deiner Schreiberei. Da brauchst du nicht noch eine weitere schlaflose Nacht.«

»Aber ICH kann bei dir schlafen, Rema!«

Mäusemist! Malea und ich haben das genau gleichzeitig gesagt.

Ich drängele mich schnell vor. »Ich bin viel kleiner als Malea, Remi! Da hast du dann viel mehr Platz in deinem Bett übrig, als wenn Malea bei dir schlafen würde.«

Huch, wie kommt denn der Klops Butter an mein T-Shirt? Oh, vielleicht hab ich mich ein klein wenig zu weit über den Tisch gelehnt?

Rema lächelt.

Aber Papa bellt natürlich gleich wieder: »Kendra! Pass doch bitte ein bisschen auf!«

Ja, ja!

Ich kratze die Butter schnell wieder runter und pappe sie zurück auf den Teller, wonach Tessa natürlich gleich »Iiiiih!« schreit. Als ob die nie mit irgendwas rumschmieren würde! (Dabei sind ihre Klunker-Klimper-Wimpern so klunkerig dick beschmiert mit komischer Farbe, dass man kaum noch ihre Augen sieht. Viel ekliger als Butter.)

»Darf ich?«, bettele ich und gucke erst Rema, dann Mama und für alle Fälle auch mal Papa flehend an.

Malea gucke ich lieber nicht an. Die ist bestimmt sauer.

Allerdings kann ich aus dem Augenwinkel erkennen, dass auch Bentje neben mir ziemlich sauer aussieht. Na ja, Bentje kann ja nicht auch noch im Bett von unserer Rema schlafen.

»Deine Eltern erlauben bestimmt sowieso nicht, dass du noch eine dritte Nacht bei uns schläfst«, flüstere ich schnell versöhnlich zu ihr rüber.

Das scheint sie aber leider nicht zu versöhnen. »Ich hätte ja wenigstens fragen können«, zischt sie.

Ich kann verstehen, dass Bentje sauer ist. Gespenster, die mit Hausbrocken um sich schmeißen, kriegt man natürlich nicht alle Tage zu Gesicht. Trotzdem! Ich kann mir das doch nicht entgehen lassen und zusehen, wie Malea die Gespenster alleine besiegt, bloß weil Bentje dabei nicht mitmachen kann!

Ich versuche, nicht auf Bentjes saures Gesicht zu achten, sondern gucke Rema weiter sehr flehend an.

Komisch! Malea gegenüber von mir hält ihre Klappe. Sind ihr die Gespenster gar nicht mehr so wichtig?

Egal.

Ich gucke Rema kerzengerade in die Augen. »Darf ich?«

Rema lächelt und nickt. »Sicher. Warum nicht, meine Süße?«

»Na schön«, meint Papa, »dann wäre ja alles geregelt. Rema kann wieder schlafen und wir anderen ...« Er kratzt sich am Kopf, so als würde er über irgendwas nachdenken.

Mama steht schon auf und fängt an, das Geschirr abzuräumen. Tessa und Dodo grapschen nach ihren Handys. Malea rennt raus, als hätte sie eben einen total geheimen Geheimauftrag gekriegt. Und mir fällt gerade meine Idee von vorhin wieder ein.

Bentje und ich wollten ja Auroras Eier anmalen! Dann hätten wir schicke Ostereier zum Frühstück gehabt. (Auch wenn erst in einer Woche Ostern ist.) Aber jetzt sind alle Eier aufgegessen. Macht nichts. Dann mache ich das eben morgen.

Und – aha – nun fällt auch endlich Papa wieder ein, was er sagen wollte.

Er guckt zu Tessa rüber. »Ach ja! Mooooment, Tessa! Ein paar Minuten bleibst du noch hier. Ich glaube, du und Iris und ich, wir haben noch etwas zu besprechen, meinst du nicht?«

Tessa verdreht die Augen und steht einfach trotzdem auf. »Och neeee, Cornelius!«

Doch da schlägt Papa mit der Hand auf den Tisch. »Sitzen geblieben! Jetzt wird mal ein ernstes Wort geredet!«

Huiiii! Ich zupfe Bentje schnell am T-Shirt und ziehe sie aus der Küchentür raus in den Garten. Wenn Papa anfängt, seine ernsten Wörter zu reden, bin ich lieber woanders.

Livi

Wenn man sich in Sachen Umwelt- oder Tierschutz engagiert, kriegt man das, was man da an Energie reinsteckt, auch wieder zurück. Oft sogar doppelt und dreifach. In etwa so wie bei der Ernte. Man sät etwas aus, und das kostet Arbeit, aber am Ende kriegt man tolle Früchte, die man essen kann. Das macht Spaß und man fühlt sich gut und zufrieden und freut sich über die Belohnung. Bei anderen Dingen klappt das nicht immer so gut. Bei Jungen schon gar nicht. Wenn man was mit denen macht, weiß man nie, was man hinterher kriegt. Wenn ich nett zu einem Tier bin, leckt es mir die Hand und ist dankbar. Das ist schön und ja wohl ganz normal. Aber Jungen reagieren nicht normal. Kein Stück!

Ich meine, ich erwarte ja nicht, dass Gregory mir die Hand leckt vor lauter Dankbarkeit, aber nun stehen wir schon fast zwei Stunden hier im Kaufhaus, damit er eine Hose nach der anderen anprobieren kann, und er meckert und nölt und ist nur ätzend zu mir. Dabei sollte er doch wohl froh sein, dass er seine dämliche Hose nicht allein kaufen gehen muss.

Ich laufe die ganze Zeit hin und her, hole ihm immer wieder neue Größen oder andere Farben, frage die Verkäuferin, ob es die eine oder andere Jeans auch mit längeren Beinen gibt oder weiter oder enger, und er steht bloß blöd in der Umkleidekabine und nörgelt. Echt, gleich habe ich keine Lust mehr!

Heute ist sowieso ein blöder Tag. Ich bin mit einem Huhn im Bett aufgewacht (was ein bisschen besser ist als mit Fröschen, aber auch nicht richtig toll), und bei uns zu Hause herrscht dicke Luft, weil Cornelius schon wieder am Rad dreht. Bloß weil Tessa mit ihrer Dodo eine Woche nach Spanien fahren will.

Warum lässt er sie nicht einfach fahren? Was ist denn schon dabei? Sie ist doch alt genug, und was soll schon passieren, wenn die beiden bei den Eltern von Javier und Ramón wohnen? Typisch Väter! Ich glaube, Iris würde sie fahren lassen.

Tessa und Dodo sind ja sogar bereit, das Geld für die Reise selbst zu verdienen. Na ja, okay, einen Job haben sie allerdings noch nicht gefunden. Kein Wunder, so wählerisch wie meine *Huch-mein-Nagellack-könnte-ja-einen-Kratzer-bekommen-*Schwester ist! Hihihi! Ich glaube, das ist es wahrscheinlich, worüber Cornelius sich am meisten aufregt. Dass Tessa nicht einfach den erstbesten Job annimmt und klaglos und ohne mit ihrer geföhnten Wimper zu zucken arbeitet.

Als Gregory mich zum Shoppen abholte, waren die in der Küche immer noch wild am Debattieren.

»Aber Dodo darf auch!«, hörte ich Tessa gerade empört rufen, als ich mir im Flur meine Schuhe anzog.

Das hat sie Cornelius schon morgens im Bad an den Kopf geworfen. Als ob das irgendwas an seiner Meinung ändern würde. Dann allerdings konnte ich plötzlich Dodos Piepsstimme hören.

»Äh, also eigentlich …«, piepste Dodo, »ähm, habe ich meine Eltern noch gar nicht – ähm – so richtig gefragt.«

»HAAAA!«, schrie Cornelius daraufhin. »Das hab ich mir doch gleich gedacht!«

»Na und?«, gab Tessa patzig zurück. »Die erlauben das bestimmt!«

»Auch wenn ihr gar kein Geld habt?«, wagte Iris zu fragen.

»Das kriegen wir schon!«, tönte Tessa.

»ABER NICHT VON UNS!«, brüllte Cornelius.

»Ruhig, bitte!«, mahnte Iris. »Ich bin sicher, das können wir auch ganz zivilisiert besprechen.«

»Hmpfff«, hörte ich von Cornelius.

»Wir haben ja alles versucht, um einen Job zu finden«, piepste Dodo. Sie klang wie ein kleines Vögelchen, das aus dem Nest gefallen ist und nun sehnsüchtig hochguckt.

Echt, Dodo, wie wär's mit Klettern? Auch wenn ihr euch dabei womöglich eure übermanikürten Nägel abbrecht!

»Im Supermarkt werden Reinigungskräfte gesucht«, hörte ich plötzlich Remas Stimme.

Ich wusste gar nicht, dass sie noch in der Küche war. Allerdings ist die Küche auch Remas Lieblingsplatz im Haus.

»HA-HA-HA!«, machte Cornelius. »Ich kann mir kaum vorstellen, dass Bödenschrubben gut genug für meine älteste Tochter ist. ODER?«

Ich dagegen konnte mir problemlos seinen Blick vorstellen, mit dem er Tessa dabei angriffslustig ansah.

»Es wird ja wohl noch was anderes als Putzen geben«, murmelte meine Schminkschwester.

Iris seufzte. »Also, ich sag dir was, Tessa. Mir hat neulich eine Bekannte erzählt, dass in den Schulferien immer Personalknappheit im Seniorenheim unten im Ort herrscht. Ich könnte ja mal anrufen und fragen, ob ihr beide …«

Weiter kam sie nicht, denn da kreischte Tessa bereits auf: »Wir sollen *alten Opis den Hintern abwischen?*«

Das empörte nun allerdings Rema. »TESSA! Ich muss doch sehr bitten! Wie redest du denn über alte Menschen?«

»Ach, Rema, das meine ich doch nicht böse«, versuchte Tessa Rema zu beruhigen. »Ich meine doch nur, dass – äh, also –, dass ...« Dann fiel ihr wohl endlich eine gute Ausrede ein. »Also, dass Dodo und ich ja auch gar nicht die richtige Ausbildung für so eine Art Arbeit haben.«

»Genau«, pflichtete ihr Dodo eiligst bei und klang dabei ziemlich erleichtert.

»Ich denke nicht, dass ihr eine Ausbildung als Altenpflegerin braucht, um eine Woche im Seniorenheim als Aushilfe zu arbeiten«, meinte Rema. Dann wandte sie sich anscheinend Iris zu: »Und ich halte das für eine ausgezeichnete Idee, meine Liebe. Ruf doch schnell dort an und frag, ob die für nächste Woche noch zwei Mädchen brauchen.«

Tessa stieß einen hohen Fiepslaut aus, der alles bedeuten konnte. In dem Fall aber bedeutete er wohl, dass sie diese Vorstellung ziemlich schrecklich fand.

Genau da klopfte Gregory an die Tür. Ich legte schnell meinen Finger auf den Mund, deutete vielsagend zur Küche rüber und ließ ihn ins Haus.

Ich lausche normalerweise nicht. Hab ich gar nicht nötig. Erstens interessiert es mich nicht, was andere Leute reden, und zweitens habe ich keine James-Bond-Macke wie meine Spionierschwester Malea, die ernsthaft glaubt, es wäre ihre Pflicht als Weltbürgerin, an jeder Tür zu lauschen, die in ihrer Nähe ist. Aber jetzt wollte ich schon noch gern wissen, wie die Diskussion um Tessas Spanienausflug ausging.

Weil ich Gregory erst kurz erklären musste, was in unserer Küche gerade los war, kriegte ich leider nur noch das Ende mit.

»ALSO SCHÖN!«, hörte ich Cornelius brüllen, nachdem

Gregory endlich im Bilde war. »WENN DU VERNÜNFTIG ACHT STUNDEN JEDEN TAG IM ALTENHEIM …«

»Seniorenresidenz«, unterbrach ihn Rema, »das Institut im Ort heißt *Seniorenresidenz Lauschige Eiche.*«

»UMPFFF«, machte Cornelius. »Also, wie gesagt, wenn Tessa vernünftig jeden Tag dort arbeitet und die Reisekosten selbst verdient, dann können wir meinetwegen Mitte der Woche noch mal über Spanien reden.«

Von Tessa und Dodo kam kein Laut. Schätze, die fühlten sich zwischen zwei für sie ziemlich unattraktiven Möglichkeiten gefangen. Entweder Betten beziehen und Opis beim Rasieren helfen oder aber Heimaturlaub statt Spanien.

Bin mal gespannt, wofür sie sich entscheiden werden. Denn Gregory steht noch weniger auf Lauschen als ich. Bereits nach drei Sätzen fing er an zu murren und stand ungeduldig mit der Klinke in der Hand in der offenen Haustür.

Und seitdem stehe ich mir hier im Kaufhaus die Füße platt und spiele Kammerdiener für Herrn Hahn.

Gerade reißt er wieder mit Supergenervtblick den Vorhang zu seiner Umkleidekabine zurück. »Mann, Livi, das geht echt gar nicht! Ich seh ja aus wie ein kanadischer Holzfäller!«

Ich muss grinsen. Denn so, wie er da breitbeinig in den weiten Jeans vor mir steht, ist eine gewisse Ähnlichkeit nicht zu leugnen. Hihihi! Etwas zu dünn vielleicht, aber ich glaube, ich steh auf Holzfäller.

Gregory anscheinend nicht.

»Ich hab keine Lust, mich zum Affen der Schule zu machen!«, meckert er weiter.

»Ich finde, die Jeans steht dir«, versuche ich ihn zu ermutigen. »Du siehst echt cool aus!«

Ich meine, irgendwann MUSS er doch mal was anderes

tragen als seine komischen Armeehosen. Und da ich ihm schon seit Monaten versprochen habe, mitzukommen, wenn er endlich eine neue Hose kauft, fand ich, dass wir das auch gleich zu Beginn der Ferien erledigen können.

»Mir gefällt sie gut«, betone ich also noch mal.

Von Gregory kommt nur eine abfällige Grimasse. »Ja, schon klar. *Dir* gefällt ja auch so ein Abschaum wie Daniel Krummbock!«

Wromm! Das hat gesessen. Als ob Gregory eine Axt in meinen Bauch geschleudert hätte.

Wie kann er nur so fies sein? Er weiß ganz genau, was ich mir für Vorwürfe mache, dass ich Daniel gegenüber so lange so was von blind gewesen bin. Muss er mir das auf diese Art unter die Nase reiben? Und das auch noch in dem Moment, in dem ich ihm gerade ein Kompliment gemacht habe! Ich meine … ich meine …

Ich bin echt sprachlos. Wie fies sind Jungs eigentlich? Und der will meine beste Freundin sein!

Mein freundliches Lächeln gefriert beinhart ein. Mit zusammengepressten Lippen spüre ich irgendwo tief drinnen in meinen Augen sogar Tränen im Anmarsch. Aber – nee – Gregory soll jetzt nicht auch noch sehen, wie doll er mich damit verletzt hat.

Gregory sieht aber noch nicht mal, dass er mich *überhaupt* getroffen hat.

Er dreht sich einfach um, zieht den Vorhang wieder vor die Umkleidekabine und ruft von drinnen: »Holst du mir noch mal die schwarze Jeans, die auf dem Stapel am Eingang liegt?«

Doch an der Stelle mag ich nicht mehr. So was von unsensibel! Ich bediene ihn von vorn bis hinten, bin nett, unterstützend, hilfsbereit – und er? Blafft mich an und streut auch noch Salz in meine Daniel-Wunde. Toll!

»Livi? Machst du mal?«, tönt es ungerührt aus der Kabine. »Ich hab keine Lust, hier den halben Tag zu verbringen!«

Nee, ich aber auch nicht!

»Warum holst du dir deine Hosen nicht selber?«, rufe ich ihm grimmig zu. »Ich bin unten im Bella Roma, falls du dann irgendwann mit Rummeckern fertig bist!«

Und damit drehe ich mich auf dem Absatz um und marschiere quer durch die endlosen Klamottentische und Kleiderständer zurück zum Ausgang. Soll er doch selbst sehen, wie er eine anständige Hose kriegt!

Ich werde mir jetzt ein Eis gönnen. Kann mich gar nicht mehr erinnern, wann ich das letzte Mal im Bella Roma gewesen bin. Wird mir guttun. Außerdem hab ich dann ein bisschen Zeit, um mir in Ruhe eine Strategie für meinen Artikel auf der Auroras-Freunde-Webseite zu überlegen.

Aus dem Augenwinkel sehe ich aber gerade noch Gregorys verdutztes Gesicht, das an dem Vorhang vorbeilugt und mir mit offenem Mund nachstarrt.

Ha! Das geschieht ihm recht! Echt, merkt der denn gar nicht, wie komisch und manchmal auch richtig ätzend er sich in letzter Zeit mir gegenüber verhält? Mir liegt noch das Kamel von gestern quer im Magen und jetzt auch noch Gregory!

»Livi?«, höre ich ihn hinter mir herrufen. »Was ist denn? Spinnst du?«

Aber – pah – ich stelle mich einfach taub und drehe mich extra nicht mehr um. Schadet gar nichts, wenn er endlich mal merkt, dass ich nicht alles lächelnd hinnehme, sondern auch mal *nicht nett* sein kann!

Malea

Tief, tief, ganz tief unten in den allertiefsten Tiefen des Meeres (welchen Meeres weiß ich leider nicht, aber das ist ja auch nicht so wichtig) gibt es Fische, die können ihre Farbe ändern, ganz wie sie wollen. Je nachdem wie die Farben um sie herum sind. Das sind echte Tarnfische. Da kann man mal sehen, dass es auch im Meer Spionierprofis gibt, hihi!

Was für ein Agentenpech! Da passiert endlich mal was echt Aufregendes bei uns und dann hat Brenda Geburtstag. Ich finde es ja nett, dass sie Geburtstag hat, aber – matschige Meersuppe – muss das ausgerechnet heute sein?

Heute Morgen beim Frühstück hat Rema nämlich erzählt, dass es bei ihr nachts spukt. Wie cool ist das denn? Ich wette, noch nicht mal James Bond hat jemals mit Geistern zu tun gehabt!

Aber gerade als ich be*geistert* (hihi) anbot, in der nächsten Nacht bei Rema zu schlafen und ihr mit den Gespenstern zu helfen (die arme Rema hat nämlich Angst!), fiel mir die Übernachtungsparty bei Brenda wieder ein. Die wäre bestimmt todbeleidigt, wenn ich nicht kommen würde. Also musste ich ärgerlicherweise Kenny den Vortritt lassen. Ich schätze allerdings, dass das nicht so das Problem ist. Sobald

Kenny ihren Kopf aufs Kissen haut, ratzt die auch schon. Ich gehe also meerfelsenfest davon aus, dass die Geister am Sonntag immer noch da sind. Und dann wird Malea Bond übernehmen. (Hurra!)

Deswegen streune ich jetzt so ein bisschen durch die Gegend. Um ein Geschenk für Brenda zu finden nämlich. Iris hat mir zehn Euro gegeben. (Wenn ich nur neun ausgebe, kann ich mir noch eine Kugel Eis im Bella Roma leisten.)

Ich nehme Kurs Richtung Kaufhaus am anderen Ende des Marktplatzes. Die werden da bestimmt irgendwas Nettes haben. (Wenn ich nur acht Euro ausgebe, kann ich mir sogar zwei Kugeln holen! Und wenn es was für sieben Euro gibt …)

Hups! Da rennt mich doch glatt Gregory über den Haufen. Er stürmt aus dem Kaufhaus, als wären Horden von Gangstern mit Maschinenpistolen hinter ihm her.

Interessiert gucke ich schnell in den Eingang. Leider kann ich nicht mal einen einzigen Gangster erblicken. Von Maschinenpistolen gar nicht zu reden. Schade.

»Oh!«, sagt Gregory. Und: »Autsch!«

Er fasst sich an seine Seite und reibt an der Stelle rum, an der ihn mein Ellenbogen gerammt hat. (Ich bin nämlich superschnell. Bei Gefahr verbarrikadiere ich mich sofort mit Armen und Fäusten. Allerdings tut mir mein Ellenbogen jetzt ebenfalls ein bisschen weh.)

»Was ist mit *Entschuldigung?*«, frage ich vorwurfsvoll.

»Ah ja«, nuschelt Gregory. »Schuldigung!«

»Hast du es eilig?«, frage ich weiter, obwohl das natürlich offensichtlich ist. Aber wenn man ein echt guter Geheimagent werden will, muss man immer viele Fragen stellen. Endlos viele Fragen. Auch wenn es scheinbar gar nicht viel zu fragen gibt. Auf diese Weise erfährt man nämlich manchmal Sachen, die man sonst nie erfahren hätte.

»Ja«, sagt Gregory und will schon weiterhasten.

Okay, das war dann nicht so wahnsinnig aufschlussreich.

»Wo willst du denn hin?« Manchmal muss man auch sehr direkt fragen, um an interessante Infos zu kommen.

»Was geht das dich an!«, grummelt Gregory.

Also echt, viel Spaß macht das nicht, den auszuhorchen. Ach, pfff, soll er doch hingehen, wo er will! Eine letzte Frage hab ich allerdings noch.

»Was wolltest du denn im Kaufhaus?« Ich sehe nämlich nicht mal eine einzige Plastiktüte in seinen Händen.

»Mir 'ne Hose kaufen«, grunzt Gregory. »Sonst noch Fragen, Miss Bond?« Immerhin hat er jetzt ein leichtes Grinsen im Gesicht.

Da grinse ich dann auch mal. »Aber du hast gar keine gekauft, oder?«

»Donnerwetter! Scharf kombiniert!«, meint Gregory. »Dir entgeht so leicht nichts, wie?«

Blöder Kerl! Zieht der mich jetzt auf oder was?

»Na, ich muss dann mal weiter«, sage ich, weil mir das dann doch zu doof wird. »Tschüss!«

Ich winke Gregory noch mal zu und betrete das Kaufhaus.

Puh, was es hier alles gibt! Ob Brenda vielleicht eine schicke Sonnenbrille geschenkt bekommen möchte? Da kann sie dann auch mal versuchen, Agentin zu sein. Ohne erkannt zu werden, meine ich. Nee, alle viel zu teuer.

Oder Seife?

Ach, ich spiele einfach ein bisschen Beschatten. Auf die Art komme ich überall rum und finde bestimmt in irgendeiner Abteilung was Nettes. Und überhaupt – wer will schon Seife zum Geburtstag kriegen?

Livi hat mir gestern hammerhaiharte Spioniertipps im Internet gesucht. Echt klasse! Einer davon schlug vor, man solle beim Beschatten immer antiziii-antiziiipppp… Ach, ich kann mich an das komische Wort nicht mehr erinnern, aber es bedeutet, dass man immer versuchen muss, vorauszuahnen, was derjenige, den man verfolgt, als Nächstes tun wird oder wo er hingehen wird. Damit man ihn unauffälliger beschatten kann.

Wenn der, den man verfolgt, zum Beispiel dauernd auf die Uhr guckt und dabei auf die Bushaltestelle am Ende der Straße zusteuert, dann ist ja wohl klar, wo er hinwill. Deshalb sollte man dann selbst so schnell wie möglich zur Bushaltestelle gehen. Und zwar am besten, BEVOR derjenige, den man im Blick hat, dort ankommt. Damit der eben nicht merkt, dass er verfolgt wird, sondern denkt, dass man gar nichts mit ihm zu tun hat. Weil man ja schon vor ihm an der Bushaltestelle war. Genial, oder?

Ich fand den Tipp echt cool. Mir wird allerdings gerade klar, dass das nicht immer funktioniert. Hier im Kaufhaus ist es wirklich schwer vorauszusehen, was eine Person als Nächstes machen wird. Blöd. Dann gucke ich eben doch wieder nach dem Geschenk.

Ah! Da ist ein superschöner Holzbilderrahmen. Und der kostet nur sechs Euro und fünfundneunzig Cent. (Das sind DREI Kugeln für mich!)

Und ich weiß auch, was ich mit dem Rahmen mache! Auf den breiten Rand klebe ich lauter kleine Muscheln aus meiner Muschelsammlung (natürlich nicht meine allerbesten, aber meine anderen sind auch sehr hübsch). Und auf den weißen Karton hinter dem Glas klebe ich lauter Bilder von Hunden und Katzen und Hühnern. Die schneide ich aus Zeitschriften aus. Bei uns liegen immer hundert Zeitschriften im Wohnzimmer rum.

Oh, das wird ein supersupertolles Geschenk!

Brenda möchte nämlich schrecklich gern ein eigenes Tier haben und ist voll neidisch auf unsere Aurora. Also eigentlich möchte sie am liebsten einen Hund oder eine Katze, aber Hühner findet sie besser als gar nichts. Bestimmt freut sie sich total über so ein bunt geklebtes Bild und den tollen Rahmen!

Ich bin richtig glücklich, als ich zur Kasse stapfe. Da steht zwar eine lange Schlange an, aber Warten macht mir nichts aus. Ich kann mich ja gut mit dem Beobachten von Leuten beschäftigen. Je mehr Übung, desto besser.

Manche Leute sehen nett und fröhlich aus, manche müde oder genervt, so als hätten sie nicht für fünf Lakritzschnecken Lust, überhaupt hier zu sein. Von In-der-Schlange-Stehen gar nicht zu reden. Der Typ mit dem dicken Bauch da drüben zum Beispiel sieht so aus, als ob er gleich platzt vor schlechter Laune. Er ist schon ganz rot im Gesicht.

Man kann auch gut feststellen, ob die Leute arm sind oder reich. Nicht nur an den Klamotten, meine ich, sondern auch an dem, was sie kaufen. Wenn sie nur Sonderangebote in ihrem Korb haben oder nur so Sachen wie Shampoo oder Wäscheklammern oder ein Fünferpack billige Unterhosen oder so 'n Zeug, dann ist wohl meerwasserklar, dass sie für anderes Zeug nicht genug Geld haben. Wenn aber im Korb lauter Dinge liegen, die man nicht wirklich braucht, also zwei verschiedene Parfüms oder Kettenschnickschnack oder sieben Sorten Feinstrumpfhosen, dann sind diese Leute bestimmt nicht allzu arm.

Mir tun arme Leute leid. Ich meine, richtig arme Leute. Also solche, die sich nicht mal vernünftiges Essen kaufen können. Und natürlich an so Sachen wie Parfüm oder Bilderrahmen nicht mal denken dürfen. Ehrlich, wie bitter ist das denn?

Da – da drüben in der Parfümabteilung steht so eine arme Omi. Wie sehnsüchtig sie die schimmernden Fläschchen anguckt! Bestimmt ist es schon sehr, sehr lange her, dass sie sich so was leisten konnte. Ihr Mantel sieht aus, als wäre er mindestens fünfzig Jahre alt, und die große Einkaufshandtasche, die sie über dem Arm trägt, hat an den Nähten schon überall Löcher.

Ach, ich wünschte, ich wäre Millionärin. Dann würde ich jetzt einfach dort rübermarschieren und sagen: »Guten Tag! Sie haben gerade einen Einkaufsgutschein über hundert Euro gewonnen. Bitte suchen Sie sich das feinste Parfüm aus, das es hier gibt!«

Oh Mann, das wäre ein sooo schönes Gefühl! Die arme Frau würde bestimmt ohnmächtig werden vor Freude.

Ich muss wohl gerade mächtig vor mich hin lächeln, denn dass ich an der Kasse schon dran bin, merke ich erst, als die Kassiererin mich auf den Arm nimmt: »Na, hast du gerade von einem zwei Meter hohen Schokoladenkuchen geträumt?«

»Nö.« Ich kichere mal ein bisschen, bezahle schnell und sage lieber nicht, woran ich gerade gedacht habe.

Beim Rausgehen gucke ich mich noch mal nach der alten Omi um.

Die Omi guckt sich auch um. Nach allen Seiten.

Nanu? Denkt die, dass ihr jemand was klauen will? Wer würde denn schon ’ne alte, verrottete Handtasche klauen?

Aber dann plötzlich … HALLOOO? Was ist das denn?

Der absolute Haihammer! Ich weiß nicht, ob ich lachen, schreien oder weglaufen soll. Spinne ich?

Die Omi marschiert jetzt im Eilschritt an mir vorbei und ist – zack – auch schon raus aus dem Kaufhaus.

Mannomann! Sachen gibt’s – die gibt’s doch echt gar nicht! Das würden mir meine Schwestern nie glauben!

Kenny

Bentje kennt einen Witz: Kommt ein Skelett in ein Café und sagt zum Kellner: »Ich möchte bitte eine Cola und einen Lappen zum Aufwischen.«

Ich kenn aber auch einen: Ein Gespensterkind kommt aus der Schule mit einem voll bösen Brief von der Lehrerin. Da schimpft die Gespenstermama: »Du musst endlich lernen, besser zuzuhören! Wie oft hab ich dir schon gesagt, dass du spuken sollst und nicht spucken!«

Hihi, der ist viel besser als Bentjes, oder?

Bentje und ich haben den ganzen Morgen im Garten mit Aurora gespielt. Ein bisschen hat Walter Walbohm auch mitgespielt.

Aurora und Bentje und ich haben die letzten matschigen Blätter vom Winter über den Rasen geschossen (was Aurora richtig toll fand) und Walter hat sie zusammengefegt. Und dann haben wir wieder von vorne angefangen zu spielen. Aber nach einer Weile hatte Walter leider keine Lust mehr. Da sind wir dann reingegangen und haben Rema gefragt, ob sie uns zum Mittagessen was Leckeres aus der Tiefkühltruhe in den Ofen schieben könnte, solange Mama noch in ihrem Zimmer schreibt. (Bentje hat nämlich gesagt, sie will nicht schon wieder Kamele essen, und sie weiß auch noch nicht mal, ob ihre Mama das gut findet, dass sie bei uns Zootiere isst.)

Rema sah immer noch schrecklich müde aus. Die Arme! Gespenster sind wohl furchtbar anstrengend. (Was für ein Glück, dass ich heute Nacht bei ihr bin!) Aber sie hat uns soooo leckeren Apfelstrudel aufgebacken und sogar noch Familiensoße dazu gekocht.

Diese gefrorenen Apfelstrudel sind echt klasse, die haben nämlich wirklich Äpfel als Füllung – ich war total überrascht!

Bentje und ich haben gefuttert, bis uns fast die Backen geplatzt sind. Rema hat auch gefuttert. Sie findet, wenn man schlecht schläft, muss man sehr darauf aufpassen, dass man woanders nicht auch noch Kraft verliert. Wenn man wenig isst, verliert man natürlich Kraft.

Ich will nicht, dass Rema Kraft verliert. Deswegen haben wir sie ermuntert, nach dem siebten Stück mit heißer, gelber Soße auch noch ein achtes zu essen. Sicher ist sicher.

Genau da kam leider Mama rein und fing an zu schreien, dass wir was Vernünftiges essen sollen und nicht nur Nachtisch. (Mama findet nämlich, man kann nicht allein von Nachtisch leben.) Aber Rema erklärte Mama, dass Äpfel sehr gesund seien und dass die Milch in der Familiensoße noch gesünder sei und dass das deshalb sehr wohl eine Hauptmahlzeit sein könne.

Doch da schrie Mama schon wieder. Weil sie nämlich merkte, dass ich mir gerade das allerletzte Stück in den Mund schob und für sie nun nichts mehr übrig war.

Also echt, Mama kann man es manchmal einfach nicht recht machen! Besonders nicht, wenn sie über Schwester Christine und ihren Arzt schreibt. Deswegen stupste ich Bentje an, als Mama sehr grummelig mit zwei Scheiben Schwarzbrot wieder in ihrem Arbeitszimmer verschwunden war.

»Bentje, jetzt ist bestimmt eine gute Zeit, um Mama einen Tee zu bringen.«

Wir haben uns ja vorgenommen, in den Osterferien richtig viel Gutes zu tun. (Das tun wir natürlich sonst auch, aber jetzt haben wir dafür *noch* mehr Zeit.)

Rema zeigte uns, wie man Pfefferminztee kocht, weil Mama den gern mag. Wir kochten zur Sicherheit gleich zwei Liter. Wir können den ja morgen aufwärmen und Mama dann noch mal Tee bringen.

»Vielleicht sollten wir ihr auch noch was zu essen bringen?«, schlug Bentje vor. »Sonst verliert sie vielleicht auch Kraft? Ich meine, wenn sie so viel schreibt.«

Ich nickte. Stimmt, daran hatte ich noch gar nicht gedacht. Ich war mir aber sicher, dass Mama bestimmt nicht mehr als die Schwarzbrotscheiben essen würde. Mama isst nie sehr viel. Mama findet zum Beispiel auch nicht, dass sie jemals acht Stücke Strudel essen muss. Auch nicht, wenn sie hart arbeitet und wenig schläft. Sie ist da viel unvorsichtiger als Rema. Und genau da hatte ich eine tolle Idee.

»Rema? Hast du nicht so ein Starkmachpulver, das du dir manchmal ins Müsli rührst? Könnten wir davon Mama was in den Tee tun?«

Dagegen hatte Rema nichts. »Gute Idee!«, meinte sie sogar. »Die chinesischen Heilkräuter darin helfen bestimmt ihren Nerven. Schaden können sie jedenfalls nicht. Die Packung steht da drüben neben den Nudeln.« Sie nickte lächelnd zum Schrank rüber. »Ich denke, ein Teelöffel pro Tasse wird genügen.«

Und dann stand sie auf, um sich eine Weile in ihrem Zimmer auszuruhen. Wenn man Gespenster im Zimmer hat, muss man sich viel ausruhen, sagt Rema.

Bentje und ich suchten also die Packung mit Remas Pulver und fanden die auch gleich. Sie stand, genau wie Rema gesagt hatte, direkt neben den ganzen Packungen mit Spaghetti. Wir rührten lieber mal zwei Teelöffel in Mamas Tasse, weil wir ganz sichergehen wollten, dass Mama dieser Tee auch wirklich hilft.

Als wir ihr alles auf einem Tablett zusammen mit zwei Keksen ins Zimmer brachten, guckte Mama richtig erfreut. »Danke! Das ist aber nett von euch!«

Ich sag's ja: Anderen helfen und Gutes tun macht voll Spaß!

Danach musste Bentje leider nach Hause. Wir haben ihre Sachen gepackt und dann habe ich sie zu ihr begleitet. Jetzt bin ich auf dem Rückweg.

Hmmm, vielleicht könnte ich noch einen kleinen Schlenker am Bella Roma vorbeimachen? Wenn ich Glück habe, hängt eine von meinen Schwestern dort rum und spendiert mir ein Eis. Bestimmt sitzt da Tessa mit ihrer Dodo. Die sitzen den halben Tag im Eiscafé.

Ah, da sind ja wirklich zwei! Aber nicht Tessa mit Dodo, sondern Livi und Malea.

»Huhuuuu! Halloooo!« Ich baue mich freundlich lächelnd vor ihnen auf. Deutlicher geht's doch wohl nicht!

Und Livi, meine liebe Livi, sagt auch tatsächlich: »Möchtest du ein Eis, Kenny?«

Oh, ich hab Livi so lieb!

»Ja! Eine Kugel Gummibärcheneis bitte!«

Als wir alle unser Eis lutschen, erzählt Malea von einer Party bei so 'ner Brenda aus ihrer Klasse. Ich will auch auf 'ne Party gehen!

»Du darfst doch bei Rema im Bett schlafen!«, erinnert mich Malea da.

Und – uiiii – stimmt, das ist ja beinahe noch besser, hihihi!

»Bist du schon wieder traurig, Livi?«, frage ich dann, weil Livi aussieht, als wäre sie gerade durch den düstersten Düsterwald gelaufen. (Miesmuschelig, würde Malea sagen.) Ich muss richtig mitseufzen, wenn ich sie angucke.

»Traurig? Ich?«, fragt Livi und schüttelt ihre Haare und setzt sich gerader hin. (Wird man eigentlich weniger traurig, wenn man gerade sitzt?) »Ich bin nicht traurig. Ich hab nur schlechte Laune.«

»Aaah ...«, mache ich. »Ist das nicht dasselbe?«

»Nein!«, sagt Livi und sieht jetzt fast böse aus.

»Ischt Schregory nischt hjier?«, frage ich etwas später. Ich kann leider nur nuscheln, weil es schwierig ist, mit fünf Gummibärchen im Mund zu reden.

Ich sammele die Gummibärchen nämlich immer aus dem Eis raus und lutsche sie erst ganz zum Schluss alle auf einmal auf. Leeeeecker!

»Siehst du ihn vielleicht irgendwo?«, faucht Livi – meine liebe Livi! – mich dann an.

Ich gucke erschrocken hoch. Was kann ich denn dafür, dass Gregory nicht hier ist?

»Ich dachte nur ...«, murmele ich leise, »weil Bentje und ich ihn getroffen haben, als ich Bentje nach Hause gebracht habe.«

Livi und Gregory sind doch immer zusammen. Da ist es doch wohl nur verständlich, dass ich dachte, er wäre auf dem Weg zu ihr.

Livi guckt mich mit funkelnden Augen an. »WO genau hast du ihn gesehen?«

Puh, jetzt wird mir aber ganz mulmig im Bauch. Ist Livi nun auf *mich* sauer? Ich schlucke vor Schreck eins von meinen gehorteten Gummibärchen runter. (Mist!)

»Er stand vorm Supermarkt mit so 'nem Mädchen rum.«

»Mit *einem Mädchen?*«, kreischt Livi. (Echt! Livi kreischt sonst nie!)

Ich nicke erschrocken. Und gucke Hilfe suchend zu Malea rüber. Doch die glotzt nur in die Luft und hat wahrscheinlich noch nicht mal zugehört. Bestimmt denkt sie wieder an irgend so einen Geheimagentenkram.

Da holt Livi endlich tief Luft. »Entschuldige, Kenny, ich wollte dich nicht anbrüllen. Du kannst ja nichts dafür.«

Äh, *wofür?* Egal, ich lächele mal freundlich und zustimmend.

Das klappt gut (die Tipps von Tessa sind manchmal doch ganz schön schlau!), denn Livi fragt tatsächlich: »Willst du noch eine Kugel?«

Ich lächele noch mehr und nicke heftig. Zwei Kugeln! Ganz ohne dass ich betteln muss. Ist das gut oder ist das gut? Was für ein schöner Tag!

Und heute Abend geht nicht nur Malea auf eine Party, sondern ich auch. Und zwar auf Remis Gespensterparty! Hihihi!

Malea

Seit es in Remas Zimmer Geister gibt, erzählt Kenny nur noch Gespensterwitze. Ich kenn auch einen: Eine Frau will ein altes Schloss kaufen. Sie geht zum Besitzer und fragt: »Und Sie sind ganz sicher, dass es hier keine Geister gibt?« Da antwortet der Besitzer: »Ganz sicher bin ich natürlich nicht, allerdings habe ich noch keine gesehen in den dreihundert Jahren, die ich hier schon lebe.«

Die Party bei Brenda war lustiger, als ich dachte. Wir durften abends sogar noch eine DVD gucken. Auch wenn die ein bisschen langweilig war. Irgend so ein Liebesmatsch mit einem Mädchen, das einen echten Prinzen kennenlernt, obwohl sie selbst ganz arm ist. Und – meerwasserklar – der verliebt sich dann, ohne mit einem Zacken in seiner Krone zu zucken, ruckizucki in sie. Die übliche Herzgrütze halt. Schwer zu verstehen, dass Brenda und Miri und die anderen da voll drauf abgefahren sind. Ich meine, wir hätten ja auch einen Actionfilm gucken können!

Aber nach der DVD durften wir auf Matratzen im Wohnzimmer übernachten und haben uns einen Wecker gestellt, um später noch eine echte Mitternachtsparty zu feiern. Cool!

Ich schlug vor, dass wir ja auch draußen in der Stadt auf Verbrecherjagd gehen könnten (wann sonst laufen so viele

Verbrecher rum wie nachts?), aber Brenda und die anderen wollten lieber im Nachthemd Kuchen und Süßkram essen und Musik hören. Und, na gut, das war immerhin besser, als einfach nur zu schlafen, und viel kichern mussten wir dabei auch.

Heute, am Sonntag, hat uns Brendas Mutter dann in einen Wildpark gefahren und wir haben Wölfe und Rehe und andere Tiere angeguckt und danach wieder wie wild gefuttert. Die ganze Geburtstagsfeier war erst heute Abend zu Ende. Geschlafen habe ich ungefähr vier Stunden. Gähn! Kein Wunder, dass ich wellenbrechermüde bin.

Als ich vorhin nach Hause ging, tockerte Aurora ziemlich gelangweilt in der Kastanienallee herum. Die Ärmste! Ich glaube, sie vermisst Hase. Der ist nämlich mit Henry übers Wochenende zu Henrys Großeltern gefahren und erst morgen wieder da. Deshalb hat sie sich vor Freude kaum eingekriegt, als sie mich gesehen hat. Und weil ich ja gerade nicht am Spionieren war (das stört sie nämlich immer ziemlich), hab ich mich auch gefreut.

Mit Aurora kann man manchmal echt gut reden. Sie kann wirklich gut zuhören. Und wenn jemand gut zuhören kann, hilft einem das sehr, auf die richtigen Gedanken zu kommen.

Ich musste nämlich den ganzen Tag über immer wieder an die alte Omi gestern im Kaufhaus denken. Und weil ich sonst niemandem davon erzählt hab, erzählte ich jetzt alles Aurora.

»Toooock«, sagte Aurora ab und zu nachdenklich und trippelte neben mir her.

Und als ich den Moment beschrieb, in dem ich beim Rausgehen noch mal zu der Omi rüberguckte, da wurde sie ganz aufgeregt und flatterte mit den Flügeln und rief: »To-to-to-toooock!«

Immer wieder.

Na gut, kurz danach kamen wir an dem Grundstück mit dem kleinen gelben Haus vorbei, auf dem auch ein paar Hühner in einem Gehege rumlaufen, aber ich glaube nicht, dass das irgendwas mit ihrem Aufgeregtsein zu tun hatte. Nein, Aurora findet es nur genauso schrecklich wie ich, was Leute tun, wenn sie absolut kein Geld haben. Als wir an dem Haus vorbei waren, wurde sie sogar richtig traurig.

»Tooohoooock«, machte sie leise, und wenn sie ein Mensch gewesen wäre, hätte sie garantiert dazu geseufzt.

Genau das meine ich. Aurora ist so mitfühlend.

»Weißt du was, Aurora?«, fragte ich, als wir unsere Gartenpforte erreicht hatten und sie hinter mir in den Vorgarten wackelte. »Wir müssen herausfinden, wo diese Oma wohnt. Das ist unsere Pflicht als gute Weltbürger!«

»Tockkk?«, fragte Aurora und drehte und wendete ihren Kopf erstaunt zu mir herum. Dann presste sie sehr schnell hintereinander ein böses »To-to-tock-tock-tock!« aus ihrem Schnabel.

»Aber NEIN, Aurora!«, antwortete ich eilig und auch ein wenig empört. »Natürlich wollen wir sie *nicht* der Polizei ausliefern!«

»Tooooock?«, fragte Aurora und verrenkte ihren Kopf so doll, dass sie fast einen Knoten im Hals bekam.

»Na, das hat die doch nicht gemacht, weil sie ein böser Mensch ist!«, erklärte ich Aurora sanft. »Ich glaube, die hat das aus Verzweiflung gemacht. Oder aus Traurigkeit. Oder warum auch immer. Und wir – wir sollten versuchen, ihr zu helfen. Findest du nicht?«

Oh doch, das fand Aurora dann aber auch. Ich sag's ja, auf Aurora ist Verlass.

Ich fühlte mich schon um einiges besser, als ich nach oben

in mein Zimmer stapfte und mich auf mein Muschelbett fallen ließ. Aber dann fiel mir ein, dass ich heute ja noch mehr zu tun habe. Die Geister in Remas Zimmer!

Ich schoss wieder runter ins Erdgeschoss und suchte Rema. Aber ich fand nur Iris. Die erzählte grinsend, dass Kenny letzte Nacht leider keine große Hilfe gewesen sei, weil sie bereits tief und fest geratzt habe, da hatte Rema noch nicht mal das Licht ausgeknipst.

Hihi, genau das habe ich mir doch gedacht! Bleibt die ganze Verantwortung tatsächlich wieder an Malea Bond hängen!

Ups – gähn! Oje, wenn ich nur nicht sooo müde wäre!

Aber schlappmachen gilt nicht! Ich erinnere mich an einen Film, in dem James Bond drei Nächte hintereinander nicht geschlafen hat. Also bitte! Da werde ich ja wohl noch eine weitere lächerliche Nacht mit Geistern hinter mich bringen können.

»Wo ist denn Rema?«, fragte ich Iris.

»Die hat Reißaus genommen«, grinste sie. »Sie schläft heute Nacht drüben bei Walter Walbohm. Der hat ja genug Gästezimmer.«

Das Zimmer von Rema war leer? Ich allein mit den Gespenstern? Also, da lief mir schon ein kleiner Schauer über den Rücken. Aber ich biss sofort die Zähne zusammen, denn feige sein ist natürlich total uncool.

Ich finde, Angst haben kann jeder mal in bestimmten Situationen (wer hat denn wohl noch nie Angst gehabt?), aber feige sein, das geht gar nicht! Wo kommen wir denn da hin, wenn sich jeder von fiesen Kerlen einschüchtern ließe und die deswegen machen könnten, was sie wollten! Und dass diese Gespenster hier reichlich fiese Kerle sind, das ist ja wohl meerwasserklar. Sonst würden sie Rema in Ruhe schlafen lassen. Was für ein Glück, dass es wenigstens James Bond und mich gibt!

Deshalb liege ich jetzt spätabends hier, tief eingemummelt in Remas Bett, und warte mutig und entschlossen auf die einstürzenden Wände und die Schritte im Zimmer.

Uuuaaaaaahhhh, bin ich müde!

Aber eine Malea Bond ist hart im Nehmen! Ich werde selbstverständlich wach bleiben und unerschrocken aufpassen, und wenn ich noch so … hrrrrpfffüüüüh …

Jessa

So ein Acht-Stunden-Arbeitsleben wird völlig überbewertet, finde ich. Ich meine, claro ist es muy wichtig, als Lady unabhängig und selbstbestimmt zu sein, und das kann man eben nur mit Geld. Mit eigenem Geld. Wenn das Geld nämlich von jemand anderem kommt, dann bestimmt dieser Jemand meiner Erfahrung nach gerne auch, was damit gemacht wird (ich sage nur: Cornelius). Und das kann leicht an den wichtigen Dingen des eigenen Lebens vorbeigehen (ich sage nur: Spanien. Und: die superschicken Seidenkleider unten im Ort bei Madeleine's.). Deswegen dachte ich auch immer, dass man sich nach einem ganzen langen Tag voller Arbeit echt stolz und richtig klasse fühlen muss. Aber – ehrlich – man fühlt sich einfach nur muy, muy müde.

Ich kann nicht glauben, dass die armen Senioren um diese Uhrzeit schon aus dem Schlaf gerissen werden. Es ist ja praktisch noch Nacht! Garantiert ist noch nicht mal Aurora aus den Federn gehüpft. Dabei ist Schönheitsschlaf echt *totalmente* wichtig! (Wenn das nur endlich auch die Schuldirektoren begreifen würden!) Oder sollen wir etwa so früh da sein, um die Leutchen zu wecken?

Man stelle sich vor – um acht Uhr (MORGENS!) beginnt bereits unsere Arbeitsschicht! (Ich meine, in der Schule hat man wenigstens noch regelmäßig fünfundvierzig Minuten, in denen man vor sich hin dösen kann.) Wir hatten kaum eine Stunde Zeit für Dusche, Hautpflege, Schminken, Hairstyling und schließlich die passende Klamottenwahl. *Madre mía,* was für eine Hetze! Unter Ferien verstehe ich aber was anderes.

»Du musst positiv denken!«, erinnert mich Dodo an eine unserer goldenen Regeln.

Als ob ich nicht IMMER positiv denken würde!

»Wir tun es für Spanien!«

»*Claro que si,* Dodo!«, antworte ich. »Ich hoffe nur, dass wir nach dieser Woche nicht zu erschöpft sind, um überhaupt irgendwohin zu fahren.«

Wir torkeln praktisch im Tiefschlaf durch die Straßen.

Dodo hatte noch vorgeschlagen, die Fahrräder zu nehmen, aber ich machte sie schnell darauf aufmerksam, dass wir uns dabei sehr wahrscheinlich unsere nagelneuen Hochglanz-Seidenstrümpfe ruinieren würden. (Dodo denkt manchmal nicht richtig nach. Ich bin auf jeden Fall die deutlich Vernünftigere von uns beiden.) Schließlich haben wir uns für die alten Leutchen ganz nett zurechtgemacht, um denen mal ein wenig Sonne in ihr zweifellos tristes Leben zu bringen.

Als Iris am Samstagabend strahlend verkündete, dass alles bingo sei und wir den Job ab Montagmorgen für eine Woche hätten, konnten Dodo und ich natürlich schlecht *Nein* sagen. Also sagten wir nur: »Oh.«

»Wunderbar!«, fand Cornelius sofort. »Dann vertagen wir die Spanienfrage also hiermit auf Mittwoch. Wollen doch mal sehen, ob ihr wirklich gewillt seid, hart zu arbeiten.«

Hart? Was meint er bloß damit? Dodo und ich arbeiten doch IMMER hart.

Natürlich kamen mir spätestens an *der* Stelle berechtigte

Zweifel. Außerdem fand ich es ein wenig ignorant von Cornelius, unser gehauchtes *»Oh«* gleich für ein Ja zu nehmen. Etwas dagegen zu sagen, trauten wir uns allerdings auch nicht. Schließlich wollen wir ja unbedingt nach Spanien.

»Nicht so schnell!«, jammert Dodo jetzt. »Ich komme mit meinen Absätzen nicht hinterher. Oh Mann, ich hätte vielleicht doch lieber die Ballerinas anziehen sollen.«

Ballerinas! Zum Minirock? *Ni soñarlo* – auf keinen Fall! Wenn schon, dann auch richtig!

Dodo hatte doch tatsächlich ihre mit rosa Strass besetzten Treter an, als wir losgehen wollten. Zu 'ner Röhrenjeans sehen die ja auch total klasse aus. Aber wir haben ja nun mal nicht vor, bei den Senioren in irgendwelchen Jeans aufzukreuzen. Ich konnte Dodo gerade noch im letzten Moment davon überzeugen, dass ihre grauen High Heels in diesem Fall wirklich vorteilhafter sind. Ehrlich, die Opis sollen nicht sagen, wir hätten kein Gefühl für das richtige Outfit!

»Dodo-Schatz«, weise ich sie in aller Freundlichkeit zurecht, »wenn du dich jetzt schon beklagst, wie willst du dann den restlichen Tag durchstehen?«

»Gar nicht!«, heult Dodo. »Ich hab keine Lust mehr. Ich bin müde. Ich ...«

»Da vorne ist es«, unterbreche ich sie harsch. »Jetzt Rücken gerade und lächeln.« Ich gucke sie warnend an. »Und wehe, du kippelst! Wie Rema immer sagt: wer schön sein will ...«

»... muss leiden. Ich weiß«, beendet Dodo meinen Satz. »Trotzdem kein Grund, den ganzen Tag mit Fußschmerzen rumzulaufen. Ich hätte nicht auf dich hören sollen.«

»Cómo?« Ich drehe mich empört zu ihr um. Wie bitte? Also ehrlich! »Sei mir lieber dankbar, dass ich dich nicht rumlaufen lasse wie Gundi von der Alm! Und jetzt reiß dich zusammen! Denk an Spanien! Hast du doch eben selber gesagt.«

»Pfff«, macht Dodo.

Doch als wir die Glastür mit dem Schild *Seniorenresidenz Lauschige Eiche* öffnen, hat Dodo ihr tadellosestes Zahnweißlächeln im Gesicht und wackelt nicht mal mit der großen Zehe. Wenn's drauf ankommt, kann man sich auf Dodo eben doch verlassen.

In dem kleinen Büro werden wir freundlich, aber nicht gerade überschwänglich empfangen. »Ah ja, Tessa-Tiara Martini! Deine Mutter hat am Samstag angerufen, nicht? Und Dorothea Dunst. Wunderbar. Ihr seid etwas spät – ich hoffe, ihr kommt dafür morgen etwas früher und macht das wieder wett –, aber es ist noch alles im grünen Bereich. Das hier ist Andrea, sie wird euch zeigen, was ihr die nächsten Stunden tun könnt.«

Und ehe wir noch fragen können, ob wir vielleicht erst mal einen Kaffee haben dürften, schubst uns die nette Bürodame schon hinter dieser Andrea her.

Andrea ist klein, kräftig, etwa im Alter von Iris und offensichtlich nicht der *Lass-uns-mal-in-aller-Ruhe-darüber-reden*-Typ. Ganz im Gegenteil. Kurz und knapp rattert sie das, was wir anscheinend wissen müssen, runter.

»Hier sind die Handtücher und die Bettwäsche …« Sie reißt einen Schrank im Flur des ersten Stocks auf. (Nicht nur Dodo hatte diesmal Mühe – besonders auf der Treppe –, mit ihr Schritt zu halten.) »Und hier die Nachfüllseife.«

Sie knallt die Schranktüren wieder zu und eilt zwei Schränke weiter. »Hier sind Toilettenpapier, frische Staubtücher und die Putzmittel.«

PUST – äh – Putz… hust… *Putz*mittel?

Ich kriege einen kleinen Krächzanfall. Den überhört Andrea geschmeidig.

Dodo sagt gar nichts. Ich kann sehen, dass sie sich voll

und ganz darauf konzentriert, der Altenpflegerin im weißen Kittel hinterherzukommen. Die ist inzwischen schon am Ende des langen Flures angelangt und hat bereits die Klinke der hintersten Zimmertür in der Hand.

»Weil ihr neu seid«, sprudelt sie weiter, »bekommt ihr einfache Aufgaben, bei denen ihr nichts falsch machen könnt.«

Sie öffnet die Tür. Das Zimmer ist leer.

»Die Senioren sind im Moment im Frühstücksraum«, erklärt sie. »Danach haben sie entweder physikalische Anwendungen oder Beschäftigungstherapien. Das bedeutet, dass sich die Damen und Herren nur selten vormittags in den Zimmern aufhalten werden. Was uns Zeit gibt, alles zu säubern, die Betten zu beziehen und ganz allgemein nach dem Rechten zu sehen.«

Sie guckt uns erwartungsvoll an. »Irgendwelche Fragen?«

Dodo hat ihre Augen vielleicht etwas *zu* panisch aufgerissen. Allerdings bin ich auch nicht gerade euphorisch, muss ich sagen.

»Habt ihr alles verstanden?«, wiederholt Andrea und wirkt bereits einen Hauch ungeduldig.

Dodo richtet sich tapfer kerzengerade auf und lächelt beinhart.

Ich lächele auch mal. Was anderes fällt mir leider nicht ein.

»Ihr *könnt* doch Betten machen?« Andreas Blick wird unangenehm bohrend.

Ich nicke. »Natürlich.«

Claro que si!

Iris ist ja seit Neuestem der Meinung, dass Livi, Malea und ich problemlos selbst unsere Betten ab- und neu beziehen können. Und – okay – *ein* Bett ist machbar. Auch wenn es ätzend lange dauert. Aber …

Ich überlege …

Wie viele Zimmer gibt es in der *Lauschigen Eiche* wohl? Die gute Frau hier kann doch nicht im Ernst glauben, dass wir an einem einzigen Tag alle Betten …?

Andrea muss meine Gedanken erraten haben. »Keine Sorge.«

Hat sie jetzt sogar ein Lächeln auf den Lippen? *Hóla-hóla*, nun aber mal nicht übertreiben!

»Heute ist erst mal der Westflügel hier im ersten Stock dran«, redet Andrea ungerührt weiter. »Morgen Vormittag geht's dann in den Ostflügel. Und Mittwoch und Donnerstag nehmt ihr euch den zweiten Stock vor.«

»Und am Freitag sind wir tot«, murmelt Dodo neben mir kaum hörbar.

»Wenn ihr nicht weiterwisst, könnt ihr jederzeit ins Büro kommen.« Andrea lächelt immer noch. »Und wenn ihr mit den Zimmern fertig seid, sagt ihr mir Bescheid! Dann finden wir noch was anderes, bis es Zeit fürs Mittagessen ist.«

Auch Dodo lächelt immer noch. Profi ist Profi. Doch ihre Augen sind schreckgeweitet wie beim Anblick einer anrollenden Flutwelle.

Hm, sie sieht ein wenig eingerastet aus. Muss ich mir Sorgen machen? Vielleicht sollte ich sie mal anstupsen, damit sie aus der Schreckstarre rauskommt?

Als Andrea mit einem fröhlichen »Viel Spaß!« (die Frau hat echt Humor! Ha-ha!) den Gang wieder runtergeeilt ist und Dodo und ich allein im Zimmer sind, sinken wir fast gleichzeitig auf das ungemachte Bett. Etliche Minuten lang sind wir zu geschockt, um was zu sagen.

Dann fasse ich mich schließlich. »Sag mal, Dodo, wollen wir *wirklich* nach Spanien? Wir könnten ja auch warten, bis Javi und Ramón selbst wieder Geld haben und zu uns kommen können. Oder erst im Sommer …?«

Dodo seufzt so tief und nach Luft ringend, dass ich fürchte, sie könnte Asthma kriegen.

Doch eine Sekunde später richtet sie sich plötzlich energisch auf, schubst sich die Haare in Form, befeuchtet ihre Lippen, zieht ihr entzückendes Ringeltop gerade und guckt mich kämpferisch an. »TESSA! Das stehen wir durch! Überleg mal: zehn Euro die Stunde! Das sind jeden Tag achtzig Euro! ACHTZIG! Da kriegen wir die Bahnfahrt locker zusammen und es bleibt sogar noch was übrig!« Sie guckt mich jetzt beinahe böse an. »LOS! Nur diese erste Ferienwoche. Und dann ...« Ein Strahlen geht über ihr Gesicht. »Spanische Sonne und Ramón und Javier! Und – all die tollen Klamottenläden in Barcelona! Und *Las Ramblas*, oder wie diese lange Straße mit den Märkten da heißt.«

Nun seufze *ich*. Aber ich muss Dodo auch bewundern. Wenn sie etwas *wirklich* will, lässt sie sich von nichts schrecken. Und schon gar nicht aufhalten.

Ich presse die Lippen zusammen und ringe mir ein schiefes Grinsen ab. »Dann los! *Arriba!*«

»Jawohl! Und tausend Mal *SI!*«, ruft Dodo mit Feuer in der Stimme. »*ARRIBAAAA*!«

AH! Jetzt spüre auch ich endlich wieder meine gewohnte Energie!

Wir klatschen uns gegenseitig ab, springen auf und rennen mit dem Kampfschrei »Barcelooona!« kichernd raus auf den Flur, holen die erste Garnitur Bettwäsche, die Nachfüllseife und den anderen Kram und fangen an, Zimmer Nummer eins auf Vordermann zu bringen.

Claro! Wenn Dodo und ich etwas machen, dann machen wir es auch richtig!

Livi

- *Artikel fertig schreiben für unsere Webseite www.Auroras-Freunde.de*
- *Mehr Internetrecherche zum Thema Schweinehaltung*
- *Termin mit dem tollen Biohof vereinbaren, über den neulich im Regionalfernsehen berichtet wurde, um ihn mit unserer Umwelt-AG in den Ferien zu besichtigen*
- *Ins Kino gehen (aber das wollte ich eigentlich mit Gregory machen)*
- *Fotos im Tierheim für unsere Webseite schießen, weil wir uns ja nicht mehr nur um Hühner, sondern auch um andere Tiere kümmern wollen (das wollte ich eigentlich auch nicht allein machen)*
- *Mit Kenny Ostereier anmalen und aus Zahnstochern und Watte kleine Küken für den Esstisch basteln*
- *Mit Rema im Hotel Zum Goldenen Hirschen fette Torte essen, um mit ihr mal ohne den Rest der Familie ein bisschen zu quatschen (was sie sich schon echt lange gewünscht hat, aber ich hab während der Schule einfach zu wenig Zeit)*
- *Mit Gregory reden?*

Ferien. Ein wunderschöner Montagmorgen ohne Schule. Der Himmel ist blau, die Vögel zwitschern wie wild den Frühling an, draußen im Garten höre ich Aurora gackern und Walter Walbohm mit Rema plaudern (frühstücken die *draußen?* Ist es schon warm genug?), und ich sollte jetzt doch wohl bestens gelaunt aus dem Bett hüpfen.

Ha – hüpfen! Mir ist noch nicht mal nach Kriechen zumute.

Ich ziehe die Decke ein bisschen höher, sodass mein Bett sich richtig schön höhlenartig anfühlt. Das brauche ich nämlich jetzt. Eine Höhle, die mich schützt. Wieso ist Gregory nur so ätzend zu mir?

Echt, vor ein paar Wochen war er noch so toll und nett und unterstützend und überhaupt die beste Freundin, die man nur haben kann. Und jetzt? Er behandelt mich, als hätte ich ihm was getan. Dabei war er es doch, der mich am Samstag die ganze Zeit angeraunzt hat, bis es mir einfach reichte.

Warum ist er danach denn nicht zum Eisessen gekommen? Da hätten wir doch gut ein bisschen reden können. (Und mit *welchem Mädchen* bitte schön hat er eigentlich gequatscht?)

Seit dem beknackten Hosenkauf (*hat* er am Ende überhaupt eine neue Hose gekauft?) hab ich ihn nicht mehr gesehen. Als er nicht ins Bella Roma kam und sich auch den restlichen Tag nicht mehr bei mir gemeldet hat, hab ich natürlich auch nichts unternommen. Ich meine, ihn angerufen oder so. Wär ja auch noch schöner! Was kann ich denn dafür, dass seine Laune völlig unberechenbar Achterbahn fährt. Ich kann ja wohl nicht ewig lächeln, während er nur eklig zu mir ist.

Gestern Abend habe ich ein paarmal aus dem Fenster geguckt, ob das Licht in seinem Zimmer noch an ist. Er muss es erst sehr spät gelöscht haben, denn ich konnte schlecht einschlafen und hab sogar nach zwei Uhr noch mal rübergeschaut. Was hat der denn so lange gemacht? Ob der auch über unseren Streit nachgedacht hat?

Ach, Quatsch. Der hat bestimmt nur wieder stundenlang vor seinen Computerspielen gehockt. Echt, was Blöderes gibt's nicht auf der Welt. Ich verstehe einfach nicht, wie Gregory so viel Zeit damit vertrödeln kann. Auf der anderen Seite ist er natürlich keiner von diesen Idioten, die nicht mehr am normalen Leben teilnehmen, weil sie nur noch in ihrer Computerwelt abhängen. Gregory ist echt total aktiv und lustig und ...

SEUFZ!

... und gerade jetzt ganz und gar NICHT nett. Er sitzt nebenan in seinem eigenen Haus statt wie sonst fast jeden Tag bei uns (weil seine karrierewilde Fernsehmutter ja sowieso kaum daheim ist) und schweigt. Jedenfalls mir gegenüber.

Warum bloß? Was hab ich ihm getan?

»HASENALAAAARM!«, unterbricht ein Schrei von draußen meine Gedanken.

»Mamaaaaa!«, brüllt Kenny gleich darauf glücklich ein zweites Mal. (Kenny *liebt* kleine Aufregungen.) »HA-SEN-A-LARM!«

Hat Iris etwa heute Morgen schon gewaschen und die Sachen auf die Leine gehängt? Puh, die steht aber früh auf. Besonders wenn sie die halbe Nacht lang schreibt. Echt nett von Kenny, dass sie ihr in den letzten Tagen dauernd Tee bringt.

Ich recke meinen Kopf hoch zum Fenster. Tatsächlich, da baumeln etwa acht Jeans von uns fröhlich im Wind – und die erste bereits in Hases Maul ...

Oje, ich schätze, da wird Iris mal wieder einen kleinen Schreianfall bekommen. Henrys Hund Hase liebt es, unsere frisch gewaschene Wäsche von der Leine zu rupfen und dann mit seiner Beute spielerisch zu kämpfen.

Er hat die Hose fest zwischen seinen Zähnen und schleudert seinen Kopf wie wild nach rechts und links, sodass die arme – eben noch sehr saubere – Jeans rechts und links in die frisch geharkte Erde von Remas Gemüsebeet knallt. Nachdem sie völlig eingedreckt ist, lässt er sie zufrieden liegen (Beute zerlegt – hurra!) und nimmt Anlauf, um die nächste von der Leine zu pflücken.

Doch genau da stürmt Iris aus der Küchentür und fuchtelt wild mit Küchenhandtüchern um sich. »WEEEEEG! WEG HIER! PFUI, Hase, PFUI!«

Ich muss ein bisschen kichern. Oh Mann! In diesem Haus kann man sich nicht mal in Ruhe unglücklich fühlen, ohne dass man irgendwann doch wieder grinsen muss.

Also springe ich jetzt halt doch mal aus dem Bett, ziehe mir Klamotten über (duschen kann ich später noch) und tapse nach unten. Die Küchenuhr zeigt neun. Von meinen Schwestern keine Spur. Außer Kenny, die draußen fröhlich zwischen Iris' wedelnden Küchentüchern rumhüpft, scheinen alle ausgeflogen zu sein. Tessa und Dodo (die immer noch bei uns schläft) haben tatsächlich den Job im Altenheim angefangen. Hätte ich ihnen gar nicht zugetraut. Mal sehen, wie lange die das durchhalten.

In diesem Moment kommt Cornelius von unten aus dem Keller hoch und stapft in die Küche. »Guten Morgen, Olivia, du kleine Langschläferin!«

Er grinst mich an und schnappt sich dann das letzte Croissant aus dem Brötchenkorb auf dem Tisch. »Erster richtiger Ferientag, was? Und was hast du heute so vor?«

Er schmiert sich mit einem herumliegenden Messer, das schon irgendjemand anderes benutzt hat, dick Butter auf das Croissant, beißt genüsslich ab und sieht mich erwartungsvoll an.

Rrrrgg! Da sinkt meine Laune doch gleich wieder in den Keller. Denn ich habe natürlich *nichts* vor. Außer ich tue all die Sachen, die ich mit Gregory zusammen tun wollte, allein. Gestern Abend hab ich mir tapfer eine Liste geschrieben, damit ich nicht vergesse, worauf ich mich die letzten Wochen gefreut habe, aber irgendwie machte die Liste da schon nicht mehr so richtig Spaß.

»Weiß noch nicht«, grunze ich und beäuge die restlichen Brötchen. (Tatsächlich *kein* weiteres Croissant mehr da.)

»Ach, ihr Glücklichen!«, seufzt Cornelius gut gelaunt. »Wenn ich doch auch nur so viel Zeit hätte wie ihr!«

Den letzten Satz hätte er sich mal lieber sparen sollen, denn den hat Iris gerade noch gehört, als sie jetzt ermattet aus dem Garten wieder reinkommt. Sie funkelt ihn böse an. »DU? KEINE ZEIT? Was hast du denn heute schon alles getan?«

Cornelius fällt vor Schreck fast das Croissant aus der Hand. »Ich – ähm«, fängt er an sich zu verteidigen, »habe mir unten im Keller ein paar neue Stücke von Kollegen angehört und – ähm – gleich muss ich mich im Internet auf die Suche nach einem neuen gebrauchten Bandbus machen und dann …«

»Und dann könntest du vielleicht wenigstens mal einkaufen gehen?«, schnappt Iris. Sie klingt leicht bissig. »Ist doch unfassbar, dass ich hier die Einzige bin, die von morgens bis abends schuftet!«

»Ich gehe ja, ich gehe ja!«, gibt Cornelius sich geschlagen. »Wo ist der Einkaufszettel?«

Sollte ich mich jetzt anbieten? Aber ich hasse Supermärkte. Lieber tue ich irgendwas anderes.

»Soll ich die nächste Wäsche machen?«, frage ich deshalb.

Iris sieht mich dankbar an. »Das wäre wirklich lieb, danke!

Ich weiß, ihr habt Ferien, aber ich komme im Moment zu nichts, weil ich mit dem vorgezogenen Band neunzehn von Schwester Christine …«

»Ich weiß«, lächele ich aufmunternd und gebe ihr einen Kuss. Da sieht Iris beinahe richtig glücklich aus. Fast wie unsere Mutter, wenn *kein* Abgabetermin für eines ihrer Bücher droht.

Sie lässt sich auf einen Stuhl sinken und schmeißt die Küchenhandtücher auf den Tisch. »Dieser Riesenhund ist ja eigentlich ganz kuschelig, aber kann er nicht ein Mal unsere Wäsche in Ruhe lassen? Und wieso ist er schon wieder allein hier? Wo ist denn Henry?«

»Der kommt bestimmt noch«, grinse ich. »Hase ist sicher wieder ausgerissen, um Aurora zu besuchen, und Henry hat das noch nicht mal gemerkt.« Ich gucke nach draußen in den Garten. »Och guck mal, wie süß! Jetzt sitzen die beiden ganz dicht zusammen und schnüffeln und buddeln in der Erde rum. Wie richtig Verliebte!«

Iris gibt einen Quietschlaut von sich. »Sie *buddeln?*« Dann schüttelt sie entschieden den Kopf. »Nein, darum kann ich mich nicht auch noch kümmern. Ihr Beet muss Rema selbst bewachen.« Sie guckt sich um. »Wo ist denn eigentlich Malea? Die wollte sich doch letzte Nacht Remas Gespenstern annehmen?«

»Malea kann schlafen, bis das Haus einstürzt«, erklärt Cornelius mit vollen Backen. (Dabei gibt es wohl keinen bei uns, der *das* nicht weiß.) »Ich glaube sowieso nicht, dass wir diese komischen Geister je zu Gesicht kriegen werden. Weiß der Kuckuck, was die arme Renate gehört hat. Wahrscheinlich träumt sie einfach schlecht.«

Ein Blick zur Gartentür zeigt mir, dass Cornelius heute einfach kein gutes Timing hat. Denn, oje, den letzten Satz hat nun wiederum Rema gehört, die genau in diesem Moment mit dem Tablett von ihrem Terrassenfrühstück im Türrahmen steht.

»Ich muss doch sehr bitten!« Rema geht zum Tisch und setzt das Tablett mit einem Knall ab. »Wenn du mir nicht glaubst: Wie wäre es, wenn DU mal eine Nacht in meinem Zimmer verbringst? Ich habe letzte Nacht bei Walter das erste Mal seit Wochen wieder normal geschlafen, und ich habe vor, das auch die nächsten Nächte zu tun. Mein Zimmer ist also frei. Du bist herzlich willkommen!«

Sie funkelt Cornelius angriffslustig an.

»Hrrrmpfff«, macht Cornelius.

»Das ist doch eine sehr gute Idee!«, findet Iris. »Wir sollten der Sache wirklich auf den Grund gehen. Normal ist das jedenfalls nicht. Ich kann mir im Moment leider nicht leisten, noch weniger zu schlafen, aber du, Schatz…« Sie tätschelt Cornelius' Hand. »Du solltest wirklich mal nach dem Rechten sehen.« Lächelnd fügt sie dann noch hinzu, und es klingt nur ein *ganz winziges bisschen* so, als wolle sie ihn auf den Arm nehmen: »Schließlich bist du der Mann im Haus.«

»Ha-ha!«, grunzt Cornelius bloß. »Aber schön, kein Problem! Ich werde sehen, ob ich in den nächsten Tagen mal dazu komme, Renate, und dann reden wir weiter.«

»Fein!«, flötet Rema und schwebt lächelnd aus dem Zimmer. »Ich bin gleich mit Walter verabredet, um zu seiner Schwester rauszufahren. Sie hat uns zum Mittagessen eingeladen. Bis später, ich muss mich noch umziehen. Was für ein schöner Tag, nicht?«

Ja, es ist wirklich ein schöner Tag. Also jedenfalls, wenn man das Wetter betrachtet.

Ich greife mir ein Roggenbrötchen und starre dann aber nicht das Wetter, sondern die Wand an, hinter der Gregorys

Haus liegt. Und ich persönlich finde leider, der Rest des Tages sieht noch nicht so richtig schön aus.

Iris lächelt uns an. »Unsere Rema ist ja ohne Ende mit Walter verabredet, findet ihr nicht?«, reißt sie mich aus meinen Gedanken.

Ich grinse ebenfalls, denn das stimmt. Die beiden sind wirklich ein nettes Paar.

»*Was* ist mit Rema und Walter Walbohm?« Kenny steckt ihren Wuschelkopf vom Garten zu uns rein. »Knutschen die?«

»KENDRA!«, mahnt Cornelius und tut sehr streng. (Aber ein bisschen grinsen tut er auch.) »Davon kann keine Rede sein! Und das hat auch nie jemand gesagt.«

»Och, schade«, findet Kenny.

Iris' Hand liegt noch immer auf der von Cornelius, und statt seine wegzuziehen, streicht er jetzt ein paarmal über ihre. »Du bist etwas blass, Liebling. Vielleicht solltest du die Nachtschichten doch mal eine Weile sein lassen?«

»Die Nachtschichten sind nicht das Problem«, meint Iris und seufzt – nein rülpst. (Huch? Iris rülpst NIE.) »Mir ist nur seit zwei Tagen ständig so übel. Vor allem morgens.«

»Ich mache dir gleich noch einen zweiten Tee, Mama«, ruft Kenny da fröhlich, hopst zum Wasserhahn und fängt schon an, mit dem Kocher zu hantieren. »Dann geht's dir bestimmt sofort besser!«

Iris lächelt ihr zu. »Danke, meine Süße! Ihr seid wirklich alle lieb!«

Damit erhebt sie sich und wankt rüber in ihr Arbeitszimmer. Jetzt fällt es mir auch auf, ihre Gesichtsfarbe wirkt tatsächlich ungesund.

Cornelius sieht ihr nachdenklich und auch ein wenig sorgenvoll hinterher.

Doch nur eine Sekunde später reißt er seinen Kopf ruckartig zu mir herum und fragt bestürzt, nein geradezu panisch und mit weit aufgerissenen Augen, als wäre ihm gerade etwas Schockierendes klar geworden: »Hat Iris gerade gesagt, ihr ist *morgens* immer schlecht?«

»Äh, ja. Warum?« Ich gucke erstaunt zurück.

Ich meine, muss ich jetzt Angst um Iris kriegen? Ist doch wohl kein Wunder, dass der Kreislauf runterschaltet und einem übel ist, wenn man so viel arbeitet und wenig schläft. Oder etwa nicht?

Cornelius gibt mir keine Antwort. Er sinkt auf seinem Stuhl praktisch ein halbes Stockwerk tiefer und seufzt derartig abgrundschwer, dass man meinen könnte, er habe soeben einen herben Schicksalsschlag erlitten.

Also echt! Wenn hier einer leidet, dann ist es doch wohl Iris und nicht er!

Und ich übrigens. Merkt das eigentlich nie jemand?

Malea

Es ist Abend und ich bin irgendwie auf einer riesigen Party mit lauter Leuten, die schrecklich reich aussehen. (Wieso ICH da bin, weiß ich ehrlich nicht.) Tessa, Dodo und Livi sind auch da. Livi sieht aus, als würde sie am liebsten weglaufen. Aber Tessa und Dodo nippen an sprudeligen Schampusgläsern und schnattern und kichern und fühlen sich echt richtig wohl. Ich fühle mich nicht so superwohl, aber auch nicht so schlimm wie Livi. Weil ich nicht so auf Schnattern und Schampusnippen stehe, gucke ich mich mal um. Der Saal hat riesige Kronleuchter, und die Fenster, die vom Boden bis zur Decke hoch reichen, sind rundherum mit so krümeligem Kram verziert, den Iris »Stuck« nennt. Sieht eigentlich ganz hübsch aus, und ich überlege gerade, ob ich auch mal diesen komischen Schampus probieren soll. Da sehe ich plötzlich draußen im Dunkeln lauter Leute in furchtbar schmuddeligen Klamotten vor den Fenstern stehen und sich sehnsüchtig die Nasen an den Scheiben platt drücken. Die haben die Augen ganz weit aufgerissen und gucken ganz traurig und … ich kann es nicht wirklich gut beschreiben … ja, hungrig irgendwie. Uff! Das zu sehen, haut mir wie eine Keule in den Magen, und mit einem Schlag hab ich null Appetit mehr auf irgendwas von dem teuren Zeug, das hier dick aufgetürmt herumliegt. Ich stehe da und starre die trüben Gestalten an. Ob es wohl kalt ist da draußen um diese Uhrzeit? Ich gucke mich um. Außer mir scheint niemand die Gesichter vor den Fenstern zu bemerken. Nicht mal Livi. Ich stehe und stehe und starre und starre raus. Mindestens so doll, wie die anderen sehnsüchtig reinstarren. Und ich weiß einfach nicht, was ich tun soll. Also tue ich gar nichts. Aber gut fühle ich mich dabei nicht. Und dann …

Hups? Wo bin ich?

Richtig, in Remas Bett … Und – ähm – was will ich hier gleich noch mal? Ach ja, Remas Nachtspuk auflauern. Genau! Ich bin auf *Gespensterjagd*, hihi!

Huch – nein – nix *hihi!* Ich richte mich kerzengerade auf. Denn eben bemerke ich, dass es draußen schon hell ist. WAS? Hab ich etwa geschlafen? Hab ich die Gespenster *verschlafen*?

Wie spät ist es? Wo ist denn Remas Wecker?

NEIIIN! Schon fast zehn Uhr. MORGENS! Oh, mistiger Meertang! Das kann doch nicht sein, dass ich die ganze Nacht tief und fest geschlafen habe! Ohne das kleinste bisschen zu hören!

Ich wühle mich aus Remas dicken Federkissen und stehe auf. Ich bin so megawütend auf mich, dass ich am liebsten meinem eigenen Spiegelbild einen Kinnhaken verpassen würde. Das würde mir recht geschehen! Malea Bond! Schnarcht während eines ihrer wichtigsten Aufträge! Wenn das James Bond wüsste, würde er kein Wort mehr mit mir reden.

Na gut, das tut er ja sowieso nicht. Weil er mich natürlich gar nicht kennt. Was in diesem Fall allerdings kein Fehler ist. Eine Geheimagentin, die – Moment, mal nachrechnen … – dreizehn Stunden geschlafen hat! Glaube kaum, dass James das vorbildlich finden würde.

Ich ziehe noch ein paar extra fiese Grimassen vor Remas schönem Standspiegel. Sozusagen als Strafe für mich. Und außerdem nehme ich mir für heute vor, mir meinen Lohn für mein tägliches Spioniertraining – normalerweise eine Kugel Eis im Bella Roma – ersatzlos zu streichen.

Schnell noch das Zimmer untersuchen. Vielleicht habe ich ja Glück und es liegt wenigstens irgendwo ein bisschen zersägte Wand rum? Ich gucke sogar unters Bett und hinter den dicken Vorhang vor Remas Fenstern. Doch da ist echt nichts. Noch nicht mal viel Staub. Puh, Rema scheint ganz schön gründlich zu saugen. Aber was ist das denn? Da liegt ein Stück von den Fußleisten im Zimmer. Und kleine Stückchen davon liegen drumherum.

Ich hebe die Stückchen auf und untersuche sie. Kann ja wohl nicht sein! Wie soll denn eine Fußleiste einfach so abbrechen? Ich gehe noch mal den Rest des Zimmers ab, aber mehr kann ich nicht finden. Hm, da muss ich nächste Nacht aber unbedingt fitter sein und hammerhaihart Wache halten. Wenn hier wirklich Geister am Werk sind, dann wird Malea Bond denen aber mal zeigen, wo der Fisch die Locken hat! Arme Remi! So was Freches, ihr mit all diesen Geräuschen Angst einzujagen!

Nachdem ich mich noch mal umgesehen habe, öffne ich endlich die Zimmertür und stecke mal die Nase in den Flur.

Alles ruhig. Meine Schwestern scheinen ausgeflogen zu sein. Auf die blöden Sprüche von denen – wenn die mitbekommen, dass ich genauso wie Kenny die ganze Nacht lang nur geratzt habe, statt Gespenster zu fangen –, auf diese Sprüche kann ich echt verzichten.

Ich tapse im Schlafanzug in die Küche. Als ich an Iris' Arbeitszimmer vorbeikomme, höre ich leises Seufzen. Oje, klingt so, als ob Krankenschwester Christine schon wieder unglücklich verliebt ist. Ich schleiche schnell weiter.

Auf dem Küchentisch liegt nur noch ein einsames Sesambrötchen. Ist das alles, was mir die anderen übrig gelassen haben? Davon kann doch keine Spionin satt werden!

Erst jetzt sehe ich, dass Livi vor einem leeren Teller am Ende des Tisches sitzt. Sie sieht ein wenig verloren aus. Miesmuschelig wie in ihren besten Zeiten starrt sie unsere hellrosa Wand an und scheint mich nicht mal zu bemerken.

»Morgen!«, tröte ich laut in ihre Richtung.

Livi fährt richtig zusammen. »Oh, hallo, Malea! Bist du jetzt erst aufgewacht?«

»Nee, ich schlafwandle noch«, gebe ich zurück. Das entlockt ihr immerhin ein schwaches Grinsen.

Ich schnappe mir ein frisches Messer und einen Teller.

»Und was hast *du* so vor heute?«, frage ich, um sie durch ein wenig Quatschen auf fröhlichere Gedanken zu bringen.

Doch da guckt mich Livi an, als hätte ich sie gebissen. Also echt, die ist ja mal wieder allerschwerst miesmuschelig!

»Was ich mache oder nicht mache, das kann euch allen doch wohl egal sein, oder nicht?«, faucht sie mir nicht gerade sehr freundlich entgegen.

»Aber logo, Livi«, sage ich beschwichtigend. »Ich hab ja nur mal ganz harmlos gefragt. Sind ja immerhin Ferien.«

»Ich weiß«, seufzt Livi da. »'tschuldigung, ich wollte nicht gleich stinkig werden. Es ist nur …«

»Hast du noch nichts vor?«

»Weiß nicht«, meint Livi. »Hm, vielleicht guck ich mal, was Gregory macht.«

»Gute Idee«, ermuntere ich sie fröhlich.

Dann hab ich die Küche wenigstens für mich und kann in Iris' Geheimfächern nach ein paar leckeren Keksen oder Kuchen suchen, ohne dass mir jemand auf die Schliche kommt.

»Und was machst *du* heute?«, fragt Livi, bevor sie geht.

»Och …«, antworte ich leichthin, »ich laufe vielleicht so 'n bisschen in der Stadt rum.«

Da grinst Livi zum zweiten Mal. »Du meinst, du absolvierst dein tägliches Agententraining?«

Ich nicke. »Klar! Muss doch in Übung bleiben!«

Wann haut die denn nun ab? Ich will hier nicht verhungern.

Doch als Livi sich endlich zum Flur dreht, rempelt sie voll in Cornelius rein, der gerade blöderweise auf die Küche zusteuert. Mist! Allmählich sehe ich meine Chance auf ein paar von Iris' versteckten Keksen schwinden.

»Ah, Malea!«, lächelt Cornelius. Leider lässt irgendetwas an diesem Lächeln kleine rote Alarmlämpchen in meinem Agentenhirn aufblinken. »Hab ich das richtig gehört, dass du gleich ein wenig in der Stadt rumschlendern möchtest?«

»Äh – ja?«, mache ich vorsichtig. (Ist das jetzt verboten?)

»Wunderbar!«, strahlt Cornelius da. »Das trifft sich ausgezeichnet! Hier ist eine kleine Einkaufsliste von Iris. Wenn du beim Supermarkt vorbeikommst, spring doch bitte kurz rein und bring die Sachen mit, ja? Hier sind fünfzehn Euro.«

Ich wusste es. Mein Alarmsystem funktioniert perfekt. (Langjähriges Agententraining!)

Dann zwinkert er mir zu. »Wenn ein paar Euros übrig bleiben, kannst du die gern im Bella Roma oder wo immer du willst, anlegen.«

Aaaah! Das klingt schon besser. Ich werfe mal einen Blick auf die Liste. So viel ist es tatsächlich nicht.

»Okay.« Ich beschmiere mir das Sesambrötchen dick mit Nutella. »Kann ich mir beim Bäcker auch noch ein paar Mohnkuchen kaufen? Ich hab nämlich echt Riesenhunger.«

»Klar kannst du«, nickt Cornelius bereitwillig.

»Dann brauche ich aber noch mindestens drei Euro mehr«, nutze ich die *Gunst der Stunde.* (Toller Ausdruck! Hab ich aus einem James-Bond-Film.)

»Also, das ist doch …!«, fängt Cornelius grummelnd an, bricht dann aber ab. »Schön! Hier sind sogar zwanzig Euro. Aber wehe, du bist mit den Einkaufssachen nicht zuverlässig und pünktlich zum Mittagessen zu Hause!«

»Malea Bond ist IMMER zuverlässig«, grinse ich und schnappe mir schnell den Schein, bevor er es sich anders überlegt. So großzügig ist Cornelius selten.

Ich stopfe mir das restliche Nutella-Brötchen in den Mund und laufe hoch in mein Zimmer, um mich anzuziehen. Keine drei Minuten später stehe ich vor der Haustür.

Super!

Ich hab mindestens drei Stunden Zeit zum Spionieren, Kuchenfuttern und Eisschlabbern!

»Tooooock!« Unter dem Busch neben unserem Gartentor schießt plötzlich Aurora hervor.

Und gleich darauf ertönt neben dem Haus ein Schrei: »DA BIST DU, AURORALEIN!«

»WRUUUUUUFFFF!«, stürzt jetzt auch Hase auf mich zu.

Ich rette mich hinter das Gitter des Gartentors (Hase im Voll-Karacho-Anflug kann einen ziemlich leicht vom Ruder hauen!) und grinse. Die drei spielen anscheinend mal wieder Verstecken. Und wie immer gewinnt Aurora.

Kenny lächelt mich engelsgleich an. »Gehst du spionieren?«

Ich versuche automatisch, schon mal im Voraus eine Ausrede zu finden, weswegen sie leider nicht mitkommen kann. Wenn ich Kenny an meiner Seite hab, hat sich das Agententraining natürlich erledigt.

»Ich würd echt gern mitkommen«, meint Kenny da, »aber heute kann ich nicht.« Das engelsgleiche Lächeln wird noch glitzernder. »Gleich kommt nämlich Sinan. Und Mama hat gesagt, er kann bis heute Abend hierbleiben. Ist das toll oder ist das toll?«

»Das ist echt vollknalltoll!«, stimme ich aus ganzem Herzen zu und meine es auch so.

Und dann marschiere ich glücklich los. Kuchen, Eis und

Personen beschatten und keiner, der mich dabei stören könnte. Dazu heute Abend noch ein bisschen Gespensterjagd. Ferien sind doch einfach klasse!

Tessa

Trabajar como un burro – Arbeiten wie ein Esel; Estás bien? – Geht's dir gut?; Voy tirando – Es geht so lala; No hay rosa sin espinas – Es gibt keine Rose ohne Dornen.

Also eins ist mal totalmente claro: Wenn Dodo und ich nicht so starke Persönlichkeiten wären, wären wir im Leben schon hundertmal zusammengebrochen!

Meine Nerven! Das war vielleicht eine Aktion! Aber jetzt sind alle Zimmer sauber, mit Seife und Klopapier bestückt und alle Betten frisch bezogen.

Sogar Andrea hat uns gelobt: »Fürs erste Mal habt ihr das sehr ordentlich gemacht!«

Tja, es soll uns schließlich keiner nachsagen, Dodo und ich könnten nicht *muy* hart arbeiten.

Und jetzt sitzen wir hier im Speisesaal und sollen den alten Leutchen beim Schlabbern ihrer weich gekochten Gemüseteller zusehen. Und wenn ich schlabbern sage, dann meine ich das auch. Obwohl Andrea natürlich *essen* und auch nicht *zusehen*, sondern *zur Hand gehen* gesagt hat. Aber wie – *por favor* – sollen wir das denn bitte anstellen? Ich kann ja schlecht der süßen und völlig verrunzelten Dame mir gegenüber die Gabel aus der Hand reißen, mit der sie schon seit zehn Minuten verzweifelt versucht, den Fleischklops in dem Gemüseberg aufzuspießen. Da müsste ich mich ja quer über den Tisch beziehungsweise den Teller meines Nachbarn lehnen. Und dem armen Mann in seinen Brokkoli zu platschen, ist bestimmt auch nicht allzu höflich.

Madre mía, manche dieser Ladys and Gentlemen scheinen ihre guten Manieren über die Jahrzehnte aber völlig vergessen zu haben! An den meisten Tischen kleckert reichlich was daneben, zum Glück vor allem auf die – immerhin sehr großzügig geschnittenen – Stoffservietten. Allerdings hat Andrea auch erwähnt, dass es noch einen zweiten Speisesaal gibt, wo die Damen und Herren sitzen, die noch nicht ganz so betagt sind und deshalb keine Hilfe brauchen. Die dritte Gruppe sind dann diejenigen Pensionäre, die es zu den Mahlzeiten nicht mal mehr runter ins Erdgeschoss schaffen. Die werden in ihren Zimmern betreut.

Oje, das ist bestimmt ziemlich einsam. Ich glaube, ich würde irre werden, wenn ich den ganzen Tag niemanden außer dieser Andrea oder dem restlichen Pflegepersonal zu sehen kriegen würde. Mit wem reden die Leute denn?

»Mit dem Fernseher«, wisperte Dodo vorhin zurück, als ich ihr meine Gedanken leise mitteilte.

Ich nickte. Schon *claro.* Aber wie traurig ist das denn bitte?

Deswegen bemühe ich mich jetzt umso mehr, ein bisschen Schwung und gute Laune an unseren Tisch zu bringen. Das haben die ja wohl verdient!

»Das Gemüse ist lecker, oder?«, werfe ich mal mit meinem üblichen unwiderstehlichen Lächeln in die Runde.

Der kleckernde Herr neben mir bedenkt mich mit einem äußerst missbilligenden Blick. Was ist denn los? Der sieht mich ja an, als hätte ich ihn persönlich bedroht! Hat der Angst, ich klaue ihm sein Essen?

Die anderen fünf am Tisch sehen mich aber auch nicht sehr viel freundlicher an. Im besten Falle könnte man die Blicke als verständnislos bezeichnen. Die Runzel-Dame mir gegenüber – die übrigens unglaublich langes Haar hat, das sie kunstvoll hochgesteckt trägt – gibt es jetzt auf, ihren Klops zu bearbeiten. Sie lässt die Gabel sinken, guckt noch einmal sehr nachdenklich und fragt mich dann: »Was bitte haben Sie gesagt, Fräulein … Fräulein?«

»Ich heiße Tessa-Tiara Martini«, wiederhole ich, obwohl Andrea mich beim Kommen schon vorgestellt hat. Zur Sicherheit fahre ich meine Stimme ein paar Lautstärken rauf.

Die Dame guckt nun fast verstört.

»Mein Name«, brülle ich zu ihr rüber. »TESSA-TIARA IST MEIN NAME!«

»Ah«, lächelt sie und macht eine entschuldigende Geste zu ihren Ohren hin. (An denen übrigens ausgesprochen geschmackvolle Ohrringe baumeln. Sehr apart. Wo sie die wohl gekauft hat?) »Ich kann Sie nicht verstehen, mein Kind. Es ist so viel Krach hier im Speisesaal.«

Ich nicke und lächele ebenfalls.

Jedenfalls bis zu dem Moment, in dem der Herr neben mir seine Gabel fallen lässt. Denn eine Sekunde später hängt er schon vornübergebeugt auf seinem Stuhl, um nach ihr zu angeln.

Auweia! Der kippt mir ja gleich vom Tisch. Ich nehme an, solche Situationen meinte Andrea mit *zur Hand gehen.*

»Warten Sie! Ich helfe Ihnen«, sage ich und bücke mich schnell zu dem Besteck runter.

BOING!, macht es, als unsere Köpfe zusammenknallen.

Der Herr richtet sich auf und guckt mich jetzt so unverhohlen böse an, dass ich fürchte, er wird gleich nach der Heimleitung schreien.

Ich schnappe mir schnell die Gabel und lege sie auf den Tisch.

»Entschuldigung«, murmele ich, obwohl ich nicht einsehe, dass die beiden kleinen Beulen an meinem und seinem Kopf *meine* Schuld sein sollen.

Hilfe suchend gucke ich zu Andrea rüber. Doch die ist vier Tische weiter damit beschäftigt, einen alten Mann, der sich kaum noch bewegen kann – der Ärmste! –, zu füttern, und sieht nicht mal in meine Richtung. Wahrscheinlich sollte ich eine frische Gabel für den Herrn neben mir holen.

Gerade als ich aufstehen will, merke ich, wie aus Miss Runzel-Rapunzel mir gegenüber ein Kichern herausplatzt. Gleich danach lacht sie auch schon laut. Dummerweise kann ich sowieso schon kaum ernst bleiben, wenn andere Leute lachen. (Besonders, wenn Dodo loslegt!) Aber *dieses* Lachen ist so ansteckend wie nichts, was ich bisher gehört habe.

Tapfer versuche ich, mein eigenes Losprusten zu unterdrücken. Doch ein paar Sekunden später wiehere ich so laut, dass sogar Dodo am Nebentisch sich umguckt. Und wo ich schon mal am Lachen bin, lache ich über die ganze Situation hier. Es ist echt einfach zu komisch! Dodo und ich geben uns wirklich alle Mühe, die perfekten Helfer zu sein – aber nichts scheint zu funktionieren.

Außer das Lachen von der süßen Frau Runzel-Rapunzel. Das lockert! Und zwar nicht nur mich. Die Leute an den Nebentischen drehen sich schmunzelnd um und viele lachen einfach mit.

Als wir das Essen endlich erfolgreich hinter uns gebracht haben (Mister Miesgesicht neben mir hat selbstverständlich noch eine frische Gabel bekommen), zupft mich die Dame mit dem wundervollen Lachen sanft am Ärmel. »Tiara? Ist das Ihr Name?«

»Ja«, antworte ich und drehe mich zu ihr um. »Tessa-Tiara. Aber Sie können mich nennen, wie Sie möchten. Und Sie können mich auch gerne duzen.«

»Ah, freut mich! Ich heiße Flieder. So wie der Busch.« Sie lacht. Wenn ich direkt vor ihr stehe, kann sie mich anscheinend besser hören. »Machst du mit deiner Freundin hier ein Praktikum?«

Die Dame ist sehr zart gebaut und geht mir gerade mal bis zur Schulter. So ein feines, kleines Persönchen!

»Nein«, antworte ich, »wir arbeiten hier nur diese Woche, weil wir Osterferien haben und in der zweiten Ferienwoche nach Spanien fahren wollen. Wir wollen hier das Geld für die Reise verdienen.«

»Oh«, meint Frau Flieder, »das ist aber sehr löblich von euch! Ich finde es scheußlich, wie die heutige Jugend immer zu erwarten scheint, dass die Eltern alles bezahlen. Zu meiner Zeit …«

»Zu deiner Zeit, liebe Hilde«, mischt sich jetzt eine andere, vielleicht ein klein wenig jüngere Frau ein, »wären wir noch nicht mal *auf die Idee* gekommen, in den Ferien mal eben nach Spanien zu hopsen. Ist das nicht schön, dass die heutige Jugend das kann?«

Runzel-Rapunzel, die anscheinend mit richtigem Vornamen Hilde heißt, nickt heftig. »Aber natürlich, Lore, das ist wunderbar. Aber noch wunderbarer ist, dass unsere Tiara hier sich die Reise ganz selbstverständlich allein finanziert. Das würden nicht alle Mädchen in ihrem Alter tun.«

Ich räuspere mich unauffällig und lächele mein zauberhaftestes Lächeln. Ich hoffe, meine Selbstbeherrschung verlässt mich jetzt nicht. Und dass das, was ich da gerade heiß auf meinen Wangen spüre, nicht etwa eine ZU verräterisch dunkle dunkelpinke Färbung ist. Was für ein Glück, dass die das Gespräch mit Cornelius am Samstag nicht gehört haben!

Obwohl ich wirklich nicht ganz verstehe, was das ganze Gezeter über die faule Jugend eigentlich soll. Ich meine, mich und Dodo würde ja wohl niemand ernsthaft als *faul* bezeichnen!

Im Gegensatz zu anderen Mädchen (über Livi will ich da gar nicht erst reden!), die sich vermutlich erst drei Minuten vor dem Frühstück aus dem Bett schälen, stehen Dodo und ich mindestens eine Stunde früher auf. Um uns unserer Umwelt angemessen zu präsentieren nämlich. Auch in den Schulpausen sind wir nicht im Mindesten so träge wie andere, die nur im Pausenhof abhängen oder sich irgendwo auf den Rasen schmeißen. Nein, wenn schon Rasen, dann rasen Dodo und ich zwischen den Unterrichtsstunden sofort ins nächste Mädchenklo und frischen unser Make-up auf. Wir haben schließlich Niveau! Und dazu gehört natürlich tadelloses Aussehen – in JEDER Situation. Unsere freien Nachmittage verbringen wir damit, uns durch die neuesten Modemagazine zu büffeln. Auch wenn das sehr zeitraubend ist und mitunter ziemlich viel Lesearbeit erfordert. Aber wir wollen auf keinen Fall neue Trends verpassen. Immer informiert, immer up to date – das ist unser Motto! Und mal ehrlich, wer bringt schon so viel Einsatz? Das kann man ja wohl kaum *faul* nennen!

Während die süß-runzelige Frau Flieder munter weiter plappert und mir freundliche Fragen stellt, denke ich schon wieder zielstrebig weiter. (Ja, denn das sind Dodo und ich nämlich auch: *zielstrebig!*) Ich mustere ihre Haut.

Hm… eine gute Portion Grundierung wäre natürlich notwendig. Dann ein sanftes Rouge auf die Wangen. Hauptsächlich, um die Aufmerksamkeit ein wenig von den Falten weg und hin zu ihrer hübschen Gesichtsform zu lenken. Und dann noch ein kräftiges Rot auf die Lippen. (Hilde Flieders Lippen sind total schön geschwungen, fällt mir gerade auf.) Denn ich sehe einfach nicht ein, wieso sich alle Leute ab sechzig nur noch in unauffälligen Klamotten verschanzen und auch in puncto Gesicht und Haare total zurückstecken sollten. Ich meine – *hallo?* –, es ist doch keine Schande, alt zu sein!

Wenn ich mich hier so umgucke … Wie wunderschön und total *maravilloso* könnte man alle diese Persönlichkeiten mit dem richtigen Make-up zur Geltung bringen!

HUIII! Tut sich da gerade eine neue Karrierechance für mich und Dodo auf? Stylingberatung für die reife Dame? Ja, das ist ja wohl *totalmente* und *absoluto* BINGO! Was für eine *muy, muy acojonante* Idee! Und die absolute Marktlücke dazu!

Hoffentlich klaut mir die keiner, bevor ich ein richtiges Businesskonzept ausgearbeitet habe! Was für ein *muy fantástico* Einfall – ich bin wirklich ein Genie! Ein einziger Tag im Seniorenheim und schon habe ich praktisch die nächste Million für uns verdient!

»Tiara?«

»Ja?«

»Entschuldige, hast du mich nicht gehört?«

»Äh, doch, äh, ich glaube, ich war gerade in Gedanken.«

»Ich fragte, ob du es weit bis zu uns hier hast.«

»Aber nein«, antworte ich schnell, »nur etwas über eine Viertelstunde Fußweg. Ich wohne in der Kastanienallee. Die ist hinten bei …«

»Ich weiß, wo die Kastanienallee ist«, unterbricht mich die süße Rapunzel-Hilde mit einem Leuchten im Gesicht. »Dort wohnte vor über siebzig Jahren meine beste Freundin, Helene Knobloch. Und zwar in der Nummer neunzehn. Ein sehr schönes gelbes Haus.«

»Aber genau DA wohne ich!«, rufe ich erstaunt. »Nur ist das Haus jetzt altrosa gestrichen und nicht mehr gelb.«

Die alte Dame guckt mich erstaunt an. »Ja, bist du denn mit Helene Knobloch verwandt?«

»Nein«, erzähle ich, »mein Vater hat das Haus von einem sehr entfernten Verwandten geerbt. Aber der hieß nicht Knobloch.«

»Ach«, meint Frau Flieder fast bedauernd, »dann muss das Haus nach dem Krieg wohl verkauft worden sein. Ach, ich war so lange nicht da, ich bin nämlich nach dem Krieg für viele Jahre nach Amerika gegangen und habe Helene ganz aus den Augen verloren.« Dann lächelt sie mich an. »Aber es ist schön, dass jetzt immer noch nette Leute dort wohnen. Hast du denn noch Geschwister?«

Geschwister? Na, also damit kann ich dienen! Und zwar reichlich.

Und dann setzen wir uns in den Nebenraum, der wie ein riesiges Wohnzimmer aussieht, trinken Kaffee und quatschen und erzählen und lachen. Andrea hat nämlich gesagt, dass Dodo und ich nachmittags den Leutchen einfach Gesellschaft leisten sollen. (Woraufhin ich bescheiden fragte, ob wir dann vielleicht nur halbtags, nämlich nachmittags, arbeiten könnten, da wir in dem Bereich *Gesellschaftleisten* bestimmt viel bessere Ergebnisse als vormittags erzielen würden. Das fand die Andrea allerdings nicht sehr witzig.)

Während Dodo und ich zwei Tassen sehr leckeren Cappuccino in uns reinkippen, hören wir eine Menge Geschichten.

Donnerwetter! Was man bei alten Leuten komischerweise immer vergisst, ist, dass die ja schon ein irre langes Leben hinter sich haben. Wenn man bloß ein altes Gesicht und tatterige Hände und Beine sieht, macht man sich zuerst überhaupt nicht klar, dass die früher genauso jung waren wie wir und genau die gleichen Wünsche und Hoffnungen (und vielleicht sogar noch viel unverständnisvollere Eltern) hatten. Und was die Leutchen alles erzählen können! Da klackern einem echt die Ohrringe! Manche der Storys sind besser als jeder Kinofilm. Aber die Geschichten von Frau Flieder sind am lustigsten. *Madre mía,* was die und ihre Freundin Helene sich alles ausgedacht haben! Ein Wunder, dass unser Haus noch steht!

Es ist richtig schade, dass wir dann doch noch ein Stündchen in der Küche helfen müssen. Andrea findet nämlich, dass die Senioren nun genug Gesellschaft hatten. Dabei haben Dodo und ich doch gerade erst angefangen, den Laden in Schwung zu bringen!

Doch bevor ich mir den grässlich hässlichen Kittel überziehe, den Andrea uns hingelegt hat, zupft mich die süße runzel-rapunzlige Frau Flieder am Ärmel und macht ein sehr geheimnisvolles Gesicht. Ich beuge mich zu ihr runter, damit sie mir besser ins Ohr flüstern kann.

»Bevor du heute nach Hause gehst«, wispert sie mysteriös, »komm bitte einmal kurz in mein Zimmer. Als wir nämlich vorhin über das schöne Haus von Helene sprachen, in dem ihr jetzt wohnt, da fiel mir plötzlich etwas ein. Etwas sehr, sehr Wichtiges! Hörst du? Nicht vergessen!«

Frau Flieder sieht plötzlich ungewohnt ernst aus.

Ich nicke und verspreche, zu kommen.

Und während ich jetzt endlose Stapel von Tellern aus den riesigen Spülmaschinen hieve, grübele ich darüber nach. Was könnte sie mir so Wichtiges mitteilen wollen? Hihihi, ob diese Helene und sie vielleicht einen Goldschatz im Garten verbuddelt haben?

Malea

Der ganz normale Arbeitsalltag von Malea Bond:

10–11 Uhr: Aufwärmtraining (Beobachten von Leuten, Aufschnappen von Stimmungen)

11–12 Uhr: kleines Agententraining (leichtes Beschatten über kurze Strecken aus weiter Entfernung)

12–12.30 Uhr: Vorbereitung auf den Schwerpunkt des Tages

13 Uhr: Mittagessen (gerne außer Haus)

14–15 Uhr: Schwerpunkttraining (zum Beispiel: Langstreckenverfolgungen oder Sammeln von Hintergrundinformationen über unbekannte Leute, also wie sie heißen, wo sie wohnen und so, oder Überwinden von Hindernissen, also über Mauern, Zäune, Stacheldraht klettern oder auch verschlossene Türen öffnen)

15–16 Uhr: Auszahlung des Agentenlohns, abhängig von der Leistung (meistens im Bella Roma)

Tja. Aber manchmal haut eben auch ein perfekt durchgeplanter Spioniertag nicht so ganz hin …

Och nee, das glaub ich jetzt nicht! Wie haben die denn schon wieder das Gartentor aufgekriegt? Die haben doch eben noch lieb und brav mit Kenny gespielt?

Ah, ich schätze, Kennys Sinan ist gekommen und – schwupp – waren Aurora und Hase sich selbst überlassen.

Mit etwa zehn Meter Abstand trotten die beiden hinter mir die Kastanienallee entlang. Das passt mir jetzt aber gar nicht. Wie soll ich denn mit einem flatternden Huhn und dem riesigsten Hund der Welt im Schlepptau unauffällig Leute beschatten?

»SCHSCHSCH!«, mache ich mal mit ein paar eindeutig scheuchenden Handbewegungen.

Aber meerwasserklar, Hase ignoriert das freundlich und Aurora findet das nur empörend.

»Rottottotoooock!«, tockert sie mir als Antwort wütend entgegen und reckt ihren Kopf nach vorne.

Und – na ja – ein bisschen kann ich das verstehen. Es ist nicht nett, wenn ich ihr am einen Tag all meine Sorgen anvertraue und sie am nächsten nicht mal in der Nähe haben will. Allerdings geht es heute wirklich nicht!

»LOS! Ab nach Hause!«

Ich wedele wild mit den Armen vor den beiden rum und stampfe sogar drohend mit den Füßen auf, bis mich eine Frau bitterböse anguckt. »Hörst du wohl auf! Was haben dir die armen Tiere denn getan?«

Ach du lieber Agentenhimmel! Die zeigt mich wahrscheinlich gleich beim Tierschutzverein an. (Wo Livi vermutlich Ehrenvorsitzende ist. Dann krieg ich von der auch gleich noch eine Strafpredigt zu hören, nein danke.) Da mache ich mich lieber aus dem Staub.

Leider folgen mir Hase und Aurora immer noch. Wie stur sind die denn? Die müssen doch merken, dass sie hier nicht erwünscht sind. Oder spielen die etwa MBfF? (MBfF – *Menschen-Beschatten für Fortgeschrittene* – ist nicht ganz einfach, denn man beschattet Menschen, die *wissen*, dass sie beschattet werden, aber nicht beschattet werden wollen. Da muss man sich echt was einfallen lassen!)

Ich grinse vor mich hin, als ich runter Richtung Supermarkt gehe, und gucke mir schon mal ein paar Leutchen an. Hallooo! Da ist ja wieder die Omi von Samstag. Das ist sie doch, oder?

Ich laufe ein paar Schritte schneller und ducke mich dann hinter eine Litfaßsäule. Meerwasserklar ist sie das. So eine abgewetzte Handtasche habe ich noch bei niemandem sonst gesehen.

Die Omi eilt im Sturmschritt auf den Supermarkt zu. Ohne langsamer zu werden, marschiert sie durch die Tür durch, die sich automatisch öffnet. Ihr aufgeknöpfter, alter Mantel (den Tessa ganz sicher nicht mal mit Handschuhen anfassen würde) weht rechts und links von ihr im Wind.

Interessant! Die wird doch nicht das Gleiche wie am Samstag vorhaben?

Ich werde richtig unruhig. Ich meine, tolles Agentenleben hin oder her – das hier ist ja kein normales Beschatten mehr. Auch kein MBfF. Das ist richtig *kriminell!* Aber volle Haifischröhre!

Was mache ich denn bloß? Ich kann doch eine alte Omi nicht bei der Polizei anzeigen!

Oder doch?

PUH! Als ich ebenfalls durch die automatische Flutsch-Tür durch bin, wird mir ganz heiß vor Aufregung. Soll ich die Polizei rufen? Oder dem Supermarktbesitzer Bescheid geben? Oder vielleicht versuchen, mit der alten Omi zu reden – so mal ganz im Vertrauen von Geheimagentin zu Bösewicht?

HACH! Ich seufze wohl ziemlich laut, denn der Typ, der in dem kleinen Kämmerchen gleich neben dem Eingang sitzt und dort Leergut sortiert, wirft mir einen prüfenden Blick zu. Dass jetzt mindestens ein halber Liter Schweiß auf meinem Gesicht klebt, obwohl es draußen und auch hier im Supermarkt eher kühl ist, lässt den Kerl wohl noch um einiges misstrauischer gucken. Um nicht noch unangenehmer aufzufallen, steuere ich so unauffällig wie möglich auf die Regalreihen zu, wie ein ganz normaler Kunde. Wo ist die Omi denn nun hin?

Ah, dahinten! Sie steht vor dem Eierregal und liest aufmerksam das Schild daneben. *Sonderangebot! 20 Stück 1,99.* Das kann ich sogar von hier lesen. Brav packt die Omi die Riesenpackung in ihren Einkaufswagen.

Gut so! Ich atme erleichtert aus. Allerdings wären zwanzig Eier auch ziemlich sperrig gewesen.

Nun kramt sie an der Kühltheke im Käsefach. Ich schaue mich schnell um. Beobachtet *uns* vielleicht auch jemand?

Meinem Profiblick entgeht nichts. Tatsächlich sehe ich, wie ganz hinten am Ende der Regalreihe jemand im roten Supermarktkittel auf der Erde kniet und scheinbar Dosen ins unterste Fach räumt. Ja, *scheinbar!* Denn in Wirklichkeit hat der Kerl den Kopf halb gedreht und schielt zu uns rüber. Findet er die Omi etwa auch verdächtig?

Oh-oh! Wenn der jetzt gleich sehen würde, was ich am Samstag gesehen habe… Dann hat die Omi aber ein hammerhaihartes Problem!

Nein, bitte nicht! Ich kriege sofort Riesenmitleid mit der armen alten Frau.

Vorsichtshalber prüfe ich auch die andere Seite des Ladens. Und kippe fast aus den Latschen. Tssss! Da kleben doch tatsächlich ein Schnabel und eine Schnauze direkt am Schaufenster. Mit neugierigen Augen starren Aurora und Hase wie gebannt herein. (Ein Supermarkt ist doch kein Fernseher, hihi!) Echt, *sehr* unauffällig, ihr beiden! Was das Beschatten angeht, habt ihr noch 'ne Menge zu lernen!

Ich aber auch. Denn ich muss gerade was verpasst haben.

Der Typ, der auf dem Boden kniete, richtet sich plötzlich mit finsterem Gesicht auf. Ganz schön fies und feindlich nähert er sich der Omi mit langsamen Schritten. Das Einräumen der Dosen ist anscheinend nicht mehr wichtig.

Heißt das womöglich, dass *er* gesehen hat, was ich dank Aurora und Hase *nicht* gesehen, aber schon die ganze Zeit befürchtet habe? Oh, vermisteter Meermist! James Bond lässt sich bestimmt nie von Hühnern und Hunden ablenken!

Ich durchbohre die Omi von hinten mit meinem Adlerblick. Vielleicht kann ich sie durch – wie heißt das doch gleich, wenn man Gedanken übertragen kann? Tele… telepa… egal. Ein Versuch kann nicht schaden. TU ES NICHT!, flehe ich stumm.

Leider wühlt die Omi nur umso begeisterter im Käsefach. Jetzt hat sie auch noch die extra teuren Sorten entdeckt. Die sie sich *garantiert* nicht leisten kann.

Der Mann im roten Supermarktkittel ist ein paar Fächer vor uns stehen geblieben und ruckelt dort halbherzig ein paar Raviolidosen gerade. So ein Anfänger! Der sollte mal bei mir in die Lehre gehen! Mit so einer miesen Tarnung würde der ja jeder Fünfjährigen auffallen!

NEIN! Jetzt ist es passiert!

Und direkt danach – SCHWUPP – flutscht sogar noch eine weitere extrem teuer aussehende Käsepackung in die großen Manteltaschen der Omi.

Ich kann nichts weiter machen als hilflos zugucken. Aber warum greift der Mann nicht ein?

Die alte Omi tapst zum nächsten Regal – Fischdosen –, als wäre nichts passiert. Und der Supermarktmann rüttelt weiter an den Raviolidosen. Ich tue so, als würde ich mir die Schuhe zubinden. (Auch keine großartige Tarnung, ich weiß, aber mich beobachtet im Moment sowieso niemand.)

Nein, nein, nein, bitte nicht!

Ach du tiefer Meeresboden, denn da passiert es leider doch. Auch drei Fischdosen landen in den Manteltaschen. Und nun?

Ich glaub's einfach nicht! Die Omi lässt den einen Griff ihrer Handtasche wie zufällig los, sodass die Tasche sich weit öffnet, und behält nur noch den anderen Griff in der Hand. Harmlos schlenkert sie damit an den Regalen entlang.

Der Mann im roten Kittel folgt ihr auf den Fersen – hier und da an Gläsern, Dosen oder Papppackungen ruckend.

Mit etwas mehr Abstand folge ich. Ratlos. So was ist mir in meinem Leben noch nicht passiert. Diese Omi ist ohne Zweifel ziemlich gut trainiert. Und dafür müsste ich sie natürlich bewundern. Aber – Mann – Geheimagenten klauen doch nicht! Ganz im Gegenteil. Die fangen die klauenden Mieslinge! Was soll ich jetzt also tun?

Ich kann mir wirklich nicht vorstellen, dass die Omi klaut, bloß um zu sparen und reich zu werden. Nein, die klaut, weil sie die Sachen zum Essen braucht. Und weil sie vermutlich nicht genug Geld besitzt, um diese Sachen kaufen zu können.

Oh, das macht mich so wütend und hilflos – wieso gibt es alte Leute in unserem Land, die nicht mal genug Geld für vernünftiges Essen haben? Aber andererseits *darf* man natürlich nichts klauen. Ich kann gar nicht mehr klar denken. Aber eines weiß ich: Ich muss der Omi helfen!

Doch die scheint immer noch nicht zu ahnen, in welcher Gefahr sie schwebt. Sie *kauft* munter weiter ein. Hopp – eine Salami und zwei Pfund Butter landen in der Handtasche und gleich danach fliegen – plopp – ein Paar Feinstrümpfe und ein Glas Honig hinterher. Vor den riesigen Klopapierpackungen bleibt sie unentschlossen stehen.

Tja, die passen weder in die Handtasche noch in den Mantel. Immerhin ist das Klopapier aber im Sonderangebot und so nimmt sie schließlich eine Packung, parkt sie bei den Eiern im Einkaufswagen und marschiert damit zur Kasse.

Was sie nun wohl vorhat? Ich habe noch einen winzigen, pupskleinen Hoffnungsschimmer, dass sie vielleicht die Sachen aus dem Mantel und der Handtasche wieder ordnungsgemäß herausbefördert.

Und vielleicht hofft das der Supermarktmann auch. Denn er folgt der Omi weiter bis zur Kasse.

Mir ist richtig schlecht, als ich sehe, dass nur noch eine einzige Frau vor der Omi dran ist. Ich kann mir nämlich nur zu gut vorstellen, was passiert, wenn die Omi vor der Kassiererin steht und bloß die Eier und das Klopapier bezahlt. Dann nämlich wird Mister Rotkittel wie Supermann von hinten anfliegen, die Omi an den Schultern fassen und sagen: *Entschuldigung, dürfte ich mal Ihre Taschen sehen?*

Und meerwasserklar, dann hängt die Omi fett im Matsch! (Werden eigentlich auch Menschen über siebzig ins Gefängnis gesperrt?)

Da! Jetzt ist sie dran! Der Supermann und ich kleben beide mit den Augen an ihr.

»Guten Tag«, grüßt die Kassiererin und lässt die Packung Eier bereits über den Preisscanner rollen. Danach greift sie zum Klopapier.

Ich halte den Atem an. Wird die Omi nun auch die anderen Sachen bezahlen? Hätte sie überhaupt das Geld dafür?

Als die Kassiererin jetzt das Klopapier scannt, hört man von draußen plötzlich fürchterliches Gebelle, Gekreische und Geschreie.

Alle Köpfe drehen sich zum Eingang. Dort steht eine teuer aussehende Dame mit einem winzigen Hund in einer Tragetasche, die sie verzweifelt in die Höhe reckt. Denn ein riesengroßer schwarzer Hund springt immer wieder wild bellend hoch und versucht, das Hündchen zu erreichen. Und dieser schwarze Hund heißt Hase. Ich schätze mal, das andere ist ein kleines Hundemädchen mit einem für ihn ziemlich verlockenden Duft.

»Hiiiilfe!«, schreit die Dame immer wieder. »Zu Hüüüülfe!«

Dass Aurora sich mit flatternden Flügeln dazwischenschmeißt (sie ist leider so schrecklich eifersüchtig!), hilft nicht viel.

Und – oh Schreck – genau da geht die Dame zu Boden. Die Angriffe von Huhn und Riesenhund waren zu viel für ihre wackeligen Stöckelschuhe.

Wruuusch!, schießt der Supermann auch schon an uns vorbei und auf die Dame zu, um ihr beizustehen.

Die Kassiererin, die Omi und ich recken unsere Köpfe schockgefroren zu der Frau auf dem Pflaster hin und zu Aurora und Hase und dem winselnden Hundezwerg in der Tragetasche. Bis ich plötzlich begreife, dass das hier meine Chance ist. Oder besser gesagt: die Chance von der Omi.

Agenten müssen natürlich jede Chance sofort erkennen und dann blitzschnell handeln. Und das tue ich.

Ich gehe vorsichtig, aber zügig zu der Omi hin, strecke meine Hand aus und befördere unauffällig erst die Käsepackungen und dann die Fischdosen aus den Manteltaschen in meinen kleinen Rucksack (wie gut, dass ich den für Iris' Einkäufe mitgenommen habe). Also echt, dass es so einfach ist, Leuten was aus den Taschen zu ziehen, hätte ich nicht gedacht! Die Omi jedenfalls hat absolut nichts mitgekriegt. Genauso wenig wie die Kassiererin.

Ich stoppe nur eine winzige Sekunde, um sicherzugehen,

dass aller Augen immer noch auf den wild bellenden Hase und die wüst tockernde Aurora gerichtet sind. Dann greife ich, ohne mit der Wimper zu zucken, auch in die Handtasche. Mist, jetzt muss ich doch etwas an der Tasche ruckeln. Aber nicht mal das bemerkt die Omi. Zwei Sekunden später liegen auch die Salami, die Butter, die Feinstrümpfe und der Honig sicher in meinem Rucksack.

Inzwischen steht mir mindestens ein weiterer halber Liter Schweiß auf der Stirn. Denn auch als wellenbrecherhart trainierte Geheimagentin kommt man nur sehr selten in so eine brenzlige Situation. Aber ich glaube, ich lächele. Sehr glücklich sogar. Hab ich das nicht gut gemacht? Die arme Omi wird nun nicht ins Gefängnis kommen – dank dem unerschrockenen und mutigen Einsatz von Malea Bond!

Ich sehe wieder nach draußen. Uiii! Reden die da gerade was von *Tierheim anrufen?*

Die Dame steht inzwischen wieder auf ihren Stöckelschuhen, ist aber völlig außer sich. Die Worte *Polizei* und *Tierheim* schrillen immer wieder kreischlaut in den Laden.

Ach, du dickes Agentengewitter! Da muss Malea Bond wohl ganz schnell eingreifen.

Ich drängele mich an der Omi vorbei – die ist ja nun gerettet – und renne zum Eingang. Hase erwische ich gerade noch am Halsband, bevor er zum nächsten Sprung Richtung Winselwinzling in Hundetäschchen ansetzt. Aurora schubse ich energisch zur Seite.

»WEM gehören diese Tiere?«, faucht mich Mister Rotkittel an.

»Mir«, antworte ich schnell, »aber wir wollten sowieso gerade gehen.«

Das will die Omi auch. Anscheinend ist sie mit Bezahlen fertig, denn in diesem Moment marschiert sie an uns vorbei.

Doch da hat sie nicht mit dem Supermann gerechnet!

Hihihi! Ich bleibe stehen, denn das will ich mir noch angucken.

Als der Supermarktmann die Omi jetzt anhält und verlangt, in ihre Taschen sehen zu dürfen, fühle ich mich richtig gut. Die arme Omi aber klappt fast zusammen. Kein Wunder! Die denkt natürlich, dass nun ihr Ende gekommen ist. Panisch guckt sie Mister Rotkittel an und hält ihre Handtasche eisern geschlossen.

Aber der Supermann gibt nicht nach. »Öffnen Sie die Tasche!«, verlangt er unfreundlich und zieht und zerrt daran, so feste er kann.

Und schließlich flutscht die Tasche der Omi aus den Händen. So stark ist eine alte Frau eben nicht.

Mister Rotkittel steckt seine Nase rein, wühlt und … findet nichts. Hihihi!

Oh, ich fühle mich soooo gut! Es macht Spaß, Geheimagent zu sein und das Richtige zu tun. Ich bin ja so froh, die arme Omi davor bewahrt zu haben, von dem blöden Supermann als Diebin enttarnt zu werden!

Auch in den Manteltaschen findet der Kerl natürlich nichts. Er guckt mindestens so verblüfft wie die Omi selber. Und muss sie wohl oder übel laufen lassen, auch wenn er ohne Zweifel gesehen hat, wie die Omi die Sachen eingesteckt hat. Aber er hat keinen Beweis dafür. Was die Omi ziemlich zu erleichtern scheint. Na bitte, Malea Bond hat mal wieder eine gute Tat vollbracht!

Ich zerre an Hases Halsband, schließlich muss ich mich nun auch mal schnell auf den Weg machen. Nicht dass die hier tatsächlich noch die Polizei oder das Tierheim anrufen. Nachher bekommen wir noch Ärger wegen Aurora! Oder Henry dafür, dass sein Hund dauernd ausbüxt.

Ups, da rutscht mir mein Rucksack von der Schulter und die blöde Salami kollert auf die Straße. Ich hebe sie schnell auf, stopfe sie zurück und gehe los.

Doch gerade als ich zwei Schritte gemacht habe, packt mich von hinten eine Hand am Kragen meiner Jacke. »MOOOMENT, junge Dame! Nicht so schnell!«

Ich drehe mich um und sehe diesen anderen Typ vor mir. Nämlich den, der neben dem Eingang in dem kleinen Kämmerchen die leeren Flaschen sortiert hat. Nanu, was will der denn von mir?

»Was ist dir da eben aus der Tasche gefallen, hm?«, knurrt er mich drohend an. »Haben wir nicht vielleicht das Bezahlen vergessen?«

Das *Bezahlen?* Ich hab doch gar nichts gekauft!

»Mach mal deinen Rucksack auf!«

Oh NEIN! Das hab ich ja überhaupt nicht mehr auf der Rechnung gehabt!

Mir wird ganz übel. Vor lauter Omi-Rettung habe ich irgendwie völlig vergessen, dass die Sachen ja jetzt in *meinem* Rucksack liegen, und zwar immer noch unbezahlt. Ich hab völlig ausgeblendet, dass ich – ähm – einfach mit dem Zeug durch die Kasse durchmarschiert bin.

Ich wollte die Sachen ja eigentlich wieder zurück in die Regale legen. Aber dann fingen Hase und Aurora an verrücktzuspielen. Und deshalb …

Wie erkläre ich dem denn jetzt, dass die Sachen hier drin gar nicht meine Sachen sind, sondern nur … äh, und dass ich doch bloß einen Diebstahl *verhindert* habe und natürlich niemals selbst …?

Der Mann und ich starren uns eine Sekunde lang in die Augen.

Und dann höre ich auf zu denken. Das würde der mir

sowieso nie glauben. Erwachsene glauben fast niemals die Wahrheit. Die glauben nur, was sie glauben wollen. Und der *will* bestimmt nicht glauben, dass ich gar nicht klauen wollte. Außerdem schreit mein Gehirn nur noch: *Weg hier!*

Weg! Weg!

Mit einem gewaltigen Ruck reiße ich mich los und lasse meine Beine tun, was sie ganz automatisch tun. Weglaufen nämlich. OH, und *wie* schnell die laufen!

Hase galoppiert begeistert und laut bellend neben mir her. Er liebt Wettrennen.

Ich drehe mich nur einmal kurz um. Oh nee, der Kerl aus dem Supermarktkämmerchen ist mir dicht auf den Fersen! Einen winzig knappen Blick habe ich auch auf den Eingang erhascht. Kann es sein, dass Aurora da wild in den Armen von Rotkittel-Supermann flattert?

Hat der sich unser Huhn gegriffen? Und höre ich ihn etwa gerade hinter mir herbrüllen: »*DICH KRIEGEN WIR!*«?

Ich kann mich nicht noch mal umgucken, weil ich sonst die Leute auf dem Marktplatz umniete, zwischen denen ich jetzt in Überschallgeschwindigkeit durchfege. Als ich den Platz überquert habe, rase ich, ohne nachzulassen, runter zum Fluss, rüber über die Brücke und den Hügel rauf in die Neubausiedlung. Bloß weit weg von der Kastanienallee. Damit der Kerl ja nicht weiß, wo ich wohne, und mich am Ende tatsächlich noch kriegt. Oder bei uns zu Hause klingelt. Oder jemanden fragt, der mich vielleicht kennt. Hier kennt mich zum Glück keiner.

Als ich durch etliche Häuserblocks durch bin, riskiere ich noch mal einen Blick nach hinten. Puuuuuh! Ich kann niemanden entdecken. Der Typ scheint aufgegeben zu haben!

Ich fühle mich halb tot, als ich mich auf ein Stück Rasen fallen lasse. Hase bleibt ebenfalls stehen, hechelt und lächelt mich glücklich an. Die ganze Rennerei war ohne Zweifel ein tolles Spiel für ihn.

Ich kann nicht mehr lächeln. Ich kann auch immer noch nicht klar denken. Meine Lunge tut so weh, dass ich das Gefühl habe, da drinnen in meinem Brustkorb zerspringt gleich was. Ich keuche und keuche und bin einfach nur erleichtert, dass der Kerl mich nicht geschnappt hat.

Dann aber fällt mir Aurora ein. Der wird sie doch nicht wirklich festgehalten haben?

Aurora ist stark und außerdem ziemlich strampelig, wenn man sie hochnehmen will. Die wird sich doch befreit haben können?

Als ich endlich wieder normal atme, fängt auch mein Gehirn langsam wieder an zu arbeiten. Und plötzlich fällt es mir wie Schuppen von den Augen, was da gerade eben passiert ist. Ich – ICH, Malea Bond! – bin mit Sachen, für die ich nicht bezahlt habe, erwischt worden. Bin ich jetzt eine Diebin?

Ich starre auf den grünen Rasen, dann auf die neu gebauten weißen Häuser, dann hoch in den blauen Himmel. Ich gucke den schwarzen Hase an, der sich jetzt zufrieden neben mir aufs Gras plumpsen lässt, und dann … dann fühle ich mich einfach nur noch schrecklich. So schrecklich, wie ich mich in meinem ganzen Leben noch nie gefühlt habe. Das kann doch alles gar nicht wahr sein! Das ist doch eben nicht wirklich passiert! Das kann doch nur ein grausamer Albtraum sein?

Ich bin doch jetzt keine gesuchte *Diebin!*

Oder?

Livi

Warum ist das Leben manchmal so kompliziert? Und warum gibt es eigentlich keine Gebrauchsanweisungen für schwierige Situationen – im Internet oder so? Und übrigens kann ich mit Sicherheit sagen, dass es ziemlich lange dauern würde, wenn man vorhätte, den Außenanstrich eines Hauses mit bloßen Händen gründlich zu säubern.

Ich stehe vor Gregorys Haustür. Unschlüssig starre ich den Klingelknopf an, den ich in den letzten acht Monaten bestimmt schon fünftausendmal ohne nachzudenken gedrückt habe. Jetzt denke ich nach. Und warte mit dem Klingeln.

Seit Wochen ist Gregory echt ätzend zu mir. Natürlich nicht immer. Manchmal ist er auch ganz normal, und wir reden und lachen, und alles ist schön. Aber oft – zu oft – verdüstert sich sein Gesicht ganz plötzlich, und er knurrt nur noch unfreundliches Zeug und guckt mich an, als hätte ich ihm was getan.

Aber das habe ich nicht! Natürlich nicht. Was sollte ich ihm denn tun? Gregory ist meine beste Freundin. Das hoffe ich zumindest. Denn wissen kann ich das allmählich nicht mehr. Jedenfalls nicht sicher. Nicht, seit er immer öfter, von einer Minute zur anderen, richtig feindselig wird.

Wenn er mich wirklich aus irgendeinem Grund nicht mehr mag, dann soll er mir das sagen. Und vor allem soll er mir sagen, *warum* er mich nicht mehr mag. Ich habe mir schon x-mal das Hirn zermartert, ob ich ihn vielleicht unbewusst kränke – Jungs sind ja manchmal komisch und verstehen Sachen leicht falsch –, also ob ich Dinge sage, die ihn verletzen. Aber ich kann mich wirklich an nichts erinnern.

Gerade am Samstag – bevor ich aus dem Kaufhaus abgehauen bin und ihn nicht mehr gesehen habe, weil er nicht wie gehofft zum Bella Roma kam –, gerade am Samstag hab ich ihm doch sogar Komplimente gemacht. Ihm gesagt, wie gut ihm die Hose steht. Was kann denn nun daran falsch gewesen sein?

So falsch, dass er eine Sekunde später ausflippt und mich anfaucht, als ob mein Kompliment total nichtssagend gewesen wäre, nur weil mir ja auch mal Daniel Krummbock gefallen hat. Was echt fiese und ein mieser Hieb unter die Gürtellinie war. Gregory weiß genau, wie sehr ich unter meiner eigenen Daniel-Dämlichkeit leide.

Hach! Ich seufze. Und starre immer noch die Klingel an.

Mir ist nie aufgefallen, wie viel Moos sich rund um den Messingknopf angesammelt hat. Ich kratze ein bisschen davon mit meinem Fingernagel weg.

Das erinnert mich an Tessa (die würde mit ihren Nägeln ganz sicher keiner Hauswand zu nahe kommen, hihi). Wie wohl der Tag in der *Seniorenresidenz* gelaufen ist?

Wo ich gerade an meine Lackier-und-Toupier-Schwester denke, kommen mir auch Kenny und Malea in den Sinn.

Ach, Kenny-Maus ist sooo süß mit ihrem Sinan. Und Sinan ist beinahe noch süßer. Der ist ja wirklich zum Anknabbern hübsch! Und echt nett und unkompliziert. Die beiden haben den ganzen Tag zusammen gespielt. Erst im Garten – allerdings ohne Aurora, denn die ist mal wieder ausgeflattert – und nach dem Mittagessen dann bei Kenny im Zimmer.

Malea ist mittags nicht nach Hause gekommen. Wir haben fast zwei Stunden mit dem Essen auf sie gewartet, vor allem weil Iris unbedingt die Salzstangen und die Petersilie für ihr Gericht brauchte. Sachen, die Malea einkaufen sollte. (Als ich von dieser neuesten Essenskreation hörte, war ich allerdings hochdankbar, dass Malea nicht rechtzeitig da war.) Übrigens wusste Iris gar nicht, dass Malea beim Einkaufen war.

Oh Mann, meine Eltern!

Iris fing nämlich wie immer gegen eins an, in der Küche rumzuwurschteln, und guckte dabei mehrmals unruhig auf die Uhr. Irgendwann fragte sie mich dann schon relativ genervt (was kann ich denn dafür?), wo Cornelius denn bleibe.

Ich schaute erstaunt auf. »Der arbeitet im Keller an irgendeinem Song.«

»WAS?«, kreischte Iris sofort los.

Echt, es ist schwer mit ihr, wenn sie in Schwester-Christine-Stimmung ist! Ich kann nur hoffen, dass Band neunzehn der letzte Band dieser leidigen Serie sein wird. Die mag sich ja vielleicht gut verkaufen, aber für die Familie Martini ist sie hartes Brot.

Als ich ihr dann so sanft wie möglich erklärte, dass Cornelius, statt selbst zu gehen, Malea zum Einkaufen losgeschickt habe, war sie damit aber auch nicht zufrieden. Sie hätte es eindeutig lieber gesehen, wenn Cornelius seine eigenen Beine in Richtung Supermarkt geschwungen hätte. Erst recht, als Malea nicht auftauchte. Obwohl Cornelius mehrere Male zu seiner Verteidigung beteuerte, dass Malea hoch und heilig versprochen habe, pünktlich zu sein. Doch als Malea auch in der nächsten halben Stunde noch nicht da war, sah Iris sich schließlich gezwungen, die Tiefkühltruhe zu öffnen und fünf stinknormale Fertigpizzen in den Ofen zu schieben.

Kenny konnte sich vor Glück gar nicht mehr einkriegen, aber Sinan sah ein bisschen enttäuscht aus. Wahrscheinlich hat Kenny ihm in den schillerndsten Farben von unseren abenteuerlichen Mahlzeiten erzählt und Sinan hat sich schon auf ein saftiges Stück Krokodil mit Himbeermarmelade gefreut – grins.

Als Malea nach unserem leckeren Tiefkühlpizza-Mittagessen immer noch nicht da war, schlug Iris' Ärger allerdings in Panik um.

Auch da ist Krankenschwester Christine nicht sehr hilfreich. Man kann ganz allgemein feststellen, dass Iris in diesen Zeiten in jeder Beziehung übertreibt. Wenn Cornelius nicht einkauft, ist sie kurz davor, die Scheidung einzureichen. Und wenn Malea mal die Zeit vergisst, hängt sie praktisch schon am Telefonhörer, um den Katastrophenschutz zu benachrichtigen, weil Malea zweifellos in ein Erdbeben geraten sein muss – warum sonst sollte sie nicht nach Hause kommen?

»Weil unsere kleine Miss Bond mal wieder der halben Stadt hinterherspioniert und völlig vergessen hat, dass wir zu Hause auf sie warten«, hat Cornelius gewagt zu vermuten.

Daraufhin sah Iris aus, als wolle sie ihn am liebsten beißen.

»Ich SPÜRE, dass etwas passiert ist«, fauchte sie.

Cornelius seufzte nur und knusperte mit gesundem Appetit auch noch die für meine Agentenschwester aufgebackene Pizza weg.

»WAS meinst du denn, was mit Malea passiert ist, Mama?«, fragte Kenny mit begeistert aufgerissenen Augen.

Sinan reckte sich höher auf seinem Stuhl auf und sah nicht nur sensationshungrig, sondern geradezu gierig aus.

(Als ob Iris ihm eine Eintrittskarte für die Geisterbahn in Aussicht gestellt hätte.)

Ich musste grinsen, denn ich wurde das Gefühl nicht los, dass Kenny und Sinan sogar ein Erdbeben großartig gefunden hätten. Bonbon-Bentje ist genauso. Ich glaube, Kennys Freunde sind so gerne bei uns, weil hier ständig was passiert.

Was in Wirklichkeit natürlich grausam peinlich ist! Aber kleine Kinder merken das vielleicht noch nicht so. Arme Kenny! Wenn sie erst mal so alt ist wie ich, wird sie ohne Zweifel genauso unter diesen unangenehmen Ereignissen leiden wie ich jetzt. In meinem Alter ist es einfach unmöglich, seine Freunde guten Gewissens in dieses Haus mitzunehmen. Ach, wie gern hätte ich eine stinkgrütznormale Familie!

Bis jetzt ist Malea übrigens immer noch nicht aufgetaucht. Nur dass Iris das nicht mehr so aufregt, weil sie schon wieder im Schreibrausch in Sachen Krankenschwester Christine und Landarzt Peter verschwunden ist. Unterstützt von einem Tässchen Tee, das Kenny und Sinan – die Süßen! – ihr gekocht haben, weil sie immer noch unter Übelkeit leidet.

Was Cornelius von Stunde zu Stunde mehr Sorgen zu bereiten scheint. Echt, manchmal übertreibt auch er ganz schön. Ich meine, es ist ja nicht so, als ob Iris Fieber hätte oder wirklich krank wäre.

Als ich ihm das eben sagte – die Sache mit dem Fieber, nicht die Sache, dass er übertreibt –, stimmte er mir zwar sofort zu, sah dann aber eher *noch* beunruhigter aus. Merkwürdig.

Na ja.

Tja.

Das Moos um den Klingelknopf ist jetzt fein säuberlich abgekratzt. Und ich habe immer noch nicht geklingelt.

Hm.

Es war heute Mittag richtig leer bei uns. Ungewohnt.

Rema und Walter Walbohm sind schon wieder irgendwo unterwegs (bei Walters Schwester Gisela, glaube ich), Tessa und Dodo arbeiten den ganzen Tag (noch ungewohnter), Malea ist im Ort, und so saßen nur Kenny, ihr Sinan, Iris, Cornelius und ich am Tisch. Ich kam mir beinahe verloren vor. Nicht dass ich meine anderen beiden Schwestern vermisst hätte. (Logisch würde ich sie vermissen, sogar *sehr*, wenn sie *gar* nicht mehr da wären. Aber, echt, ein paar Tage könnte ich problemlos *ohne* genießen!)

Und dann merkte ich, wen ich wirklich vermisste. Gregory nämlich.

Seit wir hier eingezogen sind, ist er fast ständig bei uns. Jedenfalls immer, wenn Sibylle, seine Karrieremutter, nicht zu Hause ist. Also, wie gesagt, fast ständig. Und wenn Gregory bei uns ist, ist das überhaupt nicht peinlich, sondern einfach nur schön.

Ich kratze nun auch neben der Stelle rum, an der das Moos war. Wenn ich so weitermache, brauchen die Hahns in den nächsten Jahren keinen Neuanstrich mehr. Ich kratze fein säuberlich den ganzen Dreck aus den kleinen Rillen in der Hauswand. Die Farbe glänzt danach wie neu.

Okay, dafür sieht mein Fingernagel jetzt ziemlich lädiert aus.

Na ja, ich hab ja noch neun andere.

Soll ich nun klingeln? Und was, wenn Gregory mich bloß grunzig fragt, was ich hier will? Was, wenn er so aussieht, als fände er meinen Besuch nicht gerade toll?

Wenn ich nur wüsste, was los ist! Wir haben uns doch immer so super verstanden. Und jetzt plötzlich nicht mehr! WARUM?

Ich mache eine kleine Bewegung mit meinem Zeigefinger in Richtung Klingelknopf. Und ziehe ihn gleich wieder zurück. Och nee. Warum kommt Gregory eigentlich nicht *zu mir?*

Ich bin noch mitten im Hin und Her – soll ich oder soll ich nicht –, da höre ich hinter mir die Gartenpforte der Hahns aufgehen und gleich wieder zuknallen. Wie ertappt drehe ich mich um und will mir gerade eine Story für Gregory ausdenken, warum ich hier blöd rumstehe, als ich sehe, dass es Sibylle ist, Gregorys Mutter.

»Hallo, Livi«, grüßt sie auch schon, während sie in etwa zwei Meter langen Lederstiefeln, Absatzhöhe Marke Tessa, auf mich zustolziert. In der Hand ein Täschchen, das möglicherweise eine Aktentasche darstellen soll, aber mit lauter rosa Glitzersteinchen besetzt ist. (Echt, es ist mir ein Rätsel, warum sie und Tessa nicht jeden Abend zusammenhängen und die neuesten Modetrends bequatschen.)

»Ich hatte gerade ein Meeting für meine *Blau-nach-zehn*-Show«, plappert sie freundlich drauflos. Als sie bei mir angekommen ist, fummelt sie einen Schlüssel aus ihrer Tasche. »Warst du mit Gregory verabredet?«

»Äh, nein … nicht wirklich. Ich dachte nur …«, murmele ich.

Sibylle guckt mich erstaunt an. »Hat er dir nicht gesagt, dass er heute mit Katinka im Kino ist?«

»Im *KINO?* Mit *KA-KA-TINKA?*«

Okay, das kam vielleicht etwas zu schockiert und definitiv VIEL zu kreischig aus meinem Mund. Aber – ehrlich – Katinka!

Und ins KINO? WIESO? Was will er denn mit der? Die hat doch nullnetto Interesse an Umweltproblemen und bei Auroras Freunden will sie bestimmt auch nicht mitmachen. Katinka ist zwar eigentlich ganz nett, das muss ich zugeben –

nicht so dämlich wie die Sahnetorten in unserer Klasse, Kaya, Liane und Cäcilie –, aber …

Ich gucke Sibylle sprachlos an.

Ja, Katinka *ist* nett!, hämmert es gnadenlos und schmerzhaft in meinem Hirn. Sie ist *wirklich* nett. Und: *Gregory geht mit ihr ins Kino.* (Gucken die womöglich den Film, den Gregory und ICH zusammen sehen wollten?) Und nein, das wusste ich nicht. Und gesagt hat er mir das schon gar nicht.

Da fällt mir auch wieder ein, was Kenny erzählt hat, als er am Samstag nicht mehr ins Bella Roma kam. Dass sie ihn nämlich mit einem Mädchen hat quatschen sehen. Vermutlich war das *Katinka?*

»Willst du vielleicht reinkommen und auf ihn warten?«, bietet mir jetzt Sibylle an. »Es ist ja gleich Zeit fürs Abendessen. Er kommt bestimmt bald nach Hause.«

»Äh … nein … danke«, murmele ich, »ich geh dann mal wieder rüber.«

»Ich sage ihm, dass du hier warst«, ruft Sibylle mir nach.

»Nicht nötig«, rufe ich schnell zurück, »ich seh ihn bestimmt bald.«

Aber werde ich das wirklich?

Als ich durch den Garten zurück zu unserer Küchentür gehe, bin ich ziemlich verwirrt.

Und aufgewühlt.

Da sind plötzlich so viele Gefühle. So viele *verschiedene* Gefühle. Ich bin enttäuscht. Und verletzt. Und … ich weiß nicht … ich glaube, ich bin auch wütend. Sogar ziemlich wütend.

WAS IST MIT GREGORY LOS? Mag der mich überhaupt noch?

Kenny

Ich finde es knalltoll, wenn man viele Sprachen kann. Iris und Cornelius können Englisch und Französisch. Tessa, Livi und Malea können Englisch. Und Tessa kann auch noch Spanisch – wegen ihrem Javi. Rema kann Englisch und Griechisch. (Weil sie mal ein paar Jahre in Griechenland gelebt hat. Vor ganz, ganz langer Zeit, als wir noch gar nicht auf der Welt waren.) Und ich? Okay, wir haben in der Schule ein englisches Lied gelernt und zählen kann ich auf Englisch auch. Jedenfalls bis zehn. Das klingt toll. Richtig schön ausländisch. Aber jetzt lerne ich Türkisch. Das kann keiner aus meiner Familie. Und ist das aufregend oder ist das aufregend?

Sinan hier zu haben, ist sooo schön!

Erst haben wir draußen im Garten rumgeturnt, das kann man an Walter Walbohms Apfelbäumen und Birnenbäumen ganz toll. Und unter den Robobembombüschen (oder wie die Dinger heißen) haben wir Verstecken gespielt.

Dann dachten wir, dass das noch lustiger mit Aurora und Hase wäre, aber die beiden waren leider nicht mehr da. (Vielleicht sind die hinter Malea her.) Deswegen wollten wir dann hoch in mein Zimmer gehen, aber da schrie Mama, dass es jetzt Pizza gebe, und die wollten wir natürlich nicht verpassen.

Eigentlich sollte Malea schon längst vom Einkaufen zurück sein, weil Mama unbedingt so komische Mamasachen (Paprikaknoten mit Rosenblüten oder so 'n Zeugs) zum Kochen haben wollte, aber Malea war nicht da, und deshalb kriegten wir ganz tolle Fertigpizza. Und dann sind wir endlich hoch in mein Zimmer. Aurora und Hase waren nämlich auch immer noch nicht da.

Sinan findet mein Zimmer klasse. Weil es so groß ist, glaube ich. Er sagte, dass er das Powerpink zwar nicht an die Wände in seinem eigenen Zimmer gemalt hätte, aber hier sehe es sehr hübsch aus.

Als er das Wort *hübsch* sagte, lächelte er super-süß-sinan-sanft und kniff seine Augen ein klitzekleines bisschen zu. Wie um sie vor Wind zu schützen. Dabei war in meinem Zimmer gar kein Wind. Hihihi!

Dann fiel mir wieder ein, dass ich ja Türkisch lernen will.

»Was heißt *hübsch* auf Türkisch?«, fragte ich ihn.

Sinan lächelte noch mehr.

»Şirin«, antwortete er und erklärte dann noch, dass das mit einem S am Anfang geschrieben wird. Aber das S sieht nicht so aus wie unser deutsches S, sondern da hängt unten noch was dran, und deswegen wird es auch anders ausgesprochen. Nämlich tsch. So wie in Ku*tsch*e.

Da lächelte ich auch.

»Du bist şirin«, sagte ich ganz stolz, weil ich das bestimmt richtig ausgesprochen habe. (*Tschirin*, hab ich nämlich gesagt.)

Sinan gluckste und guckte auf meinen bunten Teppich und fummelte mit seinen Sockenspitzen an der Teppichkante rum. Dann guckte er langsam hoch. Aber er bewegte seinen Kopf dabei gar nicht, sondern ließ nur seine Augen zu mir hochgucken.

Da wurde mir richtig teppichflauschig im Magen. Das kribbelt nämlich volltoll, wenn Sinan so von unten gaaaanz langsam hochguckt!

Und dann sagte er noch langsamer: »Nein, *du* bist şirin, Kenny!«

Da kriegte mein Bauch vor Schreck Schluckauf. Denn ist das schön oder ist das schön?

Und darüber mussten wir dann beide kichern. Oh, Sinan ist sooo nett!

Und dass ich Türkisch lernen will, fand er auch voll gut. Auch wenn er gelacht hat und gesagt hat, dass die türkische Sprache ganz schön schwer ist. Aber ich bin ja wohl nicht doof! Wenn *er* Türkisch sprechen kann, dann kann *ich* das aber auch! OH JA!

Und dann sagte er noch: »Öpüşmeyi çok severim.«

»Das hast du schon mal gesagt«, sagte ich.

Denn das hatte er auch. Ich konnte mich genau an den Klang des Satzes erinnern. Und zwar als er mir mal bei sich zu Hause ganz heimlich einen Kuss gegeben hat.

Und als ich *daran* dachte, kriegte ich schon wieder Schluckauf. Da mussten wir dann noch mal kichern.

Ich finde es gut, ab und zu mal zu kichern. Man fühlt sich dann nicht mehr so komisch.

Aber was der Satz bedeutet, wollte Sinan mir wieder nicht verraten.

»Du bist doof!«, kicherte ich.

Und Sinan kicherte noch mehr. »Gar nicht! Wenn du Türkisch lernen willst, dann finde doch raus, was ich gesagt habe.«

»Dann sag's noch mal!«, verlangte ich.

Und das tat Sinan.

»Öpüşmeyi çok severim«, sagte er noch mal ganz feierlich.

Vielleicht kann ich es mit Tessas Handy aufnehmen, wenn Sinan den Satz sagt, und das dann Sinans Mama vorspielen (denn die ist echt nett) und ihn mir übersetzen lassen?

Aber was, wenn Sinan irgendwas gesagt hat, was seine Mama besser nicht wissen sollte? Hmm …

Danach haben wir dann eine Weile Memory gespielt. Ich habe ein ganz tolles mit lauter Ponybildern. Leider fand Sinan das ein bisschen langweilig und schlug vor, lieber draußen Fußball zu spielen.

Fußball spiele ich echt gern. Meistens spiele ich aber mit Malea, denn Bentje findet das doof. Mit Hase kann man auch toll Ball spielen, aber Aurora kreischt meistens gleich wild rum und fängt an, nach mir und Hase zu picken.

Malea glaubt, dass Aurora das macht, weil sie eifersüchtig ist, wenn Hase was tut, was Hühner nicht können. Aber ich glaube eher, dass Aurora ein bisschen Angst vor dem großen, harten Ball hat. Das kann man ja verstehen.

Und jetzt gerade kriegen wir wieder Hunger. Es ist nämlich schon echt lange her, seit wir die Pizza gegessen haben. Und sonst stellt uns Mama immer Kekse hin, aber das hat sie heute leider vergessen. Wahrscheinlich wegen ihrer blöden Krankenschwester Christine. Dabei ist es doch schon beinahe Zeit zum Abendessen!

Sinan und ich gehen in die Küche und gucken mal nach. Nee, Mama kocht noch nicht. Nur Livi hockt mit Miesmuschelgesicht am Tisch und starrt unsere Obstschale an.

»Hast du auch Hunger?«, frage ich mal ganz freundlich. Warum sonst sollte sie Obst anstarren?

Livi tut so, als würde sie mich gar nicht hören. Vielleicht hört sie mich wirklich nicht?

»HAST DU AUCH HUNGER?«, rufe ich deshalb etwas lauter und stelle mich zur Sicherheit direkt neben ihr Ohr.

»Waaaaaa!«, macht Livi und fährt richtig zusammen. Dann guckt sie mich voll böse an. »Was IST denn?«

»Ich dachte, du hast Hunger, weil du die Pfirsiche so sehnsüchtig anguckst«, sage ich.

Also echt, was ist denn mit Livi los? Seit wir Ferien haben, ist sie ganz komisch.

»Sehnsüchtig?«, wiederholt Livi, als hätte ich was Schlimmes gesagt. »Wieso denn sehnsüchtig? So ein Quatsch! Ich gucke auf keinen Fall *sehnsüchtig*!«

»Na, dann eben nicht«, murmele ich leise und zupfe Sinan am Ärmel und ziehe ihn zur Flurtür hin.

Wenn jemand bei uns zu Hause komisch ist, ist es immer am besten, einfach abzuhauen.

Livi guckt völlig verständnislos. Echt, hab ich vielleicht aus Versehen Türkisch gesprochen? Hihihi!

»Stört bloß Iris nicht!«, ruft sie uns dann plötzlich nach, als ihr Blick wieder normal wird und wir schon im Flur stehen.

»Aber wir haben Hunger«, sage ich.

Da seufzt Livi. »Lasst Iris mal schreiben! Heute koche ich.«

»Oh, Liviiii!« Ich hopse zurück in die Küche und springe an ihr hoch und gebe ihr einen dicken Kuss.

Keine Blumen in der Käsesoße heute, juchhu! Livi ist doch die Beste!

Ich drehe mich zu Sinan um. »Livi kocht! Ist das toll oder ist das toll?«

Sinan steht nur da und grinst. Mann, der weiß gar nicht, was für ein Glück er hat!

Livi macht den Kühlschrank auf und guckt rein. »Oh, hier ist ja fast nichts mehr. Wo bleibt denn bloß Malea mit den Sachen?«

Ich hopse zum Fenster und gucke die Straße rauf und runter. Und – glaubt man es – genau in diesem Moment kommt doch tatsächlich Malea angetrottet. Und neben ihr hechelt Hase. Aber wo ist denn Auroralein?

Malea

Ich sag's mal so: Meeresforscherin zu werden, ist vielleicht auch keine schlechte Idee. Da kann man bestimmt nicht ganz so viel falsch machen.

Ich weiß nicht, wie James Bond sich fühlt, wenn er eine Mission komplett in den Müll gekippt hat. Ich jedenfalls… ich fühle mich… nur mies.

Natürlich macht James Bond ja kaum Fehler. (Oder vielleicht zeigen sie die bloß in den Filmen nicht?) Und wenn er Fehler macht, dann sind das keine so hammerhaiharten wie meiner heute.

Obwohl – kann man das, was mir passiert ist, überhaupt Fehler nennen? Ich bin eine *Diebin!* So ist es doch! Eine ganz miese Diebin. Eben noch war ich die Retterin der Welt und jetzt? Jetzt bin ich eine gesuchte Verbrecherin.

Ich hab mindestens eine Stunde in der Neubausiedlung rumgehangen, weil ich Angst hatte, dass die mich unten in der Stadt immer noch suchen. Hase war die ganze Zeit bei mir. Aber nach einer Weile wurde er unruhig und begann auf und ab zu laufen. Klar wie Meerwasser, er suchte seine Liebste. Aurora!

Und da fühlte ich mich dann noch mieser. Denn von Aurora war keine Spur zu sehen. Als ich oben vom Hügel auf den Marktplatz runtersah, flatterte auch dort nichts Weißes durch die Gegend. Das bedeutet dann wohl, dass sie dem Kerl vom Supermarkt nicht entwischen konnte und nun gefangen ist.

Die arme Aurora! Wo Walter sie doch erst vor ein paar Jahren aus dem Hühnergefängnis gerettet hat! Und nun ist sie wieder eingesperrt. Dabei hat sie doch überhaupt nichts Falsches getan! Nein, sie ist völlig unschuldig. Und alles nur, weil ich … weil ich …

Oh Gott, was sollte ich denn jetzt bloß tun? Was würde James Bond tun?

Ha, Mister Bond, der würde natürlich M – die Frau in seiner Zentrale, die immer alles weiß – anrufen, und die würde ihm dann meerwasserklar sagen, was er tun soll.

Und wen sollte *ich* anrufen? Vielleicht die Auskunft?

Guten Tag, hier spricht Malea Martini, ich habe eben einen Haufen Sachen im Supermarkt geklaut, weil ich einer armen, alten Omi helfen wollte – aber das glaubt mir sowieso keiner, deswegen können Sie das auch gleich wieder vergessen. Und jetzt sitze ich hier und traue mich nicht, mich von der Stelle zu bewegen, weil da unten am Marktplatz wahrscheinlich immer noch Supermann und sein Kollege rumfliegen, um mich zu fangen. Könnten Sie mir bitte sagen, was ich tun soll?

Ich schätze, entweder es hätte in der Leitung schon längst KLICK gemacht oder aber sie hätten mich zum Polizeirevier durchgestellt.

Tja, wie sagt Cornelius immer? *Die Polizei, dein Freund und Helfer!* Konnte die Polizei mir helfen? Konnte ich die fragen, was ich jetzt tun sollte?

Oh du tintenfischschwarzer Agentenhimmel, es musste doch *irgendjemanden* geben auf dieser Welt, den man in einer so düsteren Situation um Rat fragen konnte?

Hase leckte mir die Hand. Er war ziemlich k.o. nach der ganzen Rennerei. Und außerdem fing er inzwischen sogar an zu winseln. Was mich wieder an Aurora erinnerte.

Ich stand auf. Denn auch wenn ich nicht genau wusste, was ich für mich selbst tun sollte, eins wusste ich ganz sicher: Ich musste Aurora befreien! Das ist ja wohl Geheimagentenehre!

Vorsichtig schlich ich mich wieder runter zur Ortsmitte. Zum Glück kann ich gut schleichen. Wenn man dicht an den Häusern entlanggeht, fällt man kaum auf. Auf der Brücke wurde mir allerdings schlecht. Vor lauter Schiss, fürchte ich… (Hat James Bond eigentlich jemals Schiss?) Denn über eine Brücke kann niemand *unauffällig* huschen. Vielleicht wurde mir aber auch schlecht, weil ich seit dem Frühstück nichts mehr gegessen hatte. (Und auch da nur ein winziges Sesambrötchen.)

Als ich endlich drüben war, klopfte mein Herz im Hals, meine Beine fühlten sich an wie Iris' Sesampudding, und ich musste mich einen Augenblick auf eine Parkbank setzen. Jedenfalls so lange, bis ich eine Polizistin auf mich zukommen sah, die eifrig Autokennzeichen von Falschparkern aufschrieb. Da wurde mir noch schlechter.

Meerwasserklar, dass die nicht hinter *mir* her war (ähm, glaube ich zumindest), aber ich wollte doch lieber nichts riskieren. Also rannte ich – schneller als jeder von Bonds Fieslingen auf der Flucht – den ganzen Weg wieder in die sichere Neubausiedlung zurück.

Als ich langsamer wurde, fiel mir auf, dass Hase nicht mehr an meiner Seite war.

Puh, ich fürchte, Hase ist der bessere Held von uns beiden. Denn Hase blieb bestimmt in der Stadt, um sich auf die Suche nach Aurora zu machen. Ohne mich. Oh, was bin ich nur für eine treulose Freundin!

Und dann … dann kam mir ein noch schmerzenderer Gedanke. Ein ganz gruselig grässlicher, absolut fürchterlicher Gedanke! Was, wenn diese Supermänner vom Supermarkt Aurora einfach als praktische Abendmahlzeit betrachten und sie schon bratenfertig auf dem Weg in den Ofen ist?

Oh, Kenny bringt mich um! (Noch bevor James Bond oder die Supermänner oder die Polizei das tun könnten. Hab ich jemanden vergessen? Ach ja, Hase. Der ist bestimmt auch nicht sehr glücklich, dass ich seine Liebste einfach ihrem Schicksal überlassen habe.)

Also schlich ich ein zweites Mal runter und rüber über die Brücke und zwang mich dieses Mal, mich wenigstens von der Rückseite her an den Marktplatz ranzupirschen, um hinter ein paar Autos in Deckung zu gehen und einen Blick auf den Supermarkt zu riskieren.

Nichts. Kein Zeichen von Aurora oder irgendeinem anderen Huhn. Aber auch kein riesiges Plakat mit meinem Bild drauf. Das erleichterte mich doch ziemlich. Denn so was hatte ich fast erwartet. Die haben im Laden ja bestimmt so 'ne Kameraanlage, die alle Kunden filmt und die mich bestimmt auch aufgenommen hat.

Als ich darüber nachdachte, wurde mir *richtig* schlecht. Bestimmt bringen sie diese Bilder heute Abend in den Nachrichten. Malea in Großaufnahme, wie sie einer alten Omi in die Handtasche greift.

Huch? Bin ich jetzt sogar eine doppelte Diebin? Kann man für die gleiche Sache zwei Mal bestraft werden? Ab wie viel Jahren kann man eigentlich ins Gefängnis kommen?

Mein Magen rumorte und kniff und drückte, als ob ich von innen aufgefressen würde. Allerdings war es inzwischen auch schon fast vier und ich hatte ja immer noch nicht mehr im Bauch als das eine Brötchen von heute Morgen. Was mich daran erinnerte, dass inzwischen zweifellos noch weitere Personen auf mich sauer waren. Iris und Cornelius nämlich. Die nun ohne Einkäufe dastanden.

Ich fühlte in meine Hosentasche. Der Zwanzigeuroschein war noch unberührt. Aber wo sollte ich die Sachen von der Einkaufsliste herkriegen, wenn der Supermarkt jetzt Sperrgebiet war? Vielleicht aus einem der kleinen Feinkostläden? Aber diese Art Geschäfte sind so teuer, da würden zwanzig Euro bestimmt nicht reichen.

Ich überlegte, ob ich einfach nach Hause gehen sollte. Wenn die Meldung noch nicht in den Nachrichten gekommen war, konnten Iris und Cornelius ja eigentlich sooo sauer noch gar nicht sein. Ich meine, so was Unwichtiges wie Einkäufe kann man ja wohl auch mal vergessen, oder?

Zur Sicherheit machte ich einen Riesenbogen um den offenen Marktplatz herum und schlenderte stattdessen langsam am Eiscafé vorbei. Direkt neben dem Bella Roma lag Hase und ließ sich von zwei kichernden Mädchen mit Eiskugeln füttern.

Also echt! Hunde haben es doch wirklich leicht im Leben! Hatte er seine Liebste bereits vergessen? Wegen ein paar Kugeln Vanilleeis?

Bei dem Anblick der köstlichen Eisbecher fing mein Magen schon wieder an zu krampfen. Allerdings genügte der Gedanke daran auch, um mich sofort wieder wie der mieseste Übeltäter der Welt zu fühlen. Eis im Bella Roma ist ja sonst mein Agentenlohn, also die Bezahlung für meine Spionierleistungen. An einem schlechten Tag erlaube ich mir nicht mehr als eine Kugel, an einem richtig guten sind auch mal drei drin. Da muss man hart und gerecht bleiben mit sich selber. Schlampige Arbeit wird nicht auch noch belohnt. Ich musste meerestief seufzen. Und heute? Was sollte ich mir heute als Lohn auszahlen? Minus siebzig Kugeln oder so? Eis gestrichen für die nächsten zehn Jahre?

Die Mädchen winkten. »Hey, bist du nicht Tessas kleine Schwester? Und ist das hier Henrys Hase?«

Ich antwortete überhaupt nicht. Man kann nie wissen. Nachher sind das Polizeispione, die im Eiscafé nur zur Tarnung sitzen. Es gibt viel mehr Spione auf der Welt, als die meisten denken! Die kaufen einem dann freundlich ein paar Kugeln, fragen dich freundlich ein paar Fragen, und wenn du ihnen ahnungslos ebenso freundliche Antworten gibst, dann – peng – lochen sie dich ein.

Nee, nicht mit mir! Ich ging nicht nur einfach weiter, ich rannte sogar wieder ein Stück. Als ich mich umdrehte, konnte ich sehen, dass Hase mir hinterhergaloppierte. Ja, und weil mir nichts Besseres mehr einfiel, bin ich dann irgendwann tatsächlich zu uns in die Kastanienallee gegangen.

Als ich jetzt unser rosa Haus sehe, wird mir allerdings wieder flau. Was, wenn die Polizei schon bei uns ist und mit gezückten Handschellen auf mich wartet?

Was, wenn Remi und Iris und bestimmt auch Livi (der geht immer alles so ans Herz) weinend im Wohnzimmer sitzen und, sobald ich durch die Tür trete, auch schon losschluchzen *»Wie konntest du nur, Malea!«*?

Was, wenn Kenny ihre ganzen Freundinnen aus der Schule angerufen hat, weil bei uns mal wieder was Aufregendes passiert, und die jetzt alle dastehen und begeistert glotzen, wie die Beamten mich festnehmen?

NEIN!

Ich will gerade wieder schneller werden und einfach an unserem Haus vorbeigehen, da sehe ich Kenny und Sinan am Fenster stehen und wild winken.

Und jetzt reißt Kenny das Fenster sogar auf und brüllt: »Schnell, Malea! Livi kocht heute! Weil Mama immer noch schreibt! Kooooomm!«

Kenny

Kennys Kochschule. Heute: Spaghetti mit Ketchup! Schneidet eine Packung Spaghetti auf und holt die Nudeln da raus. Das Plastik kann man nämlich nicht mitkochen. (Das weiß ich genau!) Dann ruft eure große Schwester. Oder euren großen Bruder. Oder eure Oma. Oder irgendjemanden, der größer ist als ihr und schon Wasser kochen darf. Das muss man nämlich als Nächstes. In einem großen Topf. Wenn es blubbert, ist es fertig. Dann kann man die Spaghetti alle in das Blubberwasser reinwerfen. Achtung: Wenn ihr die Spaghettipackung so aufreißt wie ich und alle hunderttausend Spaghetti auf dem Boden landen, so wie bei mir, könnt ihr euch mit dem Rufen nach eurer großen Schwester (oder eurem großen Bruder oder eurer Oma) Zeit lassen. Es dauert nämlich eine Weile, bis man Spaghetti wieder aufgesammelt hat. (Das weiß ich auch genau.)

Sobald die Spaghetti im Blubberwasser blubbern, dauert es zehn Minuten, bis sie weich gekocht sind. Kleiner Kenny-Tipp: Legt euch zwanzig ungekochte Spaghetti zur Seite. Während ihr darauf wartet, bis die Nudeln weich sind, könnt ihr mit den harten Spaghetti Mikado spielen. Ist das eine gute Idee oder ist das eine gute Idee? Wenn die zehn Minuten um sind, müsst ihr noch mal kurz eure große Schwester oder euren großen Bruder oder eure Oma bitten, euch die heftig heißen Nudeln in ein Sieb zu gießen. Achtung: Das Sieb muss im Abwaschbecken stehen, damit das kochende Wasser ablaufen kann.

Und dann kommt das Beste: Ihr holt die Ketchupflasche! Schüttel, schüttel, schüttel und rüber über die Spaghetti damit. Mhm, lecker!

Malea winkt nicht zurück. Sie glotzt nur blöd. Deswegen schreie ich jetzt das dritte Mal richtig freundlich aus dem Fenster: »Wir können uns selbst was aussuchen! Komm endlich rein! Mama schreibt noch! Und Livi kocht!«

Malea schleicht ins Haus mit krummem Rücken und Auweh-Blick. So wie Papa, wenn er eine seiner Trommeln rein- oder rausschleppt. Ohne was zu sagen, schleudert sie in der Küche ihren Rucksack in die Ecke und lässt sich auf einen Stuhl fallen. Und dort starrt sie, genau wie Livi vorhin, die Obstschale an.

Uuuh, ich glaube, ich gehe da mal nicht zu nah ran. Vielleicht ist das Miesmuscheligsein ansteckend? Oder stimmt vielleicht mit dem Obst was nicht?

Ich bohre meinen Finger mal in einen Pfirsich. Nö, alles in Ordnung. Der ist ganz weich innen und aus dem großen Loch fließt der Saft sofort raus. Mhm, lecker!

Ich gucke mich um. Komisch, keiner schreit: »Finger weg, Kenny!« Nicht mal Livi achtet auf mich. Und auf Malea achtet sie auch nicht. Mit dem Rücken zu uns kniet sie auf dem Boden und kramt in den Dosenschränken.

»Malea, packst du mal die Einkäufe auf den Tisch?«, ruft sie, ohne aufzugucken. »Ich muss sehen, was überhaupt da ist.«

Muschel-Malea guckt voll gequält. Da kriege ich doch ein bisschen Mitleid. Tut ihr vielleicht was weh?

»Ey, is' was, Malea?«, frage ich sehr mitfühlend.

Puh, die doofe Kuh! Jetzt guckt sie mich zum Dank voll böse an. Als hätte ich ihr was getan!

Sinan guckt auch schon ein bisschen unsicher. Der ist ja keine Schwestern gewohnt.

Jetzt erhebt sich Livi wieder und dreht sich um. »Wo sind die Sachen aus dem Supermarkt?«

Malea glotzt Livi echt lange an. So als ob sie nicht ganz kapiert, was Livi gesagt hat. Vielleicht sollte Sinan es noch mal auf Türkisch wiederholen? Hihihi!

»Ich kann auch zu Hause essen«, sagt Sinan plötzlich.

WAS?

»NEIN!«, rufe ich sofort.

Ich gucke meine komischen Schwestern böse an, aber dann drehe ich mich schnell zu Sinan um und lächele. »Nein, du isst hier! Pass auf, das Essen wird total gut!«

Nun lächelt Livi endlich mal. Wird auch Zeit. »Hey, Sinan, keine Sorge! Wir kochen lecker Spaghetti, ja? Ihr beiden könnt mir helfen.«

Da sieht Sinan zum Glück etwas beruhigter aus und lächelt auch wieder. Nur zu Malea schielt er noch mal vorsichtig rüber. (Mann, wieso glotzt die denn so schwarzmuschelig? Die hat doch sonst immer gute Laune, wenn sie vom Spionieren wiederkommt.)

»Wo ist denn Aurora?«, frage ich.

Boh – da stöhnt Malea, als hätte ich ihr in den Bauch geboxt.

Jetzt werde ich aber langsam misstrauisch. »Is' was mit Aurora?«

Malea antwortet nicht. Sie stöhnt noch mal und geht dann einfach aus der Küche.

»Wieso?«, fragt Livi mich. »Ist Aurora nicht mit Malea und Hase zurückgekommen?« Sie stellt Hase eine Schale Wasser hin und er fängt gierig an zu schlabbern. Puh, der hat vielleicht Durst!

Ich schüttele den Kopf. »Nö, Malea ist mit Hase allein gekommen.«

»Vielleicht ist sie schon drüben bei Walter«, meint Livi. »Ihr könnt ja nach dem Essen nachsehen.« Sie deutet zu

Maleas Rucksack in der Ecke. »Holt mir doch endlich mal Maleas Einkäufe raus, ja?«

Sinan und ich packen aus, was in Maleas Rucksack drin ist, und legen es auf den Küchentisch. Drei Fischdosen, zwei Käsepackungen, eine Salami, zwei Stück Butter, blöd altmodisch aussehende Frauenstrümpfe und ein Glas Honig.

Ich gucke den Haufen erstaunt an. Na ja, Mama kauft ja immer komisches Zeugs ein, aber was will sie denn aus den Strümpfen kochen?

Livi guckt genauso verblüfft.

»Hihihi!«, mache ich mal.

Livi schüttelt nur den Kopf. »Also echt, das ist ja wieder typisch Iris!«

Genau da kommt Mama in die Küche geweht. Sie trägt einen bunten Wollumhang (mit dem ich manchmal Indianerzelt spiele), weil ihr beim Schreiben immer kalt wird. Der flattert richtig um sie rum, so schnell rauscht sie rein.

»Habt ihr schon mit dem Kochen angefangen?« Sie lächelt einmal in die Runde. »Ich mach das schon, lass mal, Livi! Das entspannt mich.«

Uns aber nicht!, denke ich.

Ich versuche, das natürlich ganz leise zu denken, damit Mama das nicht hört. Ich will ja nicht, dass Mama traurig wird. Aber gerade jetzt, wo Sinan hier ist, macht mir das doch ein bisschen Sorge, wenn Mama kocht. Bei Sinan zu Hause sind die türkischen Sachen immer so lecker!

»Hab ich eben Malea die Treppe hochgehen hören?«, fragt Mama, schiebt sich den Umhang von der Schulter und sieht plötzlich wieder unheimlich aktiv aus.

Wenn sie frisch von ihrem Laptop kommt, ist es immer so, als käme sie gerade aus einem Traumland. Irgendwie von ganz weit weg.

Aber jetzt ist sie nicht weit weg. Jetzt ist sie ganz nah bei uns und kann anscheinend kaum abwarten, sich auf ihre Töpfe zu schmeißen.

»Wo sind denn die Einkaufssachen?«, fragt Mama und glotzt verwirrt den Haufen auf dem Esstisch an.

»FISCHdosen? Und hier drauf ist ein Katzenkopf. Das sind noch nicht mal normale Fischdosen, das ist *Katzenfutter!* Was sollen wir denn mit Katzenfutter anfangen?« Sie wühlt in den Sachen rum und schnappt sich dann die Käsepackungen. »HUCH? Was fällt Malea ein, so teure Sorten zu kaufen? Die können wir uns doch gar nicht leisten. Und … Also WIRKLICH! Was soll ich denn bitte mit *diesen Strümpfen* machen?«

Sie hält uns die Packung mit den komischen Damenstrümpfen zwischen zwei spitzen Fingern entgegen.

Aber woher sollen *wir* denn das wissen? Bestimmt kann man Strümpfe genauso gut in Soßen einrühren wie Marzipan oder Blumenblüten.

»Hihihi«, sage ich, weil mir nichts anderes einfällt.

Und dann boxe ich Sinan freundlich, damit der auch mal ein bisschen kichert.

»Höhöhö«, kichert Sinan.

Da geht Mama zur offenen Küchentür und brüllt mit Brüllbärstimme, wie sonst nur Papa, die Treppe hoch: »MALEEEE-A? KOMMST DU MAL BITTE?«

Tessa

Was geht eigentlich in den Köpfen von elfjährigen Mädchen ab? No intendo ni jota – echt, ich habe nicht den blassesten Schimmer!

Die Lage bei uns zu Hause scheint ein wenig *dificultosa* – schwierig – zu sein.

Echt, wenn ich Dodo nicht schon so lange kennen würde und Dodo nicht wüsste, was *ich* für ein patenter Mensch bin und nicht für fünf Puderdosen so verrückt wie meine restliche Familie, dann wäre es mir zu peinlich, sie hierher mitzunehmen.

Iris serviert uns heute Abend eine Pizza, die mit merkwürdig aussehenden Fischbrocken in *extremo* ekliger Soße belegt ist. Die Pampe stinkt, als hätte jemand auch noch heftigstes Fischkonzentrat mit hundert Prozent Geschmacksverstärkern reingemischt. Da drunter vergraben liegen Salamischeiben (die sind ganz okay) und – na schön – der Käse oben drauf ist ziemlich lecker. (Seit wann kauft Iris so guten Käse?)

Einzig und allein Malea kriegt ein Stück ohne die eklige Fischpampe. Und das, obwohl anscheinend sie diejenige war, die die Sachen eingekauft hat.

Mir unverständlich, wieso Malea diesen Fischmatsch überhaupt kauft, obwohl sie genau weiß, dass sie allergisch ist gegen alles, was aus dem Meer kommt. Will sie uns ärgern? Ansonsten wäre die Pizza nämlich wirklich nicht allzu übel.

»Wisst ihr, wen ich heute kennengelernt habe?«, versuche ich mal eine lockere Unterhaltung in Gang zu bringen. Ist doch wirklich der Hammer, dass ich nun weiß, dass vor achtzig Jahren oder so eine Helene Knobloch in unserem Haus gewohnt hat!

»Wen denn, Schatz?«, fragt Iris geistesabwesend, während sie versucht, Kenny davon abzuhalten, sich die leckere Salami von Sinans Pizza zu klauen.

»In der *Lauschigen Eiche* lebt eine Frau, die heißt Hilde Flieder«, beginne ich, »und stellt euch vor, die …«

»Mama sagt, der Fisch ist Hundefutter«, unterbricht mich Kenny fröhlich mampfend. (Sie ist die Einzige, die den Matsch anscheinend mag.)

»HUNDEFUTTER?«, wiederholen Cornelius, Rema und ich entsetzt im Chor.

Ich meine, *Hundefutter?* Da verschiebe ich die Geschichte von meiner Runzel-Oma doch glatt auf etwas später.

»Also, Iris – hrrrruuussst …«, bringt Rema gerade noch hervor, bevor sie leider fast erstickt.

Ein Hundefutterbrocken muss ihr im Hals stecken geblieben sein.

»Klopf ihr doch mal einer auf den Rücken!«, schreit Cornelius vom anderen Ende des Tisches hektisch.

»Hhhhhrrrrruuuuu – AU!«, röhrt Rema eine Sekunde später, weil Malea und ich gleichzeitig volle Breitseite auf Remas Rücken hämmern.

Sicher ist sicher. Außerdem war nicht ganz klar, wen von uns beiden Cornelius meinte. Jedenfalls ringt Rema jetzt erfolgreicher nach Luft und ist immerhin nicht mehr am Ersticken.

»*Hundefutter?*«, krächzt sie nun sehr viel leiser, aber mit rauer Stimme.

»Unsinn!«, behauptet Iris sofort und setzt ihren *Wie-könnt-ihr-nur-mein-Essen-beleidigen?*-Blick auf. Dann räuspert sie sich allerdings verlegen. »Das war *Katzen*futter.« Sie hebt ihren Blick drohend. »Und bevor ihr gleich wieder loskreischt: Katzenfutter ist nicht giftig, das ist durchaus genießbar. Und außerdem …« Nun guckt sie nur noch unsere kleine Miss Bond an. »Habe *ich* das nicht gekauft. Das war Malea.«

»Wriiiiiep!«, macht Rema und ringt wohl nicht nur nach Luft, sondern auch um Fassung.

»Hihihi, höhöhö«, machen Kenny und Sinan.

Die arme Dodo neben mir lässt die Gabel fallen und seufzt leise.

Oh, das ist mir jetzt aber doch peinlich! Warum kann es bei uns keine anständigen Sachen geben? Kaviar zum Beispiel oder Lachspastete oder Artischockenherzen oder was auch immer. Es gibt so wunderbare Dinge auf der Welt! Na gut, die gibt es bei Dodo zu Hause zwar auch nicht jeden Tag, aber KATZENFUTTER! Ich fasse es nicht!

Die arme Dodo anscheinend genauso wenig. Sie wirft mir einen Hilfe suchenden Blick zu.

Ich meine, das ist doch *wirklich* unfassbar! Da arbeitet man hart wie ein *burro*, malocht für zehn, kümmert sich mit ganzem Herzen um alte bedürftige Menschen, und wie wird man zu Hause empfangen? Mit Katzenfutter!

»Immerhin ist es kein Kamel«, bemerkt Livi leise und stochert lustlos in ihrem Matsch rum.

»Hmppffff«, macht Rema und sieht so aus, als würde sie das, was sie gerne sagen würde (vielleicht zu Kamelen und anderen Dingen), tapfer runterschlucken.

Dann fasst sie sich aber doch ein Herz und beugt sich zu

Malea rüber. »Malea, mein Liebes, wie bist du denn bloß auf die Idee gekommen, uns heute ausgerechnet …?«

Doch Malea lässt sie gar nicht ausreden. Sie springt auf, als hätte Rema sie gebissen, rennt zur Tür, knallt die hinter sich zu, und dann lauschen wir schweigend, wie sie – immer zwei Stufen auf einmal nehmend – die Treppe hochrennt. Und ihre Tür, die sie noch lauter zuknallt als die Küchentür, die hören wir ebenfalls problemlos.

»Aaaah«, macht Rema und guckt sich verdattert um, »hab ich was Falsches gesagt?«

Jetzt kichern nicht mal mehr Kenny und Sinan.

»Also das ist ja wohl ein Ding!«, empört sich Cornelius. »Was ist denn in die gefahren? Ich glaube, dieser Spionierfimmel bekommt ihr allmählich nicht mehr.« Er guckt Iris an. »Waren *das* die Sachen, die Malea gekauft hat? Aber ich hatte ihr doch eine ganz andere Liste gegeben!«

»Sie sagt, sie hat die Liste verloren«, erklärt Iris, »und dann hat sie nur das eingekauft, woran sie sich zu erinnern glaubte.«

»Sie glaubte, sich an *Katzenfutter* zu erinnern?«, fragt Cornelius ungläubig. »Wir haben doch gar keine Katze.«

»Ja«, seufzt Kenny, »echt, ist das schade oder ist das schade? Marlen in unserer Klasse hat einen kleinen Kater, und Paul und Lotte …«

»Und dass wir keine haben, ist ein wahres Glück!«, schneidet ihr Cornelius das Wort ab. »Bei uns im Haus läuft schon genug Viehzeugs rum.«

»Gar nicht, Papa!«, schmollt Kenny.

»Ich heiße CORNELIUS!«, donnert Cornelius.

»Also jedenfalls solltest du mal mit Malea reden«, schlägt Iris vor. »Das ist nun wirklich keine Art! Einfach aufspringen und mit Türen knallen!«

»Vielleicht ist jetzt auch Malea in der Pupsertät und nicht nur Livi und Tessa«, grinst Kenny.

»Sehr witzig, Kenny«, grunze ich zu ihr rüber. Also ehrlich, darüber sind Dodo und ich ja wohl Meilen hinaus!

»Es heißt Pu-ber-tät«, korrigiert Iris.

»Hihihi«, macht Kenny.

»Höhöhö«, macht Sinan.

Dodo neben mir seufzt nicht mehr, sondern schnaubt merkwürdig.

Oh, ich kenne dieses Schnauben! Es bedeutet… es bedeutet, dass Dodo kurz vor einem Anfall steht. Vor einem Lachanfall nämlich. Und zwar mindestens vor einem so heftigen wie dem von der süßen Hilde aus der Seniorenresidenz heute Mittag.

Ich kann es Dodo nicht übel nehmen. Man hat in dieser Familie nur zwei Möglichkeiten: Entweder man rauft sich die Haare oder aber man lacht.

Ich persönlich finde Haareraufen natürlich generell problematisch. Ich denke da ganz praktisch. Ich meine, man fühlt sich vielleicht für ein paar Sekunden gut dabei, sieht aber für die nächsten Stunden aus, als hätte man Motten in den edel gestylten Locken. Und wofür hat man sich dann vorher mit seiner Frisur so viel Mühe gegeben?

Lachen dagegen ist *naturalmente* sowieso superduper*bien*. Ein *muy secreta* Geheimrezept für frischen Teint und unwiderstehliche Ausstrahlung! Und die klitzekleinen Falten, die das gibt, sind einfach nur *muy simpático!*

Dodo neben mir schnaubt immer hektischer. Wie ein Walross mit Atemnot. Nein, wie ein Schwein mit verstopfter Schniefnase. Nein, wie beides zusammen.

Cornelius guckt besorgt zu uns rüber. »Alles in Ordnung, Dorothea?«

Doch da prustet Dodo auch schon los. Und gackert nun wie ein Huhn mit hundert Kitzelameisen am Bauch. Und Kenny und Sinan natürlich sofort mit.

Kurz danach fangen Iris und Rema an zu glucksen. Wie Aurora, wenn sie im Garten ein Ei legt. Cornelius versucht noch eine Weile, böse zu gucken, aber lange kann auch er sich nicht mehr halten. Ich kichere schon, seit Dodo losgelegt hat. Aber natürlich dezent und sehr ladylike. (Ich muss schon sagen, manchmal vergisst sich Dodo ein bisschen.)

Als Malea plötzlich wieder ihren Kopf durch die Tür steckt, brüllen wir alle, als hätten wir eine Überdosis Lachgas getankt. Rema wischt sich sogar ein paar Tränen aus den Augenwinkeln. Aber echt, manchmal ist es wirklich das Beste, über merkwürdige Dinge einfach nur zu lachen.

Livi allerdings lacht nicht, fällt mir gerade auf. Sie sieht zwar nicht mehr ganz so depri aus wie vorhin und hat sogar ein leichtes Lächeln im Gesicht, aber sehr fröhlich wirkt sie dabei nicht. Glücklich schon gar nicht. Ist der Regenwald in Südamerika vielleicht von dem schmelzenden Nordpolareis überflutet worden? Oder ist womöglich noch Schlimmeres passiert??

Bei Livi kann man nie wissen. Die kriegt glatt 'ne Dreiwochen-Depression, bloß weil sie im Fernsehen erzählen, dass irgendwelche Käfer jetzt an deutschen Eichen knabbern. Auf der anderen Seite hat sie manchmal auch wirklich Probleme. (Vor ein paar Wochen zum Beispiel, als Dodo und ich ihr zum Glück bei ihrem Liebeskummer tatkräftig zur Seite stehen konnten.) Sollte ich da als verantwortungsvolle ältere Schwester vielleicht mal nachfragen?

Ähm, später.

Denn beim genaueren Anblick von Malea friert uns jetzt allen das Lachen ein.

Madre mía! Die hat ja einen *totalmente* irren Blick drauf!

»TOLL!«, schnaubt sie auch schon los. »ICH HOFFE, IHR HABT VIEL SPASS! UND ÜBRIGENS: ICH ZIEHE AUS! AUF WIEDERSEHEN!«

Wir sind alle so schockgefroren, dass nicht mal Cornelius den Mund aufmacht, um zurückzubrüllen.

Bloß Kenny wischt sich nach ein paar Sekunden ihre wuscheligen Strubbelhaare aus dem Gesicht und fragt völlig unbeeindruckt: »Spinnst du jetzt, Malea, oder was?«

Drei Stunden später liege ich neben Dodo in meinem großen Doppelbett.

»Mach dich nicht so fett, Dodo!«

Echt, die Gute tut so, als brauche ihr wohlgeformter und wirklich nicht dicker Hintern etwa drei mal drei Meter Fläche.

Keine Reaktion. Wieso kreischt die mir jetzt nicht entgegen? Ich schiele zu ihr rüber. Schläft die etwa schon? Ist ja nicht zu fassen! Ich schiebe ihre Rückseite mal freundlich wieder auf die andere Matratzenhälfte.

Na ja, wir müssen natürlich morgen auch wieder früh raus, da können wir es uns nicht erlauben, spät ins Bett zu gehen. (Ich sage nur: Schönheitsschlaf!) Auch wenn ich im Flur immer noch Iris und Cornelius an Maleas Tür klopfen und beschwörende Worte murmeln höre.

Malea ist nämlich dann doch nicht ausgezogen. Allerdings war sie kurz davor – ihren Rucksack hatte sie schon parat. Vermutlich fiel ihr dann aber nicht ein, wohin sie ziehen könnte, deswegen hat sie sich stattdessen in ihrem Zimmer verbarrikadiert und lässt nun keinen rein. Irgendeine Erklärung für ihr merkwürdiges Verhalten hat sie auch nicht abgegeben. Echt, kleine Kinder!

»Bitte schließ doch wenigstens auf!«, höre ich jetzt Iris flehen.

Woher hat Malea eigentlich einen Schlüssel für ihre Tür? Und warum habe ich *keinen?*

Ich mache meine Augen zu und versuche zu schlafen. Schließlich muss ich morgen fit sein für die nette Hilde und all die anderen schnuckeligen Alten!

Die süße Runzel-Rapunzel-Hilde … Ach ja!

Da fällt mir plötzlich wieder ein, dass ich ja noch mal zu ihr kommen sollte. Weil sie mir was Wichtiges erzählen wollte. *Qué pena* – wie schade! Das hab ich ja *totalmente* vergessen. Ich muss unbedingt morgen nach dem Bettenmachen gleich zu ihr gehen.

Denn – bingo – vielleicht wären Dodo und ich dann ja schon diese Woche reich! Wenn hier wirklich irgendwo ein Goldschatz versteckt ist, dann ist der inzwischen bestimmt mehr wert als das ganze Haus.

Mann, die Vorstellung macht mir richtig gute Laune! Und doppelbingo! Denn mit so viel Geld könnten Dodo und ich nicht nur lässig im Flieger nach España rauschen (statt mit der ratterigen Bahn), sondern uns auch die schicken Seidenkleider kaufen, die wir in der Edelboutique *Madeleine's* unten im Ort gesehen haben! Und zwar in allen Farben!

Ach, wäre das schön! Ich stelle mir alle Kleider, die Dodo und ich neulich anprobiert haben, noch mal an mir vor. Und dann stelle ich mir vor, wie ich damit in Barcelona durch die Straßen flaniere. Und dann …

PENG! Da kollert irgendwas die Treppe runter.

Caramba! Kann man hier nie in Ruhe träumen?

Ich gucke auf meinen Wecker. Was? Hab ich etwa schon geschlafen? Oh ja, es ist fünf Uhr morgens. Draußen wird es bereits hell. Und drinnen bei uns – huch? – trappt jemand die Treppe runter. Hat eine meiner Schwestern nächtliche Hungeranfälle und räumt nun den Kühlschrank aus?

Wehe, die klaut mir meine Pfirsich-Quark-Creme, die Dodo und ich gestern Abend noch angerührt haben. Super Guten-Morgen-Gesichtsmaske für die Businessfrau! Wir nennen sie *Morning Queen*. Gute Produkte müssen gute Namen haben. *Morning Queen* erfrischt und macht die Haut sanft wie Samt.

Ich drehe mich auf die andere Seite. Die liebenswerte Dodo schnarcht mit offenem Mund. (*Madre mía*, da müssen wir aber noch dran arbeiten, Frau Dunst! Wie sieht das denn aus! Damit vergrault sie sich ja sämtliche zukünftigen Ehemänner!)

Jetzt höre ich unten die Haustür zuklicken. Also kein Kühlschrankbesuch.

Haustür? Um fünf Uhr?

Ich schäle mich aus der Decke und tapse zum Fenster. Tzzz! Da geht doch wirklich Malea die Straße runter, ihren Rucksack auf dem Rücken. Was hat die denn nun wieder vor? Etwa doch ausziehen?

Ich überlege, ob ich Iris wecken soll. Aber nein, so verrückt wird selbst Malea nicht sein. Wahrscheinlich hat sie wieder irgendeine Spionieridee im Kopf. Und warum sollte sie auch von uns wegwollen? Dass sie die falschen Einkäufe mitgebracht hat, hat ihr doch nicht wirklich jemand übel genommen. (Was Essen angeht, sind wir in dieser Familie ja ausgesprochen robust.) Und außerdem kann man sich nicht um alles kümmern. *Meine* Pflicht ist es in erster Linie, in ein paar Stunden tatkräftig und mit makelloser Optik meinen Job anzutreten!

Allerdings – Moment, wo ist denn das Ding? Ah hier! – ein *muy pequeño* Augenblickchen, um meine SMS zu checken, muss natürlich noch drin sein.

Ooooh, *maravilloso!* Eine Nachricht von Javi! Der Süße schreibt wirklich zuverlässig. Jeden Abend, wenn er ins Bett geht, und jeden Morgen, wenn er aufsteht.

Wann ich endlich komme? *Am Samstag sitzen Dodo und ich im Zug!*, tippe ich eilig ins Handy. *Mil besos!* Tausend Küsse!

Ich klicke das Handy wieder zu, kuschele mich in meine Decke und schließe die Augen. Was für ein Glück, ein Stündchen Schlaf hab ich noch.

Tessa

Pfirsich-Quark-Maske »Morning Queen«:

Man schäle sorgfältig mindestens zwei Pfirsiche und lege die Schalen beiseite. (Die kann man nach dem Zubereiten der Creme noch super zum Einreiben von Hals und Armen benutzen – vor einem Date zum Beispiel, Pfirsichduft ist unwiderstehlich! Aber Achtung: Ist im Sommer nicht allzu ratsam, lockt nämlich Bienen und Wespen und solche Viecher an!) Danach schneide man die Pfirsiche in kleine Stückchen und zermatsche sie mit einer Gabel. (Bei kleinen Schwestern in der Umgebung ist das Saubermachen der Arbeitsplatte übrigens kein Problem, die lecken den Saft garantiert sofort fein säuberlich ab.) Dann die Pfirsichmasse schön gleichmäßig in etwa ein Viertelpfund Quark einrühren. (Auf keinen Fall Magerquark nehmen, sondern den fettesten, den es gibt! Dass man von kalorienreichen Gesichtsmasken zunimmt, ist echt Megaquark! Die Haut liiiiebt reichhaltige Cremes!) Nun schön gleichmäßig auf Gesicht und Hände verteilen. Etwa fünfzehn bis zwanzig Minuten einwirken lassen, am besten hinlegen und entspannen. (Rumrennen geht jedenfalls gar nicht, dabei tropft man alles voll, und die Maske ist auch futsch.) Der Quark darf gerne richtig knochentrocken werden auf der Haut. Danach gaaanz sanft mit warmem Wasser abspülen. Trocken tupfen. Fertig!

Aus »Flirten, Stylen und andere Lebenstipps« von Tessa-Tiara Martini und Dorothea Dunst.

Als Dodo und ich etwas abgehetzt zum Frühstück erscheinen, sitzt da schon Rema über eine Tasse Kaffee gebeugt. Während wir uns die Schuhe überstreifen, fummele ich noch an meinem Haar rum und Dodo fummelt an einem Pickel direkt vor ihrem Ohr. (Als ob der davon kleiner werden würde! Ganz im Gegenteil! Muss mir gleich mal eine Notiz machen, das Thema Pickel mit in unser Buch reinzunehmen.)

Also, ich finde, die Sache mit den Arbeitszeiten sollte besser geregelt werden. (Schlimm genug, dass Schule bereits praktisch mitten in der Nacht beginnt!) Vor zehn Uhr kann es ja wohl keine Frau schaffen, sich mit der nötigen Sorgfalt zurechtzumachen!

Die arme Rema anscheinend auch nicht, wenn ich mir die dicken, dunklen Ringe unter ihren Augen so ansehe. Als Dodo und ich an den Tisch kommen, schreckt sie richtig hoch. Als wäre sie in ihrer ganz eigenen Welt verloren gewesen.

»Guten Morgen, Rema«, lächele ich freundlich, »geht's dir gut?«

»Ach, ach, ach …«, macht Rema und sieht so leidend aus, dass ich kurz davor bin, sie in die *Lauschige Eiche* mitzuschleppen, damit sie dort ein bisschen aufgemuntert wird. (Allerdings glaube ich, dass Walter Walbohm sie noch wesentlich besser aufmuntern kann.)

»Immer noch die Gespenster?«, fragt Dodo mitfühlend, greift aber schon zum ersten Brötchen. (Schließlich haben wir nicht viel Zeit.)

Von Rema kommt ein abgrundtiefer Seufzer. »Ich hab ja nun ein paar Tage wunderbar bei Walter drüben geschlafen, aber eine einzige Nacht in meinem Zimmer – und ich fühle mich wie ein Wrack.« Sie seufzt noch mal. »Auf Malea und

Kenny ist auch kein Verlass. Da kann ja der ganze Raum einstürzen und die Geister können dabei Tango im Dreivierteltakt tanzen, die würden nicht aufwachen.« Sie guckt mir elend in die Augen. »Und Iris und Cornelius wage ich nicht mehr, um Hilfe zu bitten.«

SOCCORO! Bittet sie jetzt indirekt etwa *mich* um Hilfe?

Aber wie sollte ich mich denn nachts auf die Lauer legen? Ich bin doch voll berufstätig! Und brauche meinen Schlaf!

»Ah ja … äh, ach je …«, sage ich mal möglichst neutral.

Zum Glück reißt mich Dodo aus dieser brenzligen Lage.

»Was ist denn heute Nacht wieder passiert?«, fragt sie, beißt ins Honigbrötchen und fängt genüsslich an zu kauen. »Hast du die Gespenster gesehen?«

»Aber nein«, seufzt Rema, »die kann man nicht sehen. Die sind viel zu schnell und zu gerissen.«

»Und du bist dir sicher, es sind *Gespenster?*«, vergewissere ich mich verblüfft.

Ich meine, sonst ist unsere Rema eigentlich topfit im Kopf. Ich fasse es nicht, dass sie tatsächlich an Gespenster glaubt … Also ehrlich!

Doch Rema nickt mit ernstem Gesicht. »Was denn sonst? Die machen Krach für zehn, rennen im Dunkeln durch die Gegend, lassen die Vorhänge flattern, reißen Stücke aus den Wänden und …«

Dodo vergisst glatt das Kauen. »Die *reißen Stücke aus den Wänden?*«

»Aber ja«, nickt Rema und klingt vorwurfsvoll, »aber hier interessiert sich ja kein Mensch dafür. Noch nicht mal Cornelius! Dass er eine Nacht in meinem Zimmer schlafen wollte, hat er bestimmt schon wieder vergessen.«

»In deinem Zimmer liegen Wandstücke verstreut?«, will Dodo sichergehen. »Auch jetzt noch?«

Rema nickt vehement. »Wollt ihr mal gucken?«

Na schön, wir haben es zwar eilig, aber *das* wollen wir dann tatsächlich.

Ich meine, man sollte wohl wenigstens im Auge behalten, ob Häuser einstürzen könnten! (Unseres ist das nämlich schon mal. Also jedenfalls ein großer Teil davon.) Echt mal wieder typisch, dass Cornelius und Iris sich nicht darum kümmern.

Wir folgen Rema in ihr Erdgeschosszimmer und sehen uns dann doch ziemlich verblüfft um. Heiliges Spitzenhöschen! Ich hatte ja keine Ahnung! Die arme, arme Rema!

Denn hier liegen in der Tat nicht nur große und auch klitzekleine aus der Wand gerupfte Mauerstücke auf dem Boden, sondern auch mindestens die Hälfte von Remas Unterwäsche.

»Die gehen auch an deine *Schränke?*«, fragt Dodo fassungslos.

Rema nickt und ist jetzt fast den Tränen nahe. »Das könnt ihr ja selbst sehen! Die machen noch ganz andere Sachen! Glaubt ihr mir jetzt?«

»Aber, Remilein, wir haben dir doch immer…«, fange ich gerade komplett verdattert an zu murmeln. (Es wird doch nicht wirklich Geister geben in unserem Haus?)

Da wird die angelehnte Tür aufgestoßen und Iris' Gesicht taucht auf. »Mutter?«

Als sie uns alle sieht, macht sie einen Schritt ins Zimmer hinein und lässt gleich darauf einen Schrei fahren. »Ach du grüne Neune, Mutter! Ist bei uns eingebrochen worden?«

In diesem Moment steckt auch noch Kenny ihre Nase herein. »Wer ist grün? Wieso neun?«

Ich verstehe nicht, warum Iris, Rema und Cornelius manchmal so altertümliche Ausdrücke benutzen müssen. Kein Wunder, dass kleine Kinder die nicht kapieren.

Kenny sucht den Boden mit ihren Augen ab. Ich kann direkt sehen, wie sie dabei leise zählt.

»Nö, Mama, hier sind nur sieben Brocken Wand und acht Unterhosen und da, neben dem Nachttisch, fünf angebissene Schokostücke ...«, berichtet Kenny. »Oh, darf ich eins, Rema?«

Rema guckt entgeistert die Schokokrümel an, die wir noch gar nicht bemerkt hatten.

Iris wendet sich mit schneeweißem Gesicht ab. »Ich glaube, mir wird schon wieder übel.«

»Hat dir mein Tee heute Morgen geschmeckt, Mama?«, kräht Kenny.

Iris streicht ihr übers Haar. »Ja, das war wieder sehr lieb von dir, danke! Aber – urrgss – jetzt muss ich mal eben ...«

Sie drängt eilig Cornelius beiseite, der nun auch ins Zimmer kommt, und läuft rüber ins Gästeklo.

Cornelius sieht ihr entsetzt nach. »Was ist hier los?«

»Mama ist übel«, trötet Kenny. »Jeden Morgen. Und jetzt geht sie kotzen.«

»Schschtt!«, macht Cornelius. »Das müssen ja nicht gleich alle Leute hören.«

»Was ist denn schlimm am Kotzen?«, will Kenny wissen.

Cornelius beachtet sie genauso wenig wie ich.

»WAS sollen nicht gleich alle Leute hören?«, frage ich. Denn – allmächtiger Gott – mir kommt da gerade ein – ähm – mittelmäßig unvorstellbarer Gedanke.

Cornelius guckt mich mit einer Mischung aus Hilflosigkeit und Verzweiflung an. »Ihr müsst Iris von jetzt an entlasten, versprecht ihr mir das? Und nicht mehr aufregen.«

»Aber sie ist doch bald fertig mit Schwester Christine«,

plappert Kenny munter weiter und zieht einen Schmollmund. »Und ich laste sie schon ganz doll. Sie braucht sich nie mehr ihren Tee selber kochen.«

»Das machst du ganz wunderbar, kleine Kendra«, lobt Cornelius und bückt sich zu Kenny runter, um ihr einen Kuss zu geben. »Aber Iris ist morgens nicht schlecht, weil sie zu viel arbeitet, sondern …«

»SONDERN?«, frage ich. (Ich glaube, mir bleibt gerade das Herz stehen.)

Cornelius seufzt. »Na, warum wohl?«, fragt er zurück.

»Du meinst …?«, fragt nun auch Rema und scheint für einen Moment ihre Geister völlig vergessen zu haben.

Cornelius nickt. »Ja klar, das meine ich. Iris ist natürlich schwanger. Wir kriegen ein Baby!«

Dann seufzt er schon wieder. Allerdings sehr leise. Mehr wie für sich selbst. »Ist ja nicht das erste Mal.«

Für sieben Sekunden ist es mäuschenstill im Raum. (Diesmal habe *ich* gezählt.)

Dann schreit Kenny los: »JAAAAAAA! Ich kriege eine kleine Schwester! Hurra! Ich bin von jetzt an große Schwester! Hurraaaa, hurraaaa, hurraaaaa!«

»Meine Güte«, murmelt Rema und weiß offenbar nicht, ob sie jubeln oder in Ohnmacht fallen soll. »Ach, ach, ach … das ist ja …«

Ich habe selber keine Ahnung, wie ich das finden soll. Irgendwie bin ich total geschockt. Ich meine … wir sind ja schon vier! Auf der anderen Seite … Babys können ja manchmal total schnuckelig sein! Und womöglich gerät es nach mir! Dann hätte ich endlich eine Schwester, der ich all mein Wissen vermitteln könnte! WOW! Das wäre echt *totalmente* aufregend! Muss ich gleich Javi schreiben!

Aus dem Gästeklo hört man die Spülung, den Wasserhahn

und wenig später steht Iris wieder im Zimmer. Leider noch bleicher als vorher.

»Und was machen wir jetzt mit den Einbrechern?«, fragt sie matt.

»HURRAAAAA, MAMA!«, schreit Kenny und schmeißt sich in ihre Arme.

Iris, die uns im Klo natürlich nicht gehört hat, sieht aus, als wäre sie im falschen Film. »Kann mir bitte mal jemand erklären …?« Sie guckt Kenny verständnislos an.

»Du bist schwanger, Liebling«, verkündet Cornelius da sehr sanft und lächelt leise. (Ich wusste gar nicht, dass Cornelius so sanft aussehen kann.)

»Ich bin WAS?«, haucht Iris.

Ich glaube, die fällt gleich in Ohnmacht. (Wusste sie das denn noch nicht? Merkt man das selber als Letzte?)

Cornelius nickt bekräftigend. »Ja, Schatz. Du bist schwanger. Deswegen hast du dich die ganze Zeit schon so schwach gefühlt. Und die morgendliche Übelkeit …! Also ehrlich!« Er grinst. »Als ob du die Anzeichen nicht selber kennen würdest!«

»Oh!«, macht Iris und sinkt nun tatsächlich nieder. Zum Glück in Remas dicken Ohrensessel, der gleich hinter ihr steht.

Offenbar muss sie diese Nachricht einen Augenblick sacken lassen. Doch dann erinnert sie sich wieder an den Zustand von Remas Zimmer.

Sie schnellt hoch. »Und die Einbrecher?«

Cornelius scheint erst jetzt die kaputten Wände und alles andere zu bemerken.

»Einbrecher?« Er hebt nachdenklich die Schokostückchen auf. (Hat Rema etwa einen heimlichen Vorrat an Süßkram in ihrem Nachttisch?)

»Unsinn!«, versichert Rema und macht eine wegwerfende Handbewegung. »Natürlich waren das keine Einbrecher! Ich sag doch, hier spukt's! In diesem Haus gibt es Gespenster! Welche Diebe kommen wohl jede Nacht, klopfen ein bisschen Mörtel und Steine aus den Wänden und verschwinden dann wieder? Meinen Schmuck hier oben ...«, sie deutet auf das Kästchen auf ihrer Kommode, »... haben die nicht mal angerührt, seht ihr? Nur Unordnung gemacht und ...«

»RENATE!« Cornelius sieht plötzlich so aus, als würde er gleich anfangen zu lachen. »Hattest du diese Schokolade hier vielleicht in deiner Wäscheschublade versteckt?«

»Äh ...«, macht Rema und versucht ihr Möglichstes, sehr empört zu gucken.

Aber irgendwie gelingt ihr das nicht so recht. Und ich persönlich finde ... dass sie ertappt aussieht. Und zwar *totalmente* und absolut bingo! Fast wie ein kleines Kind. Hatte sie etwa *wirklich* die Schokolade zwischen ihrer Unterwäsche liegen? Versteckt sie die, weil sie glaubt, dass wir ihr die klauen könnten? (Tja, dumm gelaufen, Remi! Zumindest Kenny und ich wissen jetzt, wo wir noch suchen können, wenn unser eigener Naschkram alle ist, hihi!)

»Ich bitte dich, wie kommst du denn auf *die* Idee, Cornelius!«, versucht Rema noch mal, sich zu entrüsten.

Leider genauso unglaubwürdig.

Cornelius lächelt. Er scheint – wie sonst nur Meisterdetektivin Malea – auf einer heißen Fährte zu sein.

Wie ein Beweisstück hält er die Schokolade hoch. »Das hier haben keine Geister angeknabbert. Und auch durch die Löcher in den Wänden sind keine Gespenster geflogen, das könnt ihr mir glauben. Das waren ganz reale Wesen. Und welche Wesen lieben Schokolade mehr als alles andere auf der Welt, na?«

Er macht eine dramatische Pause und guckt uns an.

»Mädchen?«, tippt Iris.

Cornelius grinst höflich. »Nein, natürlich nicht, sondern …?«

Aber als uns nichts weiter einfällt, schließt er triumphierend: »MÄUSE! Wir haben Mäuse im Haus. Schokoladenwilde Mäuschen. Das ist alles. Kein großes Ding.«

»Das ist alles?«, wiederholt Iris entsetzt. *»Kein großes Ding?«*

Und ich schätze, die arme Remi wird sich nun gleich für eine Ohnmacht entscheiden. Sie steht ein wenig wackelig auf ihren Beinen.

Hola! Wie man sich doch täuschen kann! Denn in dieser Sekunde kreischt Rema: »NEIIIIIIN!«, und springt glatt aus dem Stand auf ihr Bett. (Nicht schlecht für ihr Alter!) »HIIIILFE! Ich schlafe keine einzige Nacht mehr hier!«, quietscht sie auf Zehenspitzen über unsern Köpfen.

Kenny allerdings grinst von einem Ohr zum anderen. »Echt? Wir haben Mäuse? Ganz viele? Boh, ist das toll oder ist das toll?«

Sie baut sich vor Cornelius auf und rüttelt an seinem Arm. »Darf ich eine behalten? Kriege ich einen Käfig? Kann ich die füttern? Kann ich Bentje anrufen? Und Sinan? Können die herkommen und auch Mäuse füttern?«

»SCHSCHTT!«, macht Cornelius, als könne er damit Miss Wasserfall stoppen. »Hier wird nichts gefüttert, Kendra!«, belehrt er meine kleine Schwester. »Mäuse im Haus können große Schäden anrichten. Das siehst du doch.«

»Das will ich meinen!«, fiepst Rema vom Bett aus.

Cornelius geht zu einer Wand rüber und pocht prüfend dagegen. »Und ich fürchte, Rema hatte von Anfang an recht. Wir hätten eher auf sie hören sollen. Es könnte tatsächlich gut sein, dass die Viecher uns gerade die Wände von innen zerlegen.« Er legt die Stirn in Falten. »Ich denke, wir haben keine andere Wahl, als zumindest diese Wand hier aufzustemmen und zu prüfen, wie viel Schaden die Nager schon angerichtet haben.«

»Nein«, haucht Iris, »was wird das bloß kosten! Jetzt, wo wir auch noch einen neuen Bandbus kaufen müssen …«

»Nicht viel«, winkt Cornelius zuversichtlich ab. »Ich mache das natürlich alles selber. Solche Handwerksarbeiten sind kein Problem für mich.«

Das scheint Iris' schwindende Kräfte schnell wiederzubeleben. Sie reißt sich mit einem Anflug von Verzweiflung zusammen, richtet sich auf und ruft so entschieden, wie sie nur kann: »NEIN! Auf GAR keinen Fall!«

Ich kann ihr da nur von ganzem Herzen zustimmen. Denn Cornelius als geborenen Handwerker zu bezeichnen, wäre eine – sogar geradezu gefährliche – Lüge. Wer möchte schon, dass neben *einer* Wand auch noch alle anderen im Haus einstürzen?

Ich vertraue da allerdings voll und ganz auf Iris und ihr Fingerspitzengefühl. Schließlich muss man Cornelius ja nicht direkt ins Gesicht sagen, dass es möglicherweise eine durchaus nützliche, wenn nicht sogar lebensrettende Idee wäre, hier professionelle Hilfe in Anspruch zu nehmen.

Als Dodo und ich dann endlich zum Seniorenheim hasten, und zwar noch schneller als gestern Morgen, weiß ich gar nicht, worüber ich als Erstes nachdenken soll. Über noch eine Schwester? (Denn eigentlich hab ich ja wirklich schon mehr als genug!)

»Vielleicht wird's ja auch ein Junge«, überlegt Dodo.

Stimmt, das hatte ich noch überhaupt nicht in Erwägung gezogen! Aber – *caramba!* – der spielt dann womöglich mit meinen teuren Schminksachen Fußball! *No gracias!*

»Nein«, sage ich resolut, »es muss ein Mädchen werden!«

Als wir endlich die *Lauschige Eiche* erreichen, sieht Andrea nicht sehr glücklich aus. Sie klopft mit ihrem Finger vielsagend auf ihre Armbanduhr und scheucht uns sofort nach oben.

Zum Glück kennen Dodo und ich uns jetzt schon einigermaßen aus.

»Barcelooona!«, spornen wir uns an, klatschen uns ab und legen los.

Andrea guckt zwar noch mal vorwurfsvoll zu der großen Wanduhr im Treppenhaus hoch, aber Dodo und ich lassen uns von solchen Kleinigkeiten nicht die gute Laune verderben.

Madre mía, wie schaffen es andere Leute eigentlich, jeden Morgen pünktlich zu sein? Wir hatten ja kaum Zeit, ein Brötchen runterzuschlingen! Bröckeln bei anderen denn nie über Nacht ein paar Wände? Haben die keine Familien?

Livi

»In der Ruhe liegt die Kraft…«

Konfuzius (chinesischer Philosoph)

Mann, das gibt's doch nicht!

Genervt klappe ich mein Buch zusammen und ziehe mir mein Kissen über die Ohren. Schon frühmorgens hört man bei uns unten Schreien und Kreischen und was-weiß-ich-was-alles – das ist doch echt nicht normal! (Okay, es IST normal. Jedenfalls für unsere Familie.) Dabei bin ich noch nicht mal richtig wach und hätte gern ein wenig in dem tollen Buch rumgestöbert! (*Wie kriegt man sein Leben besser in den Griff?* – Da stehen echt interessante Sachen drin.)

NEIN! Jetzt stürzt auch noch Kenny in mein Zimmer! Ob es was nützt, wenn ich mich ganz unter der Decke verkrieche?

»Huhuuu, Liviiii!«

Kenny schmeißt sich auf mein Bett, als wäre es ein Swimmingpool. AUTSCH!

Ich wühle mich unter der Decke hervor und gucke möglichst unwillkommend.

Kenny ignoriert das freundlich. »Hihi, Livi, weißt du, was heute schon alles passiert ist?«

Nein, und ich muss es auch nicht zwingend wissen. Kenny findet das allerdings doch.

»Ich kriege eine kleine Schwester!« Sie guckt so triumphierend, als hätte sie verkündet, nächsten Samstag sechs Richtige im Lotto zu kriegen.

Ach du lieber Wackelzeh! Was meint sie denn damit? Hat Iris ihr eine neue Puppe zum Geburtstag versprochen? Oder – äh – kriegen wir etwa noch ein Huhn?

Kenny und Bonbon-Bentje lieben es nämlich, mit Aurora und Bentjes Puppe Jaqueline Mama und Baby zu spielen. Spielen sie seit Neuestem, dass Aurora und Jaqueline ihre kleinen Schwestern sind?

»Aha«, sage ich mal, um nicht allzu unschwesterlich dazustehen.

»Wie findest du das?«, fragt Kenny.

»Na, toll!«, versuche ich, möglichst begeistert zu klingen.

Kenny sieht nicht besonders zufrieden aus. Hat sie sich *noch mehr* Begeisterung erhofft?

»Und wir haben Mäuse im Haus!«, legt sie jetzt nach.

»Mäuse?«

Ähm, jetzt bin ich aber wirklich verwirrt. Will sie damit etwa sagen, dass wir tatsächlich richtig echte Mäuse …?

»Und wie findest du *das?*«, fragt Kenny mit weit aufgerissenen Augen. »Vielleicht kann ich eine behalten. Auch wenn Papa gesagt hat …«

»Was für *Mäuse?*«, frage ich ein wenig besorgt dazwischen. »Und vor allem: wo?«

»Bei Rema«, verkündet Kenny. »Rema hat nämlich gar keine Geister, die ihr die Wände kaputt machen. Papa sagt, das waren Mäuse!«

»WAS?« Ich verspüre sofort den Drang, aufzuspringen und auch mein eigenes Zimmer nach Mäusen abzusuchen. »Wir haben wirklich *Mäuse im Haus?*«

Das gibt's doch nicht – zuerst Frösche und jetzt Mäuse!

Kenny nickt glücklich. »Und Papa sagt, jetzt müssen wir alle Wände einreißen und nachgucken, wie die von innen aussehen.«

»WAAS??«

Mann, das gibt's doch wohl erst recht nicht! In meiner Familie kann man nicht mal in Ruhe depressiv sein!

Ich springe aus dem Bett und in meine Klamotten. »Ist Cornelius schon dabei, die Wände einzureißen?«

»Noch nicht«, meint Kenny. »Mama will nicht, dass er das alleine macht.«

Das kann ich mir vorstellen! Cornelius ist nicht gerade der perfekte Heimwerker! Und wenn er wirklich wieder an unserem Haus rumbaut, dann kann alles Mögliche passieren! Da sehe ich doch mal lieber nach! Denn ich habe die Befürchtung, dass die arme Iris so mit Schreiben überfordert ist, dass sie gar nicht genug Zeit hat, um auf Cornelius aufzupassen.

»Und außerdem ist Aurora weg. Immer noch. Sie ist die ganze Nacht nicht nach Hause gekommen.« Jetzt sieht Kenny nicht mehr ganz so glücklich aus. »Hilfst du mir, sie zu suchen?«

Aurora ist immer noch nicht da? Das ist allerdings wirklich ungewöhnlich. Wo kann sie bloß sein?

»Und Malea ist auch weg.« Das scheint Kenny zwar nicht so sehr zu beunruhigen wie die Sache mit Aurora, aber sie sieht mich doch ein wenig sorgenvoll an. »Meinst du, sie ist jetzt richtig ausgezogen?«

»Was? Blödsinn!«, entgegne ich.

Aber ich nehme mir doch vor, auf dem Weg zu Cornelius mal schnell Maleas Zimmer zu checken. Ob Klamotten aus ihrem Schrank fehlen oder so.

»Aber das Beste ist doch Mamas Baby«, lächelt Kenny jetzt.

»WAAAS???«, rufe ich schätzungsweise zum fünfzehnten Mal in fünf Minuten. »Was für ein BABY?«

Ich werde fast ohnmächtig, als ich plötzlich begreife, was Kenny mit *kleiner Schwester* gemeint hat. NOCH eine Schwester? Iris und Cornelius müssen verrückt sein!

Aber irgendwie … schleicht sich da doch ein kleines Lächeln auf meine Lippen. Wir bekommen ein Baby …! Hach!

Ich bin tatsächlich ein kleines bisschen besser drauf, als ich schnell in Maleas Zimmer schaue (scheint nichts zu fehlen – gut!) und dann die Treppe runterspringe. Dass Gregory und ich seit Samstag nicht ein einziges Mal miteinander geredet haben, ist fast vergessen. Erst als ich kurz davor bin, die Küchentür aufzureißen und rüber zu seinem Haus zu stürzen, um ihm all die Neuigkeiten brühwarm mitzuteilen, da fällt es mir … wie Schuppen von den Augen? Nein, es knallt eher wie eine Bratpfanne gegen meine Stirn. Wrrrrggg.

Ich kann mich gerade noch stoppen. Kein Rüberrennen. Kein Gregory. Meine Laune sinkt sofort wieder in deprimierende Tiefen.

Drrrrr! Das Telefon.

Ich gehe zurück in den Hausflur, und weil kein anderer sich verantwortlich zu fühlen scheint, nehme ich ab. Vielleicht ist das Gregory?

»Olivia Martini?«

»Liviiii?«

Huch, das ist ja Maleas Stimme!

»Oh, Liviiii!«

Ach du meine Güte, die weint ja gleich!

»Malea? Wo bist du?« Als Erstes muss man praktisch denken. »Was ist passiert?«

Doch da schluchzt Malea auch schon los. Meine kleine,

mutige Spioninnenschwester Malea Bond, die vor nichts Angst hat und niemals die Nerven verliert! Schluchzt!

»Was ist los, Malea?«, wiederhole ich. »Wo bist du?«

»Vorm – huhuhuuuuu ...« Sie schnieft so arg, dass sie kaum sprechen kann. »Vorm Supermaaaa... – huuuhuuuu ...«

Mir wird ganz kalt vor Sorge. So habe ich Malea noch nie gehört.

»Du bist vorm Supermarkt?« Ich fummele mir mit der freien Hand meine Jacke von der Garderobe. »Bleib, wo du bist! Ich bin in zehn Minuten bei dir!«

Denn worüber Malea auch immer so verzweifelt ist, es sieht nicht so aus, als wäre es eine Kleinigkeit. Und es sieht auf jeden Fall so aus, als würde sie Hilfe brauchen.

»Der Mann ...«, schluchzt Malea jetzt. »Der Supermann hat Aurora gefangen und... und ...« Der Rest geht in wildem Weinen unter.

»Supermann?« Könnte es vielleicht doch sein, dass sie einfach nur spinnt?

»Aurora!«, heult Malea. »Und vielleicht hat er sie schon längst gegessen! Und ich kann sie nicht finden. Und ...«

Ich kapiere kein Wort. Aber eins ist noch klarer als vorher: Malea braucht mich!

»Ich komme!«, rufe ich in den Hörer. »Bleib, wo du bist!«

Cornelius und die Sicherheit unseres Hauses müssen eben noch warten. Ich schieße aus der Tür, als gehe es um Leben und Tod. Und – wer weiß – vielleicht geht es das ja auch. Womöglich sogar um Auroras!

Malea, ich komme!

Ich bin schon fast am Gartenzaun, als Cornelius brüllend in der Tür steht. »Wer war das eben am Telefon? Und was ist los?«

»Irgendwas mit Malea«, rufe ich zurück. »Jemand hat anscheinend Aurora gefangen und gibt sie nicht mehr raus. Ich ruf dich von unterwegs an, wenn ich mehr weiß.«

»Guter Gott!«, höre ich Cornelius hinter mir seufzen. »Unsere Aurora? Ja, was erdreisten sich die Leute eigentlich! Werden jetzt schon unschuldige Hühner von der Straße gekidnappt? WARTE! Ich komme mit!«

Oh nein, bitte nicht! Was auch immer Sache ist – es klang schon kompliziert genug, ohne dass auch noch Cornelius mitmischt!

Auf der anderen Seite … Wenn er mitkommt, kann er immerhin nicht anfangen, unser Haus einzureißen.

»Ich komme auch!«, quietscht Kenny sofort.

»AUF KEINEN FALL!«, bestimmt Cornelius resolut. »Du bleibst hier und – ähm … ähm – du stehst Rema mit den Mäusen bei! Sie braucht dich jetzt!«

Ich grinse. Da ist ihm gerade noch ein gutes Argument eingefallen. Manchmal ist Cornelius ja doch ganz schlau!

Auf dem Weg zur Garage dreht Cornelius sich noch mal um. »Und sei lieb zu Iris und koch ihr noch einen Tee, ja?«

Und dann springen wir in unser Auto und Cornelius braust mit gefühlten hundertzwanzig Stundenkilometern unsere kleine Straße entlang.

Malea

Das Leben als Geheimagentin ist unberechenbar. Manchmal gerät man in hammerhaiheftige, praktisch ausweglose Situationen. Passiert James Bond ständig. Allerdings – muscheliger Meermist –, ich kann mich grad echt nicht erinnern, wie er da immer wieder rauskommt …

Ich hatte die ganze Nacht lang nur Albträume. Von Kannibalen (das sind so wilde Fresser, die irgendwo leben und irgendwie alles essen, sogar Menschen) und gebratenen Hühnern, die genau wie Aurora aussahen, und all so 'nem schrecklichen Kram. Irgendwann gegen Morgen hab ich am ganzen Körper gezittert und hatte wirklich überhaupt keine Lust mehr zu schlafen.

Und dann habe ich versucht nachzudenken. Gaaaanz ruhig. Und habe mit fester Stimme zu der blöden Panik in mir gesagt, dass sie jetzt mal einen Moment abhauen soll, damit ich einen Entschluss fassen kann.

Entschlüsse muss man immer fassen im Leben. Das ist beinahe das Wichtigste überhaupt! Dumm ist nur, dass oft nicht ganz klar ist, WAS für einen Entschluss man fassen soll.

Aurora war immer noch nicht zurück. Das bedeutete, der fiese Supermarktmann hielt sie immer noch gefangen.

Die arme Aurora! Sie hatte bestimmt solche Angst!

Und dann war er da: Entschluss Nummer eins! Als Erstes musste ich noch mal versuchen, Aurora zu befreien. Egal, ob ich dabei in Schwierigkeiten kommen würde oder nicht.

Ich guckte aus dem Fenster. Noch ziemlich dunkel draußen. Umso besser! Wenn der Supermann noch schlief, merkte er vielleicht gar nicht, dass ich Aurora zurückklaute.

Ich schnappte mir meinen Rucksack, packte ein paar Essensvorräte ein (also, wenn ich eins gelernt habe, dann dass ausweglose Situationen noch auswegloser sind, wenn man dabei auch noch Hunger hat!) und schlich mich unbemerkt aus dem Haus.

Es ist eigentlich ganz schön, so früh am Morgen allein durch die Straßen zu schlendern. Nur konnte ich es nicht richtig genießen, weil ich immer daran denken musste, was alles so plötzlich in meinem Leben passiert ist. Von einem Tag auf den anderen. Einfach so. Passieren Katastrophen immer auf die Art? Total aus dem Nichts? Ohne Vorwarnung?

Ich stapfte runter zum Marktplatz – die Straßenlaternen brannten noch, obwohl die Sonne gerade aufging – und guckte mir die stillen Straßen und Häuser an. Ich stellte mir vor, wie da drinnen die Leute glücklich schliefen. Leute, die keine Sorgen hatten. Leute, die nicht als Diebe gesucht wurden. Leute, die morgens gut gelaunt aufstehen und ihren Kakao trinken konnten. Und dann seufzte ich und sah mich um.

Ich sehe mich immer um. Das macht man automatisch, wenn man als Agentin durch die Gegend läuft. Man muss natürlich checken, dass einem niemand folgt. Heute aber merkte ich, dass ich irgendwie *hoffte*, mir würde jemand folgen. Jemand Gackerndes und Flügelschlagendes. Aurora nämlich. Doch Aurora war nicht da. Und da seufzte ich noch mal.

Dann riss ich mich aber zusammen. Als Geheimagentin darf man keine Zeit mit nutzlosem Seufzen vertrödeln. (James Bond seufzt NIE.) Sonst ist man irgendwann echt miesmuschelig drauf und hat womöglich keine Energie mehr, um die Welt zu retten. Also konzentrierte ich mich auf meine erste Aufgabe: Aurora retten.

Als ich vor dem Laden stand, war der Eingang natürlich verschlossen. Außerdem hielt der Supermarktmann Aurora wohl kaum im Geschäft gefangen, das war meerwasserklar.

Oder doch? Als fangfrisches Brathuhn-Sonderangebot vielleicht? Noch lebend? So wie die armen Fische im Fischladen, die so lange in dem Becken dort rumschwimmen, bis jemand sie kauft?

Uuuuuuh, diesen Gedanken wollte ich gar nicht lange weiterdenken! Ich versuchte lieber, noch einen anderen Eingang zu finden. Der Kerl musste doch irgendwo wohnen.

Im zweiten Stock des Hauses, direkt über dem Supermarkt, sah ich jetzt Licht angehen. Da! Genau da wohnte er bestimmt!

Ich ging um den Häuserblock herum und stieß in einer kleinen Seitengasse auf eine Bretterwand. Am Ende des hohen Zaunes fand ich glücklicherweise zwei morsche Holzlatten, die ich mit einer guten Portion Kraft beiseitebiegen konnte.

Geschafft! Malea Bond war auf dem Grundstück!

Eine winzige Sekunde lang raubte mir der Gedanke, dass ich jetzt auch noch zu einer gesuchten Einbrecherin wurde, ein wenig den Mut. Dann aber sagte ich mir, dass ich das schließlich tat, um ein Leben zu retten. Ein Hühnerleben nämlich.

Durch einen total verwilderten Garten (man könnte auch Schutthaufen mit riesigen Brennnesselbüschen sagen) pirschte ich mich näher an die Rückseite des Supermarktes heran. Und ein paar Stufen weiter unten fand ich tatsächlich eine kleine Kellertür, die – glaubt man es! – offen war. Ohne nachzudenken, ging ich hinein.

Es war so dunkel im Keller, dass ich nicht mal sehen konnte, in was für einem Raum ich war. Ich holte tief Luft und tastete nach dem Lichtschalter. Und versuchte, mir NICHT all die Spinnen, Ratten und Kellerasseln vorzustellen, die mir vermutlich gleich über Hände und Gesicht laufen würden. Als ich den Schalter endlich fand, stand ich in einem kleinen Fahrradkeller, dicht an dicht vollgepackt mit Rädern aller Art. (Ratten und anderes ekliges Zeugs waren zum Glück nicht in Sicht.)

Gegenüber befand sich eine weitere Tür. Ich quetschte mich durch die vielen Räder durch, was gar nicht so einfach war, öffnete die Tür und sah, dass sie in ein Treppenhaus führte. Super! Da ging es bestimmt hoch zur Wohnung von Supermann.

Dann fiel mir ein, dass es sicher eine gute Idee sein könnte, erst einmal den ganzen Keller abzusuchen. Manche Leute mögen keine Hühner in der Wohnung. Vielleicht war der Kerl grausam genug, unsere arme Aurora in einen finsteren Keller zu sperren?

»Aurooora!«, rief ich erst leise und dann immer lauter und lauter. »Aurooraaaa! Auroralein! Bist du hier?«

Ich rechnete fest damit, dass sie sofort glücklich gackern würde, sobald sie meine Stimme hörte. Aber im Keller blieb alles still.

Im Treppenhaus leider nicht.

Irgendwo weiter oben wurde eine Tür aufgerissen. »WER IST DA?«

Und dann hörte ich auch schon schwere Schritte die

Treppe runterpoltern. So schnell ich konnte, schob ich mich durch die Fahrräder zur Eingangstür zurück.

Allerdings nicht schnell genug. Gerade als ich über das letzte, dämlicherweise umgefallene Rad klettern wollte, erschien in der Tür zum Treppenhaus ein Mann im Morgenmantel und mit bloßen Füßen. Und – grottiger Meermist! – Supermann erkannte mich sofort.

»DUUUU?«

Hätte er tatsächlich fliegen können, dann hätte er sich ohne Zweifel auf der Stelle auf mich gestürzt. Da er das glücklicherweise aber nicht konnte, fluchte er bloß über die im Weg stehenden Räder und über die Schrammen, die er an seinen nackten Beinen kriegte, als er sich zwischen dem ganzen Blech hindurchschob.

»WO IST AURORA?«, feuerte ich ihm wild entschlossen entgegen, stieg dabei aber eilig über das letzte Rad und hatte jetzt die offene Tür zum Garten vor mir.

»Meinst du dein Huhn?«, fragte er zurück und ging plötzlich zwischen zwei Rädern in die Knie. »AU! VERFLUCHTER MIST!«

»JA, mein HUHN!« Meerwasserklar – so, wie der da rumstrauchelte, hatte ich noch mindestens drei Sekunden Vorsprung.

»Das kriegst du zurück, wenn ich dich kriege!«, schrie er und rappelte sich ruck, zuck wieder auf. »Ich wette, deine Eltern haben keine Ahnung, was du so treibst!«

Okay – das war dann der Moment, in dem mir rattenscharf klar wurde, dass er gleich nicht nur Aurora, sondern auch mich haben würde. Und da raste ich los. Quer durch den Garten, im geduckten Sturzflug durch den Bretterzaun und die kleine Gasse entlang. Ich blieb erst wieder stehen, als ich sichere drei Häuserblocks entfernt war.

Ja, und das ist jetzt ungefähr vier Stunden her. Seitdem hocke ich hinter einer Hecke versteckt und beobachte den nun schon längst geöffneten Supermarkt.

Erstaunlich, wie viele Leute täglich da einkaufen gehen! Rein, raus, rein, raus. Als gäbe es in dem Laden die tollsten Sachen zu kaufen. Dabei gibt es da nur Essen.

Ich mampfe selber ein wenig von den Chips, die ich mir eingesteckt habe, und überlege, was ich tun soll. Jetzt ist es wohl Zeit für einen zweiten Entschluss. Soll ich den Supermarkt stürmen, einen Karton Eier kidnappen und brüllen: »Huhn her oder Ihre Wand ist die längste Zeit sauber gewesen!«

Ich seufze schon wieder. Nein, nein, nein, jetzt nicht miesmuscheln! Nicht aufgeben! Es gibt immer eine Lösung!

Gibt es die?

Ich glaube, ich habe mich in meinem ganzen Leben niemals schrecklicher gefühlt. Nicht mal gestern. Obwohl ich gestern Abend so verzweifelt war, dass ich mich auch noch mit allen zu Hause zerstritten habe – ich konnte ja schließlich schlecht erklären, wieso ich die komischen geklauten Essenssachen in meinem Rucksack hatte. Und geschrien habe ich auch, nämlich dass ich ausziehen werde.

Und vielleicht tue ich das sogar, denn … ich sehe wirklich keine Lösung. Nicht die klitzekleinste. Alles ist total hoffnungslos. Aurora kommt nur frei, wenn ich ins Gefängnis gehe. Und Iris und Cornelius weinen bestimmt die nächsten drei Jahre, wenn sie hören, dass ihre Tochter eine Diebin ist.

Und – schluck, schluck, schluck – da muss ich echt beinahe selbst heulen.

Ja, Abhauen ist wohl der einzige Ausweg. Aber was wird dann mit Aurora?

Ich muss wenigstens bei uns zu Hause Bescheid sagen, wo Aurora ist. Ich kann sie nicht einfach so im Stich lassen, bloß weil es für mich keine Rettung mehr gibt.

Uuuuuh, als ich an zu Hause denke, kriege ich so ein fieses Drücken im Bauch, dass ich mich nicht nur schrecklich, sondern auch ganz tief elendig einsam fühle.

Und immer noch strömen die Leute mit leeren Taschen in den Laden rein und mit fett gefüllten raus. Rein, raus.

Da muss ich wieder an die Omi mit dem lumpigen Mantel und der abgewetzten Tasche denken. Ich wette, die würde auch gern in so einen Laden reinmarschieren und genug Geld haben, um mit leckeren und *bezahlten* Sachen wieder rauszumarschieren. Was für ein armes Leben! Mir tut die Omi echt leid.

BIS mir einfällt, dass natürlich eigentlich die Omi Schuld an meinem Elend ist! Ohne die würde ich jetzt glücklich durch die Stadt spionieren. Aurora würde fröhlich herumflattern. Ich hätte nicht vor lauter Unglück gebrüllt, dass ich ausziehe, sondern könnte irgendwann ohne Probleme einfach nach Hause gehen. DANK DER OMI aber habe ich Probleme. So dicke, dass die niemand auf der Welt mehr lösen kann.

NEIN! Nicht heulen! Jetzt muss ich zu Hause anrufen. Damit die wissen, wo Aurora ist.

Ich fummele in meiner Hosentasche und finde die Geldkarte, die Iris mir gegeben hat, um im Notfall telefonieren zu können. (Einen Notfall habe ich mir allerdings immer ganz anders vorgestellt. Nämlich, dass *jemand* ANDERES in Not ist. Und nicht *ich.*) Unten am Fluss ist eine Telefonzelle.

Als ich Livis Stimme höre, wird mir so warm und ich werde so sehnsüchtig – ach, wie schön war mein früheres Leben, in dem ich keine Probleme hatte –, dass sich in meinem Hals ein Kloß zusammenballt und die Tränen aus meinen Augen stürzen, ohne dass ich was dagegen tun kann.

»Malea? Wo bist du? Was ist passiert?«, ruft meine liebe Livi in den Hörer, und ich kann ihre vor Schreck aufgerissenen Augen direkt vor mir sehen.

Und da kriege ich so *unfassbar* dolle Sehnsucht auch nach meiner langweiligen Miesmuschel-Schwester, dass ich nur noch schluchzen kann.

Oh, Livi, Livi, rette mich!, möchte ich eigentlich rufen. Aber das wäre natürlich total dämlich. Und überhaupt – wie sollte Livi mich denn retten?

»Ich komme«, ruft Livi. » Bleib, wo du bist!«

Buhuhuuuuu! Ich kann nur noch heulen und heulen. Aber ich reiße mich zusammen und schaffe es, wenigstens noch zu sagen, dass der Kerl Aurora hat.

Ich bin mir nicht sicher, ob Livi verstanden hat, was los ist, aber das soll sie ja auch nicht. Sie soll nur Aurora retten.

Ich will mich gerade wieder auf den Weg zu meiner Hecke machen, um den Laden zu beobachten, bis Livi auftaucht (und dann werde ich wohl abhauen – wohin läuft man eigentlich, wenn man von zu Hause wegläuft?), da höre ich quietschende Reifen hinter mir.

Echt, wie manche Leute in der Stadt Auto fahren! Was für ein Idiot! Ich drehe mich um und stehe … direkt vor Cornelius' Auto.

Bevor ich richtig begreife, dass mein Vater plötzlich hier ist, hüpft Livi vom Beifahrersitz und ist neben mir. »Malea! Süße! Alles in Ordnung?«

Ich starre sie an wie einen von Remas Geistern. Ob alles in Ordnung ist? NEIN, NATÜRLICH NICHT! Alles ist so grausam schrecklich NICHT in Ordnung, dass … dass … ich einfach nur heulen kann.

»Malea, süße, süße Malea!«, murmelt Livi und nimmt mich in den Arm und drückt mich so fest, als hätte sie mich drei Jahre nicht gesehen.

Cornelius will ebenfalls schon auf mich zustürzen, doch da wird er von einer Verkehrspolizistin festgehalten. (Das passiert ihm durchaus gelegentlich mal.)

»HALLO-HALLOOO!«, donnert die Polizistin und versperrt ihm den Weg. »Sie wollen hier ja wohl nicht mitten auf dem Gehweg stehen bleiben?«

»Hrrrghh«, macht Cornelius, so wie er das immer macht, wenn er weiß, dass er keine guten Karten hat.

Trotz der Tränen muss ich beinahe grinsen. Doch dann merke ich, wie lieb ich auch Cornelius habe und wie sehr ich mich nach allen sehne und dass ich fiese weit weg von allen sein werde, sobald ich abgehauen bin, und so schluchze ich doch noch eine Runde in Livis Jacke.

»Malea-Maus!«, murmelt Livi und streichelt mich. »Beruhige dich doch! Wenn irgendjemand Aurora gefangen hat, dann gehen wir da hin und holen sie zurück. Versprochen!«

Aber so einfach ist das eben nicht! Ach, wenn Livi nur wüsste!

Aus dem Augenwinkel sehe ich, wie Cornelius mit der Polizistin redet. Blöderweise fuchteln seine Arme dabei wie immer wild in der Luft rum und leise ist Cornelius sowieso nie. Ja, ziemlich blöd, denn sogar ich weiß, dass Polizisten es nicht mögen, wenn man sie anbrüllt oder ihnen beinahe ins Gesicht boxt.

Es endet, wie es meistens endet. Die Verkehrsbeamtin zückt ihren kleinen Block, kritzelt was drauf, reißt den Zettel ab und reicht ihn Cornelius.

Ich seufze. Ach, mein armer Vater! Aber dann ducke ich mich schnell noch tiefer in Livis Arme, damit die Polizistin nicht mein Gesicht sieht. Ob die schon in allen Wachen Fahndungsfotos von mir hängen haben?

Als wir dann endlich allein sind und ich erzählen kann, dass der Supermarktbesitzer Aurora gefangen hat, wird Cornelius noch wilder als bei der Polizistin.

»Das ist wirklich die Höhe!«, empört er sich. »Was erlaubt sich der Mann! Einfach unser Huhn zu stehlen! Wie kommt der dazu? Dem werde ich aber mal ganz gehörig ...!«

»Warst du deswegen so komisch gestern Abend?«, flüstert Livi leise in mein Ohr, während Cornelius ununterbrochen vor sich hin schnaubt.

»Ach ... nein ..., ja ... oooohhh ...«, mache ich und weine einfach noch ein bisschen weiter.

Weil das irgendwie guttut. Auch wenn es natürlich nichts hilft. *Mir* jedenfalls nicht. Ich werde immer noch gesucht. Und es gibt immer noch keine gute Lösung für diese ganze schreckliche Geschichte. Und – ja – das alles ist so monsterschrecklich, dass ich auf keinen Fall will, dass Cornelius oder Iris erfahren, was wirklich passiert ist.

»Ich werde jetzt sofort die Polizei rufen!«, empört sich Cornelius immer noch. »Statt unschuldige Bürger daran zu hindern, dort zu parken, wo sie ihren Kindern beistehen müssen, sollten die sich lieber mal um die echten Schurken in dieser Stadt kümmern. Wo ist denn mein Handy?«

»NEIIIIIN!«, heule ich. »Nicht die Polizei!!«

Cornelius guckt mich verblüfft an. »Aber, Malea, liebes Kind! Die Polizei ist doch dafür da, Recht und Ordnung zu schaffen. Und deshalb ...«

Oh nein, er tippt tatsächlich schon eine Nummer ein.

Dann schiebt er mich und Livi vor sich her. »Los! Wir gehen jetzt sofort zu diesem unverschämten Supermarktbesitzer! Und überhaupt – bei dem kaufen wir NIE WIEDER ein!«

Ich habe keine Chance. Um das Allerschrecklichste zu verhindern, kann ich nur eines tun: sofort weglaufen.

Ich reiße mich von Livi los und renne so schnell, wie ich noch nie gerannt bin. (Seit gestern hab ich darin ja viel Übung!) Ich renne durch winzige Gassen, schlage Haken und gucke mich nicht ein Mal um. Erst als ich sicher bin, dass weder Livi noch Cornelius mir gefolgt sind, bleibe ich keuchend stehen. Heiliger Meergott, was für ein Leben! Ständig auf der Flucht! Ist ja wirklich schlimmer als alles, was man sich vorstellen kann. (James Bond ist NIE auf der Flucht.)

Trotzdem muss ich unbedingt wissen, ob sie es schaffen, Aurora zurückzukriegen. Also schleiche ich wieder Richtung Supermarkt. Diesmal in sicherer Deckung.

Als ich unauffällig zu meinem Heckenversteck robbe, trifft mich fast der Schlag. Vor dem Laden parkt tatsächlich ein Polizeiauto. Und jetzt kommen Cornelius, Livi und der Supermann (der jetzt wieder in seinem roten Kittel steckt) heraus. Aaaah! Livi hat eine ziemlich verschüchtert aussehende Aurora im Arm. Immerhin lebt sie! Das ist die Hauptsache!

Ich atme erleichtert aus.

Dann halte ich den Atem allerdings sofort wieder an. Denn Cornelius' Gesicht ist so finster, dass ich nur annehmen kann, dieser Supermiesling hat ihm erzählt, was ich getan habe. Dabei *habe* ich das doch gar nicht getan!! Ich meine, jedenfalls nicht mit Absicht! Aber das glauben die mir NIE!

Wupps! Da flattert und strampelt Aurora so heftig, dass Livi sie nicht mehr halten kann. Kein Wunder! Wer weiß, wie eng und unbequem die Ärmste die Nacht in Gefangenschaft verbracht hat. Unser Huhn liebt nun mal seine Freiheit.

Aurora flattert halb und halb wackelt sie. Dann reckt sie sich, schüttelt ihr Gefieder zurecht, gackert ein paarmal empört, sodass die schaulustige Menschenmenge schon anfängt zu lachen und mit dem Finger auf sie zeigt, und dann … dann guckt Aurora plötzlich in meine Richtung. NEIN! Aurora wird sich doch nicht zum cleveren Agentenhuhn entwickeln?

Bevor ich auch nur »WEG DA, AURORA!« zischen kann, schlüpft sie bereits durch die Hecke durch, stupst mich an und gackert in den höchsten Tönen. Vor Glück, mich gefunden zu haben. Ach, Aurora ist wirklich eine gute Freundin!

Dumm nur, dass jetzt auch die Polizisten, der Rotkittel-Supermann und Livi und Cornelius auf meine Hecke aufmerksam werden. Und hab ich da eben zwischen den glotzenden Leuten auch die alte Omi gesehen oder spinne ich jetzt schon komplett?

Egal, denn – ZACK – sprinte ich auch schon wieder los. Bloß weg hier!

Tiefschwarzer Meerkönig! Hört dieser Albtraum denn nie auf?

Kenny

Wir ham ein tolles rosa Haus,
da krabbeln Mäuse rein und raus,
doch Rema singt: »Geh weg, du Maus!«
Da ist mein Liedchen leider aus.
Hihihi!

Was alles bei uns passiert! Wir haben Mäuse! Und ich werde große Schwester! Aber das Beste ist, dass ich ein voll tolles, ganz doll kribbeliges Kribbeln im Bauch habe. So als ob noch viel, viel mehr passieren könnte!

Livi und Papa sind gerade mit der armen Aurora nach Hause gekommen. Die hatte tatsächlich ein fieser Supermarktbesitzer gefangen! Aber da hat der böse Kerl meinen Papa mal richtig kennengelernt. Ha!

Papa hat ihm nämlich erzählt, was er davon hält, wenn andere Leute unsere Hühner stehlen. Komischerweise hat der Mann ihm da auch was erzählt, nämlich dass er Aurora als Pfand dabehalten hat, weil Malea im Laden Sachen geklaut hat. Aber das ist natürlich totaler Hühnermist. Als ob Malea jemals klauen würde!

Das mit dem Pfand hab ich nicht ganz verstanden. Aber Rema hat gesagt, dass der Mann vorhatte, Aurora zurückzugeben, sobald Malea sich gestellt hat.

»Wohin sollte sie sich denn stellen?«, hab ich gefragt.

Aber Rema hat nur geseufzt und dann noch mal geseufzt und schließlich gesagt: »Nein, nein, nein, das kann doch alles nicht wahr sein! Erst Geister, dann Mäuse und nun auch noch Malea!«

Aber irgendwie guckte sie dabei gar nicht mehr mich an, sondern die Decke mit unserer hübschen weißen Küchenlampe.

Da hab ich dann Mama gefragt, wohin sich Malea stellen soll. Doch die hatte auch keine Lust, mir was zu erklären. Und dann hat Papa auch noch gesagt, ich solle Mama nicht aufregen in ihrem Zustand.

»Was hast du denn für einen Zustand?«, hab ich Mama freundlich gefragt.

Ich meine, ich muss ja wohl wenigstens wissen, WANN ich Mama nicht aufregen soll.

»Deine Mama bekommt doch *ein Baby!*«, hat Walter Walbohm da leise zu mir gesagt. (Als ob das irgendeine Erklärung wäre. Ich meine, ist ein Baby ein *Zustand* oder was? Das ist doch einfach nur superdupervolltoll!)

Walter ist auch hier, weil er mal sehen wollte, wie es Rema geht. Aber der geht es ja nicht so gut, wegen der Geistermäuse. Und dass Aurora wieder da ist, scheint sie auch noch nicht richtig aufgeheitert zu haben.

Livi sieht genauso wenig aufgeheitert aus.

Ich verstehe das alles nicht. Ist doch alles total aufregend!

Aber weil alle so furchtbar unglücklich aussehen, gehe ich mal zu Mama rüber und sage: »Machst du dir Sorgen, dass der Mann Malea was tun könnte?« Ich drängele mich zu ihr auf den Schoß und kuschele mich an sie. »Das brauchst du nicht. Papa lässt das bestimmt nicht zu. Papa passt bestimmt auf, dass Malea nichts passiert!«

Mein Papa ist nämlich der beste Papa auf der Welt!

»Wenn sie nur ein Handy hätte«, stöhnt Livi plötzlich. »Dann könnten wir sie jetzt anrufen, und sie könnte uns erklären, was passiert ist. Irgendwas *muss* in dem Laden passiert sein.«

»Hrrrrgh«, macht Papa und stöhnt noch tiefer.

»Alle vier von euch kriegen ab jetzt ein Handy«, bestimmt Mama da mit fester Stimme.

Ich richte mich auf. »ICH AUCH?«

Boh, das ist ja wie Weihnachten und Geburtstag zusammen! Ich sag ja, heute ist mal wieder ein voll guter Tag bei uns.

Wir müssen natürlich noch Malea finden. Damit der Mann ihr nichts tun kann. Aber das ist bestimmt nicht schwer. Malea spioniert ja immer in den gleichen Straßen rum. Und am allermeisten in der Nähe vom *Bella Roma.*

»Soll ich Malea suchen gehen?«, biete ich großzügig an. (Ich könnte gut eine Kugel Eis verdrücken.)

»Nein«, sagt Papa da blöderweise. »Ich und Olivia werden sie suchen.«

»Ich komme auch mit«, sagt Walter Walbohm. »Das arme Kind! Wenn wir nur wüssten, was los ist!«

»Danke«, nickt Papa und lächelt etwas blässlich zu Walter rüber.

Doch bevor die beiden sich ihre Jacken angezogen haben, klingelt es an der Tür.

»Ich gehe!«, rufe ich und wutsche rüber in den Flur, damit die mich nicht wegdrängeln können, wenn jetzt noch was Aufregendes passiert. Denn mein Bauchkribbeln wird gerade *noch* kribbeliger.

Und – BOOOOH – als ich die Tür aufmache, stehen da zwei Polizisten vor mir. So richtig in Uniform und alles. Mit Pistole um die Hüften. Und zwischen ihnen steht Malea.

»Malea ist wieder da!«, rufe ich laut in die Küche.

Doch in dem Augenblick kommen Mama und Papa und Walter Walbohm und Rema und Livi schon im Sturzflug in den Flur.

Mama reißt Malea an sich und drückt sie, als wäre Malea wirklich ausgezogen gewesen. Livi starrt die Polizisten an und sieht so aus, als würden ihr gleich die Augen rausfallen. Rema ringt nach Luft und fasst sich an ihr Herz. Walter Walbohm schluckt. Und Papa setzt seinen finsteren Brummbärblick auf.

Das tue ich dann auch mal. Vielleicht muss man das tun, wenn Polizisten bei einem an der Haustür klingeln.

»Was ist hier eigentlich los?«, fragt Papa grimmig.

»Das sollten Sie lieber Ihre Tochter fragen!«, antwortet der eine Polizist noch grimmiger.

Doch da fängt Malea plötzlich an zu heulen und kann gar nichts sagen.

Ich fühle mich jetzt aber doch ein bisschen komisch. Denn Malea heult echt nie. Einen kleinen Moment lang kriege ich sogar Angst, dass die Sachen, die heute bei uns passieren, vielleicht doch nicht so voll toll sind.

»Ich hab gar nicht geklaut!«, heult Malea in Mamas Arm.

Sofort schießt Papa dem Polizisten entgegen: »Da hören Sie es!«

Hihi, Papa braucht gar keine Pistole, der kann auch so schießen!

»Ich hab … ich hab …«, heult Malea, »ich wollte doch nur die alte Omi beschützen!«

Der Polizist scheint davon nicht sehr beeindruckt zu sein. »Beschützen? Na sicher! Ich hab schon bessere Ausreden gehört!«

»Was erlauben Sie sich!« Oh, jetzt wird Papa aber wirklich wütend. »Meine Tochter lügt nicht!«

Und gerade als ich überlege, ob Papa den Polizisten vielleicht gleich vor Wut in die Nase beißt, und ich mich ärgere, dass Bentje oder Sinan nicht hier sind, um das zu sehen (Bentje ist schon ganz sauer, dass sie immer so viel Spannendes verpasst), da stürzt Tessa die Stufen zu unserem Haus hoch und brüllt voll laut: »IRIS! CORNELIUS! Wo seid ihr? Wir müssen die Polizei rufen! SCHNEEEELL!«

Dann sieht sie uns alle im Flur stehen – auch die Polizei, die sie also gar nicht mehr rufen braucht.

Sie stutzt etwas verwirrt und keucht atemlos: »OH! Dann wisst ihr es also schon?«

Livi

Ruhe? Kraft? Konfuzius hat eben in einer ganz anderen Zeit gelebt. Aber vor allem hatte er keine drei Schwestern plus leicht durchgeknallte Eltern.

»WAS sollen wir wissen?«, frage ich verdattert, als plötzlich auch noch Tessa auftaucht.

Was macht die überhaupt um diese Uhrzeit hier? Sollte sie nicht mit Dodo unten im Seniorenheim sein? Haben die beiden ihren Job etwa schon wieder geschmissen?

Doch Tessa achtet gar nicht auf meine – wie ich finde – durchaus berechtigte Frage. Stattdessen starrt sie die immer noch weinende Malea an. »Was ist denn mit der los?«

Kenny drängelt sich zwischen uns und verkündet mit lieblichem Lächeln auf den Lippen: »Der Mann, der Aurora geklaut hat, sagt, dass Malea auch Sachen von ihm geklaut hat und dass Malea sich jetzt irgendwo hinstellen muss. Aber Malea …«

»Malea hat geklaut?«, kreischt Tessa. (Obwohl sie sich vermutlich Mühe gibt, wenigstens leise zu kreischen.)

»NEIN!«, heult Malea auf. Wie eine kleine Robbe, die von bösen Haien angegriffen wird. »Das hab ich nicht! Ich hab nur … buhuhuuuuu!«

»Ist ja gut! Ist ja gut!«, murmelt Iris beruhigend.

»Malea wollte nämlich nur die alte Omi beschützen«, erklärt Kenny mit wichtiger Miene.

»Welche Omi? Und wieso musste sie deswegen klauen?«, fragt Tessa. (Diesmal flüstert sie. Zum Glück. Sonst hätte Malea bestimmt wieder bitterlich aufgeheult.)

»Vielleicht gehen wir alle mal durch zur Küche«, schlägt Cornelius jetzt vor. »Dann werden wir den Sachverhalt schon aufklären.«

»Der Sachverhalt erscheint mir bereits ziemlich klar«, grunzt einer der Polizisten. »Ihre Tochter hat Lebensmittel gestohlen und der Supermarktbesitzer hat Anzeige erstattet. Sie sind nicht die ersten Eltern, die diese Art Tatsachen nicht wahrhaben wollen.«

»WAS ERLAUBEN SIE SICH!«, poltert Cornelius schon wieder los.

Zum Glück legt ihm Walter Walbohm beschwichtigend eine Hand auf die Schulter. »Ich denke, die Küche ist eine gute Idee. Wir setzen uns jetzt alle hin und dann kann Malea in Ruhe erklären.«

»Ach, ach, ach …«, macht Rema leise hinter mir. Sie sieht ziemlich blass aus. »Livi, Kind«, flüstert sie in mein Ohr, »ich glaube, ich geh mal einen Moment raus, um frische Luft zu schnappen, ja? Das alles ist ein bisschen viel für mich.«

Ich nicke verständnisvoll. Arme Rema! Sie ist ja auch nicht mehr die Jüngste!

»Setz dich doch einfach in den Liegestuhl im Garten«, wispere ich zurück. »Ich sag dir Bescheid, wenn die Polizisten weg sind.«

»Danke, meine Liebe!« Rema tätschelt mir die Wange und geht dann schwankend durch die Küche nach draußen.

Du meine Güte! Ich glaube, sie braucht dringend ein paar Nächte erholsamen Schlaf. Ohne Geister. Oder Mäuse.

Cornelius und der eine Polizist sind noch wild am Debattieren, während ich die Kaffeemaschine anschmeiße. Wenn alle sich streiten, ist eine Tasse Kaffee immer eine gute Idee, findet Rema immer.

Ich höre nur halb zu, als die Polizisten einen Bogen Papier rausholen und anfangen, Maleas Personalien aufzunehmen – unterbrochen von nicht unbedingt hilfreichen Bemerkungen von Cornelius. Doch als Malea endlich zu Ende geweint hat und nur noch mit großen traurigen Augen am Tisch sitzt und von Iris sanft aufgefordert wird zu erzählen, was wirklich passiert ist, da höre ich wieder sehr genau zu.

Tessa scheint völlig vergessen zu haben, weswegen sie schreiend ins Haus gestürzt ist, und sitzt mit offenem Mund staunend da, als Malea ihre Geschichte erzählt.

Und – oh Mann! – das ist wirklich typisch Malea! Meine kleine, liebe James-Bond-Schwester! Ich sehe sie direkt vor mir, wie sie – besorgt um das Wohl der alten, bettelarmen Frau – mutig eingreift, im wahrsten Sinne, und die geklauten Sachen zurückklaut, um sie wieder in die Supermarktregale einzuordnen. Und das alles nur, um diese Frau vor Ärger zu beschützen.

Leider scheinen das die Polizisten ganz und gar nicht so zu sehen.

»Das ist ja die Höhe!«, empört sich einer der beiden und lehnt sich zu der verschüchterten Malea rüber. »Heißt das, du willst nun auch noch andere Leute des Diebstahls beschuldigen? Und ihnen die Verantwortung für *deinen eigenen* Diebstahl in die Schuhe schieben?«

»Also das reicht jetzt!« Iris wird so gut wie nie unhöflich. Jetzt allerdings kann sie sich ebenso wie Cornelius nur noch schwer beherrschen.

Fest richtet sie ihren Blick auf den Beamten. »Sie haben

ja gehört, was meine Tochter zu Protokoll gegeben hat. Und *wir alle hier* haben keinerlei Anlass, ihr *nicht* zu glauben. Falls Sie aber unsere Meinung nicht teilen wollen: Soweit ich weiß, wird im Zweifel immer *für* den Angeklagten entschieden und nicht gegen ihn!«

»Hier besteht aber kein Zweifel!«, behauptet der Polizist. »Ihre Tochter hat doch selbst zugegeben, die Waren ohne zu bezahlen mitgenommen zu haben. Wir haben außerdem einen Augenzeugen. Der Mann hat genau gesehen, dass Ihre Tochter eine Fülle von Sachen in ihrem Rucksack hatte, nachdem sie aus dem Laden kam. Und darüber hinaus …« Er reckt sich wieder zu Malea rüber. »Warum bist du überhaupt weggelaufen, wenn du meinst, unschuldig zu sein, hm?«

Malea stehen schon wieder Tränen in den Augen. »Weil ich genau wusste, dass mir das sowieso keiner glaubt«, wimmert sie.

»So ist es in der Tat!«, verkündet der andere Polizeibeamte mitleidslos.

»NEIN!«, donnert Cornelius dazwischen. »So ist es NICHT! Wie meine Frau schon sagte, WIR glauben unserer Tochter jedes Wort.«

»Ah!«, macht der erste verblüfft. (Anscheinend trifft er nicht so oft auf Eltern wie Iris und Cornelius.)

»Tatsache bleibt aber trotzdem, dass Ihre Tochter ohne zu bezahlen den Laden verlassen hat«, bemerkt der zweite. »Und da Anzeige erstattet wurde, ist es unsere Pflicht …«

An dieser Stelle wird der Beamte von Iris unterbrochen. »Entschuldigen Sie mich! Ich fürchte, ich muss mal eben …« Sie springt vom Stuhl auf, als wäre plötzlich auch sie auf der Flucht. Von draußen hören wir sie die Tür zum Gästeklo aufreißen und sofort wieder hinter sich zuknallen.

»Ich mach dir gleich noch einen Tee, Mama«, ruft Kenny freundlich hinterher.

»Meine Frau ist schwanger«, erklärt Cornelius sachlich.

Walter Walbohm atmet tief aus. »Tja, wenn's dicke kommt, kommt's meist richtig dicke!«

Die Polizisten gucken etwas irritiert. Offensichtlich wissen sie nicht genau, wie sie nun mit der Situation umgehen sollen.

»Mama bekommt ein BABY?« Malea hört für einen Moment sogar mit dem Weinen auf. »Warum sagt mir das denn keiner?«

»Weil du nicht da warst, Schatz«, antwortet Cornelius ruhig.

»ICH wusste das schon!«, trötet Kenny. Dann guckt sie plötzlich zur Gartentür. »Da ist Gregory! Huhuuu, Gregory!«

Gregory steht draußen vor der Glastür und guckt ziemlich dämlich zu uns rein. Die Faust geballt und leicht erhoben, als habe er gerade klopfen wollen.

Uuuuuh! Mein Magen fühlt sich an, als hätte seine Faust genau da reingeknallt.

Er öffnet die Tür und setzt einen Fuß in die Küche. »Störe ich?« Da keiner antwortet, schaut er zu mir rüber. »Meine Mutter hat gesagt, du wolltest gestern zu mir?«

»Äh …«, mache ich unentschlossen und versuche, die blöde Faust in meinem Magen wegzuatmen.

Plötzlich wird mir bewusst, was für eine verrückte Situation das hier eigentlich ist. Zwei Polizisten, die glauben, dass Malea gestohlen hat. Iris, die immer noch im Gästeklo kotzt.

Und überhaupt! Was soll ich Gregory denn jetzt sagen? Dass ich vielleicht … möglicherweise zu ihm wollte, aber dass ich mich dann doch lieber entschlossen habe, das Moos rund um seinen Klingelknopf gründlich wegzukratzen?

Und was sage ich, wenn er mich fragt, *warum* ich zu ihm wollte? Dass ich mit ihm reden wollte? Dass ich ihn fragen wollte, warum er so blöd zu mir ist in letzter Zeit?

NIEMALS! Denn als ich ihn das fragen wollte, wusste ich ja noch nichts von KATINKA! Soll er doch mit seiner Katinka ins Kino gehen, sooft er will!

Ich presse die Lippen aufeinander und schweige. (Leider atmet sich dadurch die Faust in meinem Magen nicht ganz so gut weg.)

Kenny schweigt nicht.

»Du kommst genau richtig!«, ermuntert sie ihn auch noch, sich zu setzen. »Bei uns ist voll viel los!«

»Ähm, ja…«, murmelt Gregory etwas verlegen.

Kenny kräht fröhlich weiter: »Die Polizei will Malea verhaften, aber die will sich nicht verhaften lassen. Und Mama kriegt ein Baby. Und wir haben ganz viele Mäuse im Haus! Ist das gut oder ist das gut?«

Die Polizisten sehen bei Kennys letzter Bemerkung noch irritierter aus und suchen unauffällig den Fußboden ab.

Was denken die denn? Dass die Mäuse bei uns schon Hip-Hop in der Küche tanzen?

Ups, das erinnert mich allerdings daran, dass ich mein eigenes Zimmer noch gar nicht gründlich inspiziert habe! Also, ich wünsche ja keiner Maus was Schlechtes, aber… die sollen sich gefälligst ein anderes Zuhause suchen! Und zwar bitte weit, weit weg von unserem!

Gregory guckt mich fragend an.

Ich starre stur auf die Tischkante.

Aus dem Augenwinkel sehe ich, wie er dann zu Malea und schließlich zu Cornelius rüberschaut. »Äh – ja – also…«, stottert er, »ich glaube, ich komme dann vielleicht lieber später noch mal wieder.«

Ich sage immer noch nichts. Ich nicke nur stumm.

Da macht Gregory auf dem Absatz kehrt und sucht eilig das Weite.

»Schön«, ergreift einer der Beamten wieder das Wort, als wäre Gregory gar nicht da gewesen, »dann machen wir mal weiter.«

Doch sehr viel weiter kommt er nicht, denn da klingelt es schon wieder an unserer Tür. Als ich öffne, steht dieser unfreundliche Supermarktbesitzer vor mir. Der, dem wir immerhin Aurora wieder entreißen konnten. Neben ihm steht eine alte Frau, die ein wenig schmuddelig aussieht. Was will der denn jetzt noch von uns? Will er sich etwa persönlich davon überzeugen, dass Malea ins Strafregister eingetragen wird?

Cornelius, der mir gefolgt ist, hat anscheinend ähnliche Gedanken, denn er begrüßt den Kerl nicht gerade freundlich.

»Kann ich etwas für Sie tun?«, fragt er in eiskaltem Ton.

»Nein, aber ich vielleicht für Sie«, antwortet der Mann.

»Das kann ich mir nicht vorstellen«, schnauzt Cornelius noch fünf Grad eisiger.

»Oh!«, macht Iris erschrocken, als sie aus der Toilette kommt und sich plötzlich noch zwei Besuchern gegenübersieht.

»Guten Tag!«, grüßt der blöde Supermarktheinz. »Ich bin Christian Röder.« (Also doch nicht Heinz). »Mir gehört der *Röder-Markt* in der Juliusgasse. Ich bin gekommen, weil …«

Leider kriegen wir nicht mehr zu hören, weswegen der Kerl Malea nun auch noch bis hierher verfolgen muss, denn aus der Küche ertönt ein ohrenbetäubender Schrei, der verdammt nach Tessa klingt.

»NEIIIIIN! Wie kommt Rema denn IN DEN GARTEN?«

Durch die Tür vermutlich? Aber das sage ich nicht, denn es hört sich nicht so an, als wolle Tessa wirklich Antwort.

Sie reißt die Gartentür auf und brüllt aus voller Kehle: »REMIIIII! Hör sofort mit dem Buddeln auf und komm SCHNEEEELL wieder rein! BITTEEEEE!« Sie holt nur einmal kurz Luft, um sich zu korrigieren. »NEIN, nicht schnell! Langsam! Und VOR-SICH-TIG! Aber bitte komm her!«

Cornelius, Iris und ich lassen den Supermarktkerl und seine Begleitung stehen und hasten zurück in die Küche. Spinnt jetzt zur Abwechslung auch noch meine große Schwester?

Durch die offene Tür sehen wir, wie Rema sich verdutzt aufrichtet. Anscheinend hat sie, um sich zu beruhigen, etwas Unkraut in ihrem Gemüsebeet gejätet. Mit fragendem Gesicht und ein wenig widerwillig stapft sie jetzt über den Rasen zurück zur Küche.

Tessa empfängt sie mit offenen Armen, drückt sie, als ob Rema gerade vor einem Orkan gerettet wurde, und haucht: »Oh, Rema! Du darfst da nicht mehr rausgehen. Im Garten liegt eine Bombe!«

»Eine BOMBE?«

»Papa, Papa!« Kenny zupft an Cornelius' Pullover. »Darf ich mal ganz schnell Bentje anrufen? Bitte! Bentje ist bestimmt total traurig, wenn sie jetzt nicht dabei sein darf!«

Was ist? Hat Tessa eben wirklich *BOMBE* gesagt?

Tessa

Goldene Regeln: Niemals die innere Haltung vergessen! Niemals die wichtigen Dinge des Lebens vergessen! Niemals das Handy zu Hause vergessen!

Der Kampfmittelräumdienst stand morgens um sieben vor unserer Tür.

Die fackeln ja echt nicht lange. *Muy rápido,* sensationell schnell, das muss ich sagen! Aber mit einer echten Bombe aus dem Zweiten Weltkrieg ist natürlich auch nicht zu spaßen.

Dodo und ich hatten gerade eine volle Packung *Morning Queen* auf unseren Gesichtern und konnten deswegen nicht aus dem Badezimmer raus. Aber wir konnten wunderbar durch das offene Fenster in den Garten horchen und auch vorsichtig rausgucken.

»*Qué rabia!*«, murmelte Dodo, betastete ihre Quarkmaske und schielte neugierig die Leute an, die in unseren Garten marschierten.

Aber ehrlich! Es war sogar ziemlich ärgerlich, dass wir nicht hautnah da unten dabei sein konnten. Auf der anderen Seite muss man natürlich Schwerpunkte setzen im Leben. Und bloß weil eine Bombe im Garten liegt, können

Dodo und ich ja wohl nicht den restlichen Tag rumlaufen wie die Heuschrecken!

Allerdings hörte ich da die Männer Kenny anbrüllen, dass KEINER den Garten betreten dürfe. So gesehen hatten Dodo und ich einen Logenplatz. Denn die anderen mussten sich die Fenster im Erdgeschoss teilen, durch die man wegen der vielen Büsche immer nur ein kleines Stück des Gartens beobachten kann. Da waren wir hier oben kajalstiftklar im Vorteil.

Das Bombensuchkommando bestand aus drei Männern. Einer war im Haus und redete offenbar mit Iris und Cornelius. Die beiden anderen waren draußen mit Messgeräten zugange. Sie tasteten Meter für Meter unseres Gartens mit hochfeinen Sensoren ab. Mit diesen Dingern kann man Metall aufspüren, wie Malea mir erklärte, die neben unserem Badezimmer aus ihrem eigenen Fenster hing und schon wieder diesen sehnsüchtigen Spioninnenblick drauf hatte.

»Steck deine Nase bloß wieder zurück ins Zimmer!«, raunzte ich ihr zu.

Echt, dass man meine Schwestern ständig im Auge behalten muss! Aber als verantwortungsvolle Älteste will man natürlich nicht, dass eine von den Kleinen aus dem Fenster plumpst.

»DA!«, rief Malea plötzlich. »Es piept!«

Und tatsächlich piepste eines der Messgeräte wie blöde. Direkt auf Remas Beet, in dem unsere Frühkartoffeln wachsen sollten.

Die Männer verfielen sofort in schreckliche Aufregung. Ich aber auch! Ich meine, zu *vermuten,* dass man eine Bombe im Garten hat, ist eine Sache. Es aber laut piepsend bestätigt zu bekommen, ist eine ganz andere. Mich beschlich ein dezent mulmiges Gefühl im Magen, und ich war reichlich froh, dass Dodo und ich den ganzen Tag nicht zu Hause sein würden. Natürlich wäre es mir noch lieber gewesen, die anderen meiner Familie hätten sich ebenfalls weit weg von dem aufgehalten, was da in unserem Garten schlummert.

Die Jungs vom Kampfmittelräumdienst (der eine war übrigens erstaunlich jung und irgendwie so eine Art Javi in Blond – echt schnuckelig!) setzten eine wichtige Miene auf und sperrten die Stelle, wo der Piepser ausgelöst worden war, mithilfe eines Plastikzauns weiträumig ab. Und dann ließen sie sich von Iris und Cornelius das Versprechen geben, den Garten bis morgen nicht mehr zu betreten. Denn erst morgen werden sie mit einem Minibagger anrücken, um die Bombe zu heben.

Madre mía! Wenn ich bedenke, dass wir schon über ein halbes Jahr hier wohnen und keine Ahnung von der Gefahr hatten, in der wir schwebten! Oder vielmehr *schweben!* Denn das Ding liegt ja immer noch da unten! Und der Plastikzaun drumrum wird die Sache wohl nicht sehr viel sicherer machen.

Aber was für ein unfassbarer Zufall, ja wie sensationell gut, dass Dodo und ich die Idee hatten, im Seniorenheim zu arbeiten.

Na schön, dass Iris die Idee hatte. Ist ja im Grunde egal, *wer* die Idee hatte. Es war auf jeden Fall Riesenglück, Hilde Flieder zu treffen. Und ein noch größeres Glück, dass sie sich an die Bombe erinnert hat, die im Zweiten Weltkrieg auf Helene Knoblochs Haus (also auf unser Haus) gefallen ist.

Es ist nämlich so, dass von den vielen Bomben, die im Krieg abgeworfen wurden, nicht alle explodiert sind. Manche waren sogenannte Blindgänger. Das sind Bomben, die zwar einschlagen, aber eben nicht zünden. Das bedeutet aber leider nicht, dass sie nicht irgendwann viel, viel später doch noch explodieren können. Wir sitzen also sozusagen schon die ganze Zeit hier auf einem hochgefährlichen Pulverfass!

Natürlich habe ich Frau Flieder gestern sofort schockgefroren gefragt, warum sie das denn nicht schon früher jemandem erzählt hat.

Da wurde die süße Runzel-Rapunzel ganz betreten und hatte ein schrecklich schlechtes Gewissen. Dabei konnte sie gar nicht wirklich was dafür. Der Krieg war für Leute wie Frau Flieder, die damals noch Kinder waren, natürlich ein unfassbar schrecklicher Albtraum. Und um jemals wieder glücklich zu werden, haben die Leute versucht, einfach alles zu vergessen und weit hinter sich zu lassen, um nach dem Krieg ganz neu anfangen zu können.

Erinnert hat sich Hilde Flieder ja erst wieder an diese Bombennacht von damals, als wir über unser Haus in der Kastanienallee sprachen und über die Zeit, die sie dort mit ihrer Freundin Helene verbracht hatte. *Deswegen* wollte sie mich so dringend sprechen. Gestern Mittag kam sie dann auch sofort auf mich zugeeilt, als Dodo und ich nach unserer morgendlichen Bettenmach-Session den Speisesaal betraten, und erzählte mir alles ganz aufgeregt.

Ich war so durch den Wind von der Vorstellung, eine Bombe im Garten zu haben, dass ich Andrea auf der Stelle darum bat, mir eine Stunde freizugeben, damit ich nach Hause laufen und meiner Familie schnellstens Bescheid geben konnte.

Als ich dann bei uns ankam und die Polizisten sah, war ich erst mal so perplex, dass ich dachte, die wären schon wegen der Weltkriegsbombe da. Dass die wegen *Malea* da waren, war fast wie eine zweite kleine Bombe.

Arme Malea! Was muss die süße Maus für Ängste ausgestanden haben! Die dachte doch tatsächlich, sie käme jetzt ins Gefängnis. Wie gut, dass sie inzwischen wieder wunderbar normal drauf ist.

Aber es war *totalmente* praktisch, dass wir die Polizei gar nicht mehr rufen mussten. Und plötzlich waren die auch sehr viel mehr an der Bombe als an Malea interessiert.

Ruck, zuck hatten die bei sich in der Polizeizentrale angerufen und darum gebeten, die Dokumentation der Bombenabgänge während des Krieges zu prüfen. Es ist nämlich so, dass Bomben immer reihenweise (also tatsächlich *in einer Reihe*) aus den Flugzeugen abgeworfen wurden. Und wo genau die runtergefallen sind, das wurde im Krieg sorgfältig notiert und bis heute aufgehoben.

Es stellte sich dann ziemlich schnell heraus, dass Frau Flieder recht hatte und sich unser Haus wirklich direkt an einer dieser Bombenstraßen befindet und es daher gut möglich sein kann, dass bei uns so ein *Blindgänger* im Garten liegt.

Bevor die aber anfangen zu buddeln, *claro,* wollen die vom Kampfmittelräumdienst erst mal sichergehen, dass da auch wirklich was unter der Erde ist. Tja, und nachdem es heute Morgen bei uns ja wild gepiept hat, ist die Sache dann ja kajalstiftklar.

Während ich jetzt bei der Arbeit in der *Lauschigen Eiche* mit einem grässlich widerspenstigen Laken auf einem der Seniorenbetten kämpfe, denke ich so über alte Leute nach. Diese Omi zum Beispiel – die übrigens Frau Büntig heißt und gestern dann auch noch mit diesem Supermarktbesitzer vor unserer Tür stand –, was hätte die bloß gemacht, wenn sie nicht auf Malea getroffen wäre?

Und dann fällt mir plötzlich wieder unser neues Baby ein. Ob Iris schon beim Arzt war? Ich drücke ihr die Daumen. Iris wollte ja nur schnell abwarten, bis die Männer vom Kampfmittelräumdienst wieder verschwunden sind, und danach zu ihrem Arzt, um einen Schwangerschaftstest zu machen und ganz sicherzugehen. Sie behauptet nämlich, sich gar nicht schwanger zu fühlen.

Ich angele nach meinem Handy in meiner Handtasche, um nach der Uhrzeit zu schauen. Wie lange keulen Dodo und ich denn hier nun schon wieder? Es muss doch bald Mittagessen geben? *Tengo hambre* – ich hab Hunger!

Hola! Wo ist denn mein Handy?

NEIN! Ich hatte es heute Morgen ans Ladegerät gestöpselt… und da liegt es garantiert immer noch. Und wenn mir nun Javi geschrieben hat? Was er GANZ SICHER HAT!

»DODO! Ein Notfall! Ich brauche dein Handy!«

Eilig tippe ich eine Nachricht an Ramón, um ihn zu bitten, Javi zu bitten, mir seine SMS auf Dodos Handy zu schicken. Ach je, wie lästig! Ich darf morgens einfach nicht so unorganisiert sein!

Ich starre ungeduldig auf Dodos Display. Da! Endlich! Javis SMS! Der Gute hat sofort reagiert! Bravo!

Mía querida! Kann kaum noch warten! Noch vier Stunden!

Ja, ja, ja, mein Liebster, ich noch weniger!

Ach, Javi! Mein Herz macht sofort einen Extrasprung. Ja, nur noch vier Stunden. Dann werde ich hier fertig sein und eile nach Hause und direkt in deine Arme! JAAA!

Der riesengrößte Hammer ist nämlich, dass Javi und Ramón tatsächlich *kommen*. Heute! Hierher!! Zu uns!!!

Iris hatte nämlich gestern glatt noch die *muy genialo* Idee, den beiden ein Flugticket zu spendieren, damit sie Cornelius in Sachen »bröckelnde Wände« beistehen können, oder besser gesagt, UNS in Sachen »Cornelius mit Hammer in der Hand«. Da hat die gute Iris mal wieder zwei Fliegen mit einer Klappe geschlagen. Nein, drei! Denn Dodo und ich haben durch diese glücklichen Umstände nun ganze vier

Tage länger mit Javi und Ramón! Und wie *acojonante* ist das denn?

Cornelius hat wunderbarerweise gar nichts mehr dagegen, dass ich nach Spanien fahre. Und Dodo darf auch. Ihre Eltern müssen noch länger bei ihrem Onkel bleiben und sind froh, dass Dodo ein wenig Spaß in ihren Ferien hat. Wunderbare Einstellung, finde ich. Davon sollten sich Iris und Cornelius grundsätzlich mal 'ne Fingernagelspitze abschneiden.

Allerdings kann ich mich im Moment natürlich nicht beklagen. Denn ich darf nicht nur in der zweiten Ferienwoche nach Spanien, nein, Dodo und ich werden jetzt – statt mit der ollen Bahn durch halb Europa zu trödeln – sogar standesgemäß im Flieger jetten. Zusammen mit Javi und Ramón. (Iris hat ein *totalmente* günstiges Last-Minute-Schnäppchen gefunden. Das ist sogar billiger als eine normale Bahnfahrt!) *Viva!* Die einzige Bedingung von Cornelius war, dass wir Ostern alle zusammen bei uns feiern.

Ich sage mal: null problemo, solange dieses *Alle zusammen* auch Javier und Ramón einschließt.

Und – BINGO – weil Dodo und ich jetzt so günstig reisen und immer noch wie die *burros* eselheftig arbeiten, werden wir Ostern im Geld schwimmen. Und das gleich nächste Woche sorgfältig in all diese hippen Boutiquen von Barcelona tragen! *Absolutamente maravilloso! Si, si, si!* Spanier, haltet euch fest! Dodo und ich koooommen!

Ich glaube, das wird das beste Osterfest, das wir überhaupt je hatten!

Also, ähm, falls wir dieses unschöne Überbleibsel vom Krieg überleben.

Malea

Komisch, ich glaube, mit richtigen Wundern hat James Bond so gut wie nie zu tun. Da bin ich ihm wohl Seemeilen voraus!

Oh, ich bin so glücklich! Was macht mir da noch eine kleine Bombe im Garten aus?

Obwohl gestern echt der hammerhaihärteste Tag meines Lebens war. Ich war fast erleichtert, als ich mich auf meiner Flucht in eine Sackgasse verirrt hatte und mich die Polizisten kurze Zeit später doch noch erwischten.

Als wir dann im Polizeiauto saßen und die mich nach meiner Adresse fragten, war mir schon alles egal. Schlimmer konnte es ja nicht werden! Denn obwohl ich ziemlich sicher war, dass Cornelius einen mittelschweren Tobsuchtsanfall kriegen würde, fand ich die Aussicht darauf fast kuschelig. Ich meine, im Gegensatz dazu, auf die Straße und zur ewigen Flucht verdammt zu sein. (Das ist nämlich echt heftig.) Außerdem bin ich Cornelius ja gewöhnt.

Cornelius tobte aber gar nicht. Ganz im Gegenteil. Iris und Cornelius glaubten mir beide sofort. Und fanden es richtig frech von den Polizisten, dass die das nicht taten. Wenn ich das gewusst hätte, wäre ich überhaupt nie weggelaufen! Da hätte ich mir den ganzen Albtraum gespart.

Allerdings hätte ich auch im schönsten Traum nicht gedacht, dass die Sache total problemlos ausgehen würde, weil die doofen Polizeibeamten ja so stur waren und immer weiter behaupteten, ich hätte geklaut. Bloß weil ich blöderweise vergessen hatte, das ganze komische Zeugs, das die Omi haben wollte, wieder in die Regale zurückzuräumen. Da wurde ich wieder ein bisschen sauer auf die Omi, die mir die ganze Meersuppe überhaupt eingebrockt hatte.

Und dann ließ Tessa ihre Bombe platzen. Ich meine, eine Bombe aus dem Krieg bei uns im Garten! Das ist ja wohl der Megaknaller!

Rema ist natürlich sofort in Ohnmacht gefallen und Iris wurde wieder schlecht. (Echt, ich dachte, bei einem Baby wird einem nur morgens übel?) Cornelius schrie bloß: »Das glaub ich nicht! Ich glaub das nicht!« Die Polizisten telefonierten und hatten meinen Diebstahl für einen Augenblick wunderbarerweise völlig vergessen. Walter Walbohm fächelte Rema Luft zu. Kenny hing am Telefon und beschrieb Bonbon-Bentje mit begeisterten Jauchzern, was bei uns los war. Livi kippte allen Kaffee nach. Und ich hatte die klitzekleine Hoffnung, dass sich vielleicht gleich alles in Luft auflösen könnte, wie in bunten Märchen. Allerdings hatte ich da vergessen, dass es ein paar Minuten vorher an unserer Tür geklingelt hatte.

Die anderen hatten das anscheinend ebenfalls vergessen, denn sie guckten etwas überrascht, als plötzlich der rotkittelige Supermann vorsichtig seinen Kopf in die Küche streckte. Iris und Cornelius hatten ihn bei all der Bombenaufregung glatt draußen im Flur stehen lassen.

Mir stockte der Atem. Erst recht, als ich sah, wen er mitgebracht hatte. Meine OMI! Die Omi, die ich beschützt hatte, stand plötzlich hier bei uns in der Küche!

»Guten Tag«, grüßte sie schüchtern mit leiser Stimme. »Mein Name ist Therese Büntig, und ich bin gekommen, weil ich fürchte, Ihrer Tochter wird gerade unrecht getan.«

»Äh ... Wie jetzt?«, fragte Cornelius und kriegte knallrote Weihnachtskugelohren. (Die kriegt er immer, wenn er wütend ist oder aufgeregt oder verwirrt. – Vor allem verwirrt ist er ziemlich oft.)

Ich starrte die Omi an und hatte keine Ahnung, was ich jetzt tun sollte.

Ich meine, wenn ich laut »JA, so ist es!« geschrien hätte, dann wäre doch all meine Mühe, sie zu beschützen, total umsonst gewesen. Auf der anderen Seite hatte ich seit gestern Abend nicht die leiseste Lust, überhaupt noch irgendjemanden zu beschützen außer mich selbst. Ich fühlte mich so elend, dass ich mich nur noch zu Hause in meine Familie verkriechen wollte.

Ich war sogar fest entschlossen, mir später einen anderen Beruf zu suchen. James Bond passiert so was schließlich nie!

Wie gut, dass ich mich anders entschieden habe! Die Omi nämlich – obwohl sie so klein und hutzelig und schüchtern ist und so eine piepsfeine Mäuschenstimme hat –, die hat echt Mumm in den Knochen. (Die wäre auch ein guter James Bond geworden. Therese Bond, hihi!) Und sie lobte mich wellenhoch.

Livi und Tessa und Iris und Cornelius und Rema (die wieder aus ihrer Ohnmacht aufgewacht war) und Walter Walbohm und die beiden Polizisten und sogar Kenny, die fertig war mit Telefonieren, kriegten den Mund vor lauter Staunen gar nicht mehr zu.

Ich allerdings auch nicht. Das hätte ich der Omi nie zugetraut!

Doch dann legte sie erst richtig los. Nicht mal Kenny quatschte mehr dazwischen.

»Ich habe nicht viel Geld zum Leben«, begann die alte Frau Büntig leise, »es reicht gerade so fürs Nötigste. Oft nicht einmal dafür.«

Sie seufzte und sah zu Boden, als sei ihr das, was sie nun sagen wollte, ziemlich unangenehm. »Und wenn man Hunger hat und die Katze Futter braucht, dann … dann kann es irgendwann passieren, dass man Dinge tut, die man vorher nie im Leben für möglich gehalten hätte. Ja …«

Dann schaute sie zu uns auf. »Und am Montag … also, da war ich im Supermarkt von Herrn Röder hier …« Sie guckte kurz zum Rotkittel-Supermann. »Und da … da hab ich einfach zugegriffen. Obwohl mir klar war, dass ich mich damit strafbar mache. Ich war mir natürlich sicher, dass mich keiner beobachtet.« Jetzt schaute sie zu mir rüber. »Aber Ihre Tochter hier, die hatte die Situation besser im Auge als ich.« Und jetzt lächelte sie sogar. »Ich glaube, der entgeht nichts. Und ein gutes Herz, ein sehr, sehr gutes Herz, das hat sie auch.«

»Hrrrrgmfff«, machte Cornelius, aber das klang gar nicht mehr grummelig.

An der Stelle wusste ich nicht, ob ich mich freuen oder mir wünschen sollte, dass die Omi nie hergekommen wäre. Sie tat mir so schrecklich, schrecklich leid. Jetzt, wo sie hier vor der Polizei und allen Leuten zugab, dass es tatsächlich sie gewesen ist, die stehlen wollte, da stellte ich sie mir in einer kleinen, kalten Gefängniszelle vor. Mit Tränen in den Augen und Gitterstäben vor der Nase. Und echt, ist das nicht voll, voll traurig?

»Und da kommen Sie einfach so in unser Haus geschneit und nehmen alle Schuld auf sich?«, fragte Cornelius verblüfft.

»Nun ja…«, murmelte die alte Frau Büntig. »Ich kann doch nicht tatenlos dabei zusehen, wie ein anständiges Mädchen, das mich vor einer Anzeige bewahren wollte, Ärger mit der Polizei bekommt. Und vermutlich auch noch mit ihren Eltern.« Sie seufzte. »Nein, das kann ich nicht.«

Sie guckte Cornelius kerzengerade in die Augen. »Glauben Sie mir, jeder kann im Leben mal etwas falsch machen. Aber man muss wissen, wann man damit aufhören muss. Auch wenn ich arm bin, und ja, auch wenn ich gestohlen habe, sogar nicht nur einmal. Und nicht nur, weil ich und meine kleine Katze Mimi Hunger hatten. Aber damit ist jetzt Schluss!«, sagte sie entschlossen. »Einen Rest von Anstand und Ehrlichkeit habe ich mir doch noch bewahrt.«

Sie guckte zu den Polizisten rüber und streckte ihre Arme bereitwillig nach vorne, so als ob sie in der nächsten Minute das Klicken der Handschellen erwarten würde. »So, und jetzt können Sie mich verhaften.«

»Hrrrghhh«, machte Cornelius. Er sah überrascht und entsetzt und vor allem mal wieder komplett verwirrt aus. Sein Blick wanderte ebenfalls zu den Beamten rüber.

Nun allerdings räusperte sich der Rotkittel-Supermann (der übrigens gar nicht so übel ist!). »Moment! Nicht so hastig!«

Dabei konnte von *hastig* gar nicht die Rede sein. Die Polizisten standen wie versteinert da und guckten nur.

»Verhaften kann die Polizei nur, wenn jemand Anzeige erstattet hat«, behauptete der Supermann. »Oder wenn sie einen Dieb auf frischer Tat ertappt. Und beides … ist hier nicht der Fall. Ich ziehe meine Anzeige hiermit nämlich zurück.«

»Aber Sie sagten doch, das Mädchen ist dabei beobachtet worden, wie sie …«, wagte der eine Polizeibeamte einzuwenden.

»Und die Dame hier hat außerdem gerade ein Geständnis abgelegt«, stellte der andere fest.

Doch Herr Röder – der supernette Supermann – schüttelte einfach nur den Kopf. »Nun, meine Herren, die Dame ist ja nicht mehr die Jüngste. Da bringt man gelegentlich schon mal ein paar Tatsachen durcheinander und *glaubt*, etwas gestohlen zu haben, auch wenn das gar nicht so war. Ist doch so, nicht?« Er guckte Frau Büntig *auffällig* auffordernd an.

»Ähm …«, piepste Frau Büntig etwas verwirrt. Doch dann kapierte sie, lächelte und nickte, nickte und wollte vor Dankbarkeit gar nicht mehr aufhören zu nicken.

»Ach, ach, ach …«, seufzte Rema, aber sie sah plötzlich nur noch halb so müde und erschöpft aus und fing sogar an zu lächeln.

»So, so!«, entfuhr es Cornelius. Aber er lächelte ebenfalls. (Seine Ohren leuchteten inzwischen wie leuchtrote Hafenbojen.)

Und ich?

In meinem Bauch sprudelten wildwüste Meeresströmungen im Kreis herum. Ich freute mich, aber ich hatte auch Angst, vor allem um die alte Frau Büntig. Ich war wütend auf die Polizisten, aber auch hammerhaifroh über das, was da gerade ablief.

»Und was Ihre Tochter angeht«, verkündete der Rotkittel jetzt, »da muss dann wohl tatsächlich *mir* ein Fehler unterlaufen sein. Ich vermute, ich habe mich geirrt und die Sachen in ihrem Rucksack stammten gar nicht aus meinem Geschäft.«

Und – heiliger Meeresstrudel – dann zwinkerte er mir und Iris und Cornelius auch noch zu!

Iris konnte das wohl noch weniger fassen als ich. Sie sah aus, als würden ihr gleich die Augen aus dem Kopf kullern.

Kennys Augen taten dasselbe. Doch bei dem Versuch, sich immer weiter und weiter auf ihrem Stuhl nach vorne zu lehnen, um den Supermann besser sehen zu können, kullerten nicht ihre *Augen* aus dem Kopf, sondern sie selbst vom Stuhl.

»Hups!«, machte Kenny auf dem Küchenboden und kicherte. »Hihihi!«

Ja, es war alles so unfassbar toll, so meereshimmlisch schön, so wundervoll und überhaupt wie ein richtiges Wunder, dass ich glaube, nicht mal James Bond fühlt sich nach seinen Einsätzen besser!

Und jetzt sitze ich, wie schon gestern den restlichen Nachmittag und den ganzen Abend über, wieder hier am Küchentisch. (Und finde das sehr gemütlich. Ist es nicht toll, zu Hause zu sein und einfach nur schön gemütlich dazusitzen?)

Iris hat gestern noch zweimal gekotzt, aber trotzdem alle Leute ruckizucki zum Abendessen eingeladen. Da tat mir die arme Frau Büntig gleich noch mal ein wenig leid, denn sie freute sich so ungeheuer über die Einladung. Dabei hatte sie ja keine Ahnung, was für ein Blumen-und-Lakritzstangen-Gemansche sie erwartete… Trotzdem sah sie sogar auch beim Essen noch richtig glücklich aus. Ich glaube, die liebe Frau Büntig hat nicht nur wenig Geld, sondern auch keine Familie mehr, bei der sie am Abendbrottisch sitzen kann. Echt traurig ist das.

Herr Röder (der Iris' neueste Kreation ebenfalls bewundernswert klaglos in sich reinstopfte – er ist eben Supermann, hihi!) sagte dann später noch zu Frau Büntig, sie solle sich einfach jedes Mal bei ihm melden, wenn sie einkaufen gehe. Er habe immer eine Menge Sachen, deren Haltbarkeitsdatum schon fast abgelaufen sei, obwohl sie noch total frisch und in Ordnung sind. Die könne sie gerne haben.

Das fand ich echt nett von ihm. So muss es sein im Leben, finde ich. Wenn jeder tut, was er tun kann, muss keiner Hunger haben oder sich allein fühlen.

»Mach doch mal, Malea!«, quiekt Kenny neben mir und hält mir ungeduldig ihr halb fertiges Tongefäß hin.

Wir basteln mit Rema Eierbecher für Ostern und warten auf Iris, die beim Arzt ist. Und natürlich auf Cornelius, der Javier und Ramón vom Flughafen abholt. Ab und zu werfe ich Aurora unterm Tisch ein paar Reiskörner zu, die sie fröhlich aufpickt, und denke dabei so ein bisschen über das Leben nach. Über das Agentenleben, aber auch über das Leben von anderen. Zum Beispiel von alten Menschen wie Frau Büntig.

Was das Agentenleben angeht, muss man sehr vorsichtig sein. Nicht immer kann man damit rechnen, durch ein Wunder gerettet zu werden. Und was Frau Büntig angeht: Iris hat mit ihr verabredet, dass sie jetzt einmal im Monat am Sonntag zu uns zum Essen kommt. Und Frau Büntig hat glücklich zugesagt. (Ob ihr Iris' Essen vielleicht sogar wirklich schmeckt?)

Echt gut, dass Frau Büntig jetzt wenigstens nicht mehr *total* allein vor sich hin leben muss.

Ich forme Kennys Tonkugel, nehme eines von Auroras Eiern aus unserem Eierkorb, drücke es vorsichtig in den weichen Ton und nehme es dann wieder raus. Das ist ein guter Trick, um die perfekte Form und Größe für die Becher hinzukriegen.

»JA!«, ruft Kenny entzückt und will schon Pinsel und Farben holen, um sie anzumalen.

»Stopp!«, ruft Rema. »Die müssen wir erst zum Brennen bringen, damit der Ton hart wird. Am Ostersamstag malen wir sie dann an.«

»Oooooch«, nölt Kenny, tröstet sich aber schnell. »Na gut, dann fahre ich noch ein bisschen Aurora spazieren.«

»HUPS!«, hören wir sie eine Sekunde später im Flur. »OH! MAMA!«

Sie muss wohl direkt in Iris reingelaufen sein, als sie die Haustür geöffnet hat.

Iris kommt mit Dunkelstirn in die Küche.

»Alles in Ordnung, meine Liebe?«, fragt Rema sofort besorgt.

»Nein«, antwortet Iris knapp. »Doch. Ach, ich weiß nicht.«

»Was war denn beim Arzt?«, frage ich. »Alles okay mit dem Baby?«

»Es gibt kein Baby«, verkündet Iris noch knapper. »Wie ich schon dachte, ich bin gar nicht schwanger. Alles falscher Alarm.«

»Aber dir ist doch ständig schlecht!«, wundert sich Rema.

Iris nickt. »Ja, das habe ich dem Arzt auch gesagt. Aber als ich ihm meine Symptome genauer beschrieben habe, sagte der zu mir, das klinge eher nach einer Vergiftung. Nach einer *Vergiftung!* Ehrlich! Womit soll ich mich denn in meinem eigenen Haus vergiften?«

Ich ziehe die Augenbrauen hoch. Denn – haha – mir würden da sofort eine Menge Dinge einfallen … (Sind Kamele überhaupt essbar?)

Kenny steht unentschlossen im Türrahmen und hat aufmerksam zugehört.

Jetzt geht sie zu Iris rüber und streichelt ihren Arm. »Arme Mama! Soll ich dir erst mal einen Tee kochen?«

Iris lächelt dankbar. »Danke, meine Süße! Ja, das wäre gut. Wenn ich dich nicht hätte!«

Kenny

Sinan und Bentje und ich sind jetzt ein Team. Ein Dreierteam, sagt Bentje. Ein Eierteam, kichert Sinan. Ein Auweia-Team, stöhnt Mama, als sie ins Wohnzimmer kommt…

Heute ist Ostersamstag, und ich bin schon ganz hippelig, weil ich will, dass endlich Ostersonntag ist. Aber Ostersamstag ist eigentlich auch gut, weil wir heute Abend hinten im Garten hinter unserem Bombenloch ein Osterfeuer machen und Stockbrot braten und Gespenstergeschichten erzählen (obwohl Rema sagt, dass sie dieses Jahr wirklich keine Gespenstergeschichten hören möchte) und eben so Sachen machen, die wir immer am Ostersamstag machen.

Ich hocke mit Bentje und Sinan auf dem Fußboden im Wohnzimmer und male gekochte Eier an. Die essen wir dann morgen Vormittag alle zusammen. Also auch mit allen Gästen und so. Es kommen nämlich ziemlich viele zu uns.

Walter Walbohm natürlich von nebenan. Aber dann auch noch die nette Frau Büntig, die mit Malea zusammen geklaut hat, und außerdem die lustige Frau Flieder aus Tessas *Rauchiger Eiche* oder wie der Laden heißt. Mama hofft, dass die beiden alten Damen sich gut verstehen und sich vielleicht auch mal ohne uns zusammen verabreden. Mama findet es, glaube ich, auch voll traurig, dass Frau Büntig immer so alleine ist.

Und dann sind ja Javi und Ramón noch hier. Die sind am Mittwochnachmittag gekommen und haben Papa und Walter Walbohm dabei geholfen, die Wände in Remas Zimmer erst ein bisschen kaputter zu machen (weil sie da unbedingt erst reingucken wollten) und danach die Löcher wieder zuzumachen. Das war ein ganz schöner Dreck, und die arme Rema musste die ganze Zeit bei Walter Walbohm drüben schlafen, aber ich glaube, das fand sie nicht besonders schlimm. Zum Glück hat Walter so viele leere Zimmer im Haus. Nur Mäuse haben wir leider überhaupt keine gesehen.

»Mäuse sind nachtaktiv«, hat Livi erklärt. »Das heißt, die nagen und rennen hauptsächlich nachts rum.«

Das wusste ich vorher nicht. Da fand ich es dann nicht mehr ganz so doof von Papa, dass ich keine von unseren Mäusen behalten darf. Echt, ein Haustier, mit dem man nur nachts spielen kann, ist ja auch nicht so toll, oder? Ich bin nämlich ziemlich tagaktiv, hihihi!

Am Donnerstag sollte dann der Bagger kommen, um die Bombe auszugraben. Aber es kam nur ein ganz, ganz kleiner Bagger, den die Männer einen Minibagger genannt haben.

»Das ist so eine Art Spielzeugbagger«, meinte einer von den Arbeitern und lachte, als hätte er einen Witz gemacht.

»Au klasse!«, riefen Bentje und ich. (Bentje kam schon ganz früh am Donnerstagmorgen, um auch ja nichts zu verpassen.) »Dürfen wir auch mal spielen?«

Das wollten die blöden Männer dann aber doch nicht. Die wollten nur ganz alleine spielen. Und Mama wollte noch nicht mal, dass Bentje und ich überhaupt nur in die Nähe von dem Bomben-Bagger-Spielplatz kommen.

»Ach du liebe Güte!«, hörte ich Remi seufzen. »Dabei gehen ja alle meine Pflanzen drauf!«

»Besser, als wenn unser Haus draufgeht, oder?«, fand Papa.

Das fand Rema dann allerdings auch.

»Machen Sie sich keine Sorgen!«, sagte einer der Baggermänner. »Wir schütten das Loch wieder zu, wenn wir die Bombe draußen haben. Das wird hinterher alles so aussehen wie vorher.«

Mama sah nicht so aus, als ob sie ihm glaubte.

Und – hurra – es sieht wirklich Ü-BER-HAUPT nicht so aus wie vorher. Es sieht vollknalltoll aus! Wir haben jetzt nämlich beinahe so was wie einen Schwimmingpuuul. Nur noch besser. Voll mit Matsch gefüllt nämlich. Das macht vielleicht Spaß, da drin rumzumanschen!

Aber das wusste Mama da natürlich noch nicht.

Der Minibagger baggerte den ganzen Donnerstagnachmittag. Er musste nämlich immer wieder aufhören, weil er näher an die Bombe rankam, und dann musste er sehr vorsichtig sein.

Aber endlich rief ein Mann: »Wir sind so weit!«

Und dann holten sie die Bombe raus. Oder jedenfalls holten sie das Ding raus, das am Mittwoch auf diesen komischen Geräten PIEP gemacht hatte. Hihihi! Denn das war gar keine Bombe, das war ein alter Boiler! Das ist so ein Gerät, mit dem man Wasser für die Badewanne heiß machen kann. Und das Ding hat da anscheinend schon viele Jahre bei uns in der Erde gelegen.

Die Männer guckten ziemlich überrascht. Aber dann lachten sie. »So was kann passieren! Die Metallsuchgeräte suchen nun mal nur Metall. Ob das eine Bombe ist oder ein Boiler, können sie leider nicht unterscheiden.«

Und dann war es Abend, und die Baggerleute sagten, sie hätten jetzt Feierabend, aber sie würden am nächsten Arbeitstag sofort wiederkommen, um das Loch wieder zuzuschütten. Aber, hihi, der nächste Arbeitstag ist ja erst am Dienstag, weil ja Ostern ist und schon der Freitag ein Feiertag ist. Deshalb blieb das Riesenloch ein Riesenloch.

Und dann hat es die ganze Nacht geregnet. Das fand ich erst nicht so schön, aber als ich am Morgen rausguckte und sah, dass wir jetzt nicht nur ein riesiges Loch, sondern einen richtigen Schwimmingpuuul haben, da hab ich mich so gefreut, dass ich gleich im Nachthemd rausgelaufen bin und im Matsch gespielt hab. Na ja, jedenfalls bis Mama auch aufgewacht ist und mich reingerufen hat.

»Zeig mal!«, sagt Sinan jetzt und reckt sich rüber, um mein Ei anzugucken.

»Oh, şirin!«, grinst er dann.

Und ich grinse auch.

Bentje grinst nicht. »Was hast du gesagt, Sinan?«

»Dass mein Ei şirin ist«, antworte ich für Sinan und muss kichern.

Sinan kichert auch.

Da guckt Bentje richtig böse. Bentje kann ja kein Türkisch.

»Das ist Türkisch und heißt hübsch«, sage ich deshalb schnell.

»So«, sagt Bentje.

»Wollen wir zusammen mit Sinan Türkisch lernen?«, frage ich Bentje und denke, dass es so toll wäre, wenn sie dazu Lust hätte.

»Warum?«, fragt Bentje.

»Na, weil wir dann Türkisch sprechen können«, sage ich.

»Och … ja …«, meint Bentje, »okay.«

Deshalb setzen Bentje und ich uns jetzt vor Sinan hin und spielen Schule. Sinan ist der Lehrer.

Er ist ein sehr strenger Lehrer. Sinan sagt zum Beispiel: »Bentje Braband! Dein *tsch* bei şirin klingt voll falsch. Zur Strafe musst du dreimal über den Gummibaum hüpfen und dann unter dem Sofa durchkrabbeln!«

Da kichert Bentje und hüpft über Mamas Gummibaum (leider fallen ein paar Blätter ab, denn der Gummibaum ist sehr groß und Bentje ist ziemlich klein) und kriecht unters Sofa.

Oder Sinan sagt: »Kendra Martini! Du darfst nicht so viel mit Bentje Braband quatschen! Zur Strafe holst du jetzt zwei Packungen Kekse für deinen Lehrer aus der Küche.«

Aber weil Bentje und ich finden, dass unser Lehrer die Kekse nicht alleine essen sollte, kloppen wir uns ein bisschen darum, sodass die meisten Kekse in den bunten Eierfarben und auf dem ganzen Teppich verteilt landen. Aber eine Menge landen auch in unseren Bäuchen.

Es ist sooo lustig, mit Bentje und Sinan zu spielen!

Gerade steckt Mama ihren Kopf in die Tür und starrt die bunten Kekse mit den Gummibaumblättern dazwischen an und findet das leider nicht so lustig.

»Soll ich dir einen Tee kochen, Mama?«, versuche ich, sie in bessere Stimmung zu bringen.

Mit den Großen klappt so was echt immer ziemlich gut. Und Mama sieht auch gleich ein bisschen freundlicher aus. »Danke, meine Süße! Ich fühle mich wirklich immer noch nicht wohl.«

Deshalb gehen wir alle in die Küche – wo Rema sitzt und Kreuzworträtsellösen spielt –, und ich stelle den Wasserkocher an und angele dann Remis tolles Starkmachpulver aus dem Schrank. Dann schmeiße ich einen Teebeutel in eine Tasse und rühre zwei dicke Esslöffel von dem Pulver dazu.

»Hier, Mama, fertig!«

Aber Mama guckt gar nicht auf meine Tasse. Sie hat schon wieder so einen bedrohlichen Schwester-Christine-Blick drauf. So als ob sie an was ganz anderes denkt als an die Tasse, die ich ihr gerade hinhalte. Mit dem Blick starrt sie Remis Starkmachpulver an.

Ihr Gesicht sieht echt komisch aus. Sinan und Bentje gucken auch schon ganz komisch.

»KENNY!«, kreischt Mama plötzlich los. »Hast du mir die ganze Woche über DAS Zeug da in den Tee gemischt?«

Ich sehe rüber zu der Packung und nicke stolz. »Ja klar! Rema hat gesagt, das tut dir gut!«

»MUTTER!«, kreischt Mama jetzt zu Remi rüber. »Hast du zu Kenny gesagt, sie soll mir SODAPULVER in den Tee rühren?«

»Wie? Was? *Soda?*« Rema taucht aus ihrer Zeitung auf und setzt die Lesebrille ab. »Wie kommst du darauf, dass ich …«

Dann bricht sie ab. Und starrt genauso wie Mama die weiße Packung an.

»KENNY!«, sagt Rema entsetzt. »Du hast doch nicht DIESE Packung die ganze Zeit benutzt?«

»Doch«, sage ich leise.

Irgendwas stimmt nicht. Das merke ich ganz doll.

»Oh Gott!«, haucht Mama. »Ich muss mich schon wieder übergeben.«

»Hm«, mache ich und fühle mich jetzt überhaupt nicht mehr wohl. Was ist denn los?

»Kenny, Kenny, Kenny!«, stöhnt Rema und steht auf und geht zum Schrank und holt noch so 'ne andere Packung raus, die aber echt nicht halb so schön aussieht wie meine. »DAS hier ist mein Heilkräuterpulver, siehst du?«

»Oh«, mache ich. »Und was ist *das?*«

»Das ist Soda! Du hast aus Versehen SODAPULVER genommen«, seufzt Rema. »Das benutzt man zum Reinigen. Kein Wunder, dass Iris Vergiftungserscheinungen hat!«

Boh! Ich klimpere mit den Augen, weil mir da plötzlich ganz viele Tränen rausschießen. Ich habe meine Mama vergiftet?

Da nimmt mich Rema endlich in den Arm. »Süße, kleine Kenny! Ach, das ist ja meine Schuld! Ich hätte dir genauer zeigen sollen, wo mein Pulver steht!«

Doch als Mama vom Klo zurück ist, strahlt sie übers ganze Gesicht. »Oh, ich kann euch gar nicht sagen, wie froh ich bin, dass ich jetzt endlich weiß, was mit mir los ist! Ich hatte schon Angst, ich hätte irgendwas wirklich Schlimmes!«

»Das heißt, es war gar nicht sooo schlimm, dass ich dir das falsche Pulver in den Tee getan habe?«, frage ich vorsichtig und wische mir die blöden Tränen weg.

»Na ja«, lacht Mama, »gut war das sicherlich nicht. Aber ich denke, wenn ich von jetzt an Tee OHNE Pulver trinke, dann geht es mir in ein paar Tagen wieder sehr viel besser!«

Da fühle ich mich auch gleich wieder besser. Und deswegen fällt mir noch was ein. »Und wenn es dir wieder gut geht«, frage ich, »kannst du dann nicht *doch* ein Baby kriegen?«

Mama lacht noch lauter.

»Och bitte!«, bettele ich. »Ich möchte so gerne eine kleine Schwester haben!«

»Wer redet hier schon wieder von Babys?«, fragt Papa, der gerade in die Küche kommt.

»Keiner!«, behauptet Mama, aber sie lacht immer noch.

Rema lächelt. »Ach, Kenny, meinst du nicht, vier Mädchen sind genug?«

»NEIN!«, schreie ich, so laut ich kann. Es kann ja wohl gar nicht genug Mädchen geben!

»Aber vielleicht würde es auch ein Junge werden«, meint Mama da.

Da grinst Papa auch. »Ganz genau! Ich finde, es gibt deutlich zu wenig Männer hier im Haus. Sogar Aurora ist ein Mädchen.«

Das stimmt natürlich. Papa braucht vielleicht ein bisschen Unterstützung.

»Okay«, sage ich deshalb, »ein kleiner Bruder ist auch okay.«

Große Schwester bin ich dann ja trotzdem.

Und dann gibt Papa Mama einen Kuss. Einen ganz sanften.

»Vielleicht sollten wir es doch noch mal probieren?«, fragt Papa und guckt Mama so tief in die Augen, dass es bestimmt kitzelt. Denn Mama muss richtig kichern.

Und an der Stelle halte ich jetzt mal meine Luft an. Denn manchmal – das weiß ich –, manchmal darf man nicht drängelig sein mit großen Wünschen. Sondern braucht nur ein bisschen abwarten. Und Daumen drücken.

Und das tue ich von jetzt an. Denn – boah – ich glaube, in meiner Familie kann beinahe alles passieren!

Tessa

Barcelooona! Hier sind Tessa-Tiara und Dorothea! Caramba, was für eine Stadt! Was für schicke Häuser! Völlig verrückt geformt und mit lauter bunten Keramikteilchen an den Fassaden. Qué maravilloso! Viele von denen hat irgend so ein berühmter Typ entworfen, der Antoni Gaudí heißt. Und dann all diese Spanier! Die haben ja hundert Mal mehr Sinn für Mode als die meisten Leute bei uns. Absolutamente claro: Dodo und ich sind in el paraíso – im Paradies! Am Ostermontag sind wir geflogen und müssen erst am Sonntagabend wieder zurück. Einfach totalmente fabuloso, ach! Dass wir Ostern noch zu Hause gefeiert haben, war auch noch richtig schön. Ich hätte meine verrückte Familie doch ein bisschen vermisst!

Malea

Ich glaube, ich werde mich erst später entscheiden, ob ich Meeresforscherin oder Geheimagentin werde. Aber eins habe ich gelernt: dass es nämlich am allerwichtigsten ist, Leute zu haben, die hinter einem stehen. So wie M hinter Bond. Und so wie Iris und Cornelius und Rema und Tessa und Livi und Kenny hinter mir. Was für ein Glück ich habe!

Kenny

Ostern war sooo toll! Wir haben alle ungefähr fünfhunderttausend Ostereier im Garten gefunden und Malea und ich sind beim Suchen dreimal in unser Bombenloch gefallen. Einmal aus Versehen und die nächsten beiden Male, weil es so lustig war. Mama hat dann geschrien, dass wir aufhören sollen, weil wir uns sonst erkälten, aber der Matsch da drin war voll warm – ehrlich. (Eigentlich war das Loch ja schon fast wieder trocken, weil es seit Freitag nicht mehr geregnet hat. Aber Malea und ich haben mit dem Gartenschlauch jeden Tag Wasser nachgefüllt. Der Matsch ist sonst so hart, wenn man reinspringt.) Am Sonntagnachmittag haben wir dann leider alle zusammen die Grube wieder zugebuddelt (obwohl es echt toll gewesen wäre, für immer ein riesiges Matschloch im Garten zu haben – aber Mama und Papa fanden das nicht). Jetzt sieht unser Garten also fast wieder wie vorher aus. (Außer natürlich, dass der Rasen erst wieder nachwachsen muss und dass Rema neue Sachen in ihre Beete pflanzen muss.) Schade, dass wir jetzt keinen Matsch-Puuul mehr haben, aber Ostern war trotzdem vollknalltoll! Echt bombig! Hihihi! Ich hab nur noch immer nicht rausgefunden, was Sinans geheimnisvoller Satz bedeutet …

Livi

Ich habe Gregory nur noch einmal kurz gesehen. Am Karfreitagnachmittag kam er mit Sibylle und Goldi, seinen Eltern, kurz zu uns rüber, um uns fröhliche Ostern zu wünschen. (Er ist mit seinen Eltern übers Wochenende nach London gefahren.) Wir haben versucht, ein bisschen zu reden, aber viel schlauer bin ich immer noch nicht. Er scheint aus irgendeinem Grund sauer auf mich zu sein. Warum, weiß ich wirklich nicht.

»Aber ich habe mich doch schon entschuldigt, dass ich dich damals völlig zu Unrecht verdächtigt hatte…«, sagte ich.

»Das meine ich nicht«, unterbrach mich Gregory barsch. »Da ist noch was anderes.«

»Was denn – anderes?«, fragte ich und kam mir ziemlich doof vor.

»Egal«, sagte Gregory richtig ätzend, »du kapierst sowieso nichts.«

»WAS kapiere ich nicht? Dass du jetzt lieber was mit Katinka machst statt mit mir?«, habe ich ihn angefaucht.

Da hat Gregory mich so vorwurfsvoll und irgendwie auch verletzt angesehen, als hätte ich ihn grundlos aufs Mieseste getreten. Und dann ist er einfach abgehauen. Und jetzt sitze ich hier, denke mir die Birne blöde und frage mich: Was hat Katinka, was ich nicht habe?

Dagmar H. Mueller studierte Germanistik und Sportwissenschaften in Hamburg. Vor ein paar Jahren zog es sie mit ihrer Familie nach Gloucestershire in England. Mit Iris, der gestressten Mutter der vier Chaosschwestern, kann sie sich nicht im Mindesten identifizieren, da sie erstens eine ganz ausgezeichnete Köchin ist und zweitens Bügeln und Aufräumen als echte Hobbys betrachtet. Seit über zehn Jahren schreibt sie hauptberuflich Kinder- und Jugendbücher, die schon in viele Sprachen übersetzt wurden.

www.dagmar-h-mueller.de

Mehr von den Chaosschwestern in:

Die Chaosschwestern legen los! (Band 1)
Die Chaosschwestern sind unschlagbar! (Band 2)
Die Chaosschwestern starten durch! (Band 3)
Die Chaosschwestern voll im Einsatz! (Band 4)
Die Chaosschwestern sind die Größten (Band 5)
Die Chaosschwestern gegen den Rest der Welt (Band 6)
Die Chaosschwestern leben wild! (Band 7)
Die Chaosschwestern ganz geheim! (Band 8)

Noch mehr Spaß mit den Chaosschwestern unter:
www.die-chaosschwestern.de

»Man kann doch unmöglich immer nur lesen! Manchmal braucht man ja auch ein wenig Abwechslung und Abenteuer, findet ihr nicht auch? Wie wär's mit einem spannenden Persönlichkeitstest? Oder einem verzwickt-verzwackten Schiebepuzzle, lustigen E-Cards oder gar mit einem lohnenden Gewinnspiel? Schaut doch mal nach unter **www.die-chaosschwestern.de**.

Dort erfahrt ihr auch alles über unsere Autorin und natürlich unsere Bücher! Viel Spaß wünscht eure Malea.«

10219

cbj

www.cbj-verlag.de

Anne Hertz

Juni und ich

Flunkern wie gedruckt

176 Seiten, ISBN 978-3-570-15579-0

Endlich! Juni alias Carla, 12 Jahre, na ja, fast, darf bei der Schülerzeitung mitmachen. Blöd nur, dass sie keiner ernst nimmt. Zum Glück zicken sich die Oberstufenzicken so richtig an, und da kommt Carlas Chance: Sie flunkert, nur ein bisschen! Und schwupps, schon denken alle, ihre Vorschläge und Artikel stammen eigentlich von der berühmten Bloggerin Juni, die aus dem Hintergrund der Chefredaktion unter die Arme greift. Klar, dass damit das Flunkern erst so richtig anfängt – aber ein Mädchen muss tun, was ein Mädchen tun muss!

10239

www.cbj-verlag.de